Le Royaume d'Atalia

Tome 1

Loi n°49-956 du 16 juillet 1949 sur les publications destinées à la jeunesse, modifiée par la loi n°2011-525 du 17 mai 2011.

© 2024 Marie Clet

Édition : BoD • Books on Demand GmbH, In de Tarpen 42, 22848 Norderstedt (Allemagne)

Impression : Libri Plureos GmbH, Friedensallee 273, 22763 Hamburg (Allemagne)

ISBN : 978-2-3225-0715-3

Dépôt légal : Août 2024

Marie Clet

Le Royaume d'Atalia

I. Primélia

Playlist

Atalia – RadioLivres (Manon Surdyk)

[Et davantage dans l'album « Le Royaume d'Atalia (Bande originale du livre) » !]

Another Love – Tom Odell

To Build A Home – The Cinematic Orchestra, Patrick Watson

The Night We Met – Lord Huron

It'll Be Okay – Shawn Mendes

Somewhere Only We Know – Keane

Where's My Love – SYML

traitor – Olivia Rodrigo

Welcome Home – Radical Face

MIDDLE OF THE NIGHT – Elley Duhé

House of Memories – Panic ! At The Disco

Je l'aime à mourir – Francis Cabrel

Ribs – Lorde

Bored – Billie Eilish

Happier Than Ever – Billie Eilish

You Are Enough – Sleeping At Last

All I Want – Kodaline

Softcore – The Neighbourhood

Angel By The Wings – Sia

Helium – Sia

Eleanor Rigby – Cody Fry

Kingdom Dance – Alen Menken

Les roses de Dublin – Vladimir Cosma, Liam O'Flynn, LAM Symphonic Orchestra

Home – Edith Whiskers

Atlantis – Seafret

Only – RY X

Carte du Royaume d'Atalia

À tous les lecteurs et lectrices qui lisent pour échapper au monde réel et qui ont trouvé refuge dans des mondes imaginaires ; j'espère que vous trouverez refuge à Atalia.

Prologue

L'orage grondait ce soir-là et les éclairs zébraient le ciel. Dix-huit février. La date qui bouleverserait ma vie. Rien ne présageait pourtant une fin si funeste, si déplorable.

Comme chaque vendredi, j'avais préparé la pizza quatre fromages avec Maman. Comme chaque vendredi, j'avais épluché et découpé les fruits de saison avec Papa pour la salade. Comme chaque vendredi, les rires et la bonne humeur nous avaient accompagnés durant le dîner. Et comme chaque vendredi, nous avions joué aux cartes jusqu'au premier bâillement.

Alors pourquoi mon univers avait-il été ébranlé si brusquement ?

Mes parents s'esclaffaient face à ma mine dépitée ; je venais de perdre ma treizième partie. Mes défaites consécutives ne dataient pas de la veille, je ne gagnais presque jamais, mais ça ne faisait pour autant pas de moi une mauvaise perdante. Je jouais pour créer des myriades de souvenirs enchantés et oublier la réalité, voilà tout. Les coins de ma bouche s'étirèrent rien qu'en entendant les rires de

Papa et Maman, ces sons d'une clarté à dissiper les nuages les plus sombres.

Nuages présents dans le ciel, prêts à relâcher leur poids ruisselant sur nos têtes.

Je ne croyais pas si bien dire…

Au moment où nous lancions une nouvelle partie, un fracas assourdissant résonna entre les murs tremblants de la maison. Je lus une profonde inquiétude dans le regard qu'échangèrent mes parents, mais n'eus l'occasion de les questionner. Un mugissement retentit, telle la lamentation douloureuse d'un fantôme condamné à errer pour l'éternité sans son grand Amour.

Le toit venait d'être arraché par la tempête, emportant dans son sillage l'un des quatre piliers qui maintenait notre habitation sur ses pieds. Le souffle puissant du vent ébouriffa mes cheveux et le plancher de l'étage s'effondra sur nous. Je protégeai ma tête entre mes mains, mais ma collision avec le sol coupa l'entrée d'air dans mes poumons. Je souffrais d'une douleur inimaginable. Les décombres continuaient de me marteler, assénant pierres et plâtre sur mon corps frêle. La respiration hachée, j'inspirai laborieusement et finis par suffoquer à cause de la poussière soulevée par les débris.

Nul doute que nombre d'hématomes s'étaleraient sur ma chair d'ici quelques jours. Des élancements dans mon crâne m'obligeaient à serrer les dents, m'infligeant une migraine cuisante.

Dès que la chute d'éclats de bois, de pierres et de verre cessa, je bougeai de quelques centimètres, inhalant péniblement. Traversée d'une vive douleur à la côte, je me redressai avec prudence afin de préserver un potentiel membre cassé, un muscle déchiré. Néanmoins, mes os s'avérèrent plus solides que je ne le pensais. Sonnée, j'enracinai mes pieds dans le parquet détruit afin de constater l'étendue des dégâts. Le salon ne comprenait plus aucune ressemblance avec celui dans lequel j'avais toujours vécu. Son ossature elle-même différait depuis que le mur ouest avait cédé sous le poids du toit. Quel drame était survenu ? Je restai sonnée, incapable d'associer les évènements entre eux et d'en comprendre la teneur.

Une panique soudaine prit possession de chaque cellule de mon corps. Papa et Maman ! Mes yeux les cherchèrent avec frénésie, jusqu'à percevoir leurs corps ensevelis sous les gravats. Je déglutis avec effroi, me précipitant vers eux malgré les douleurs qui auraient dû me maintenir prostrée à terre. L'adrénaline coulait dans mes veines et rien ne m'aurait arrêtée, pas avant de m'être assurée que le cœur de mes parents battait. Je les adjurai de remuer les lèvres, de prononcer un mot, n'importe lequel.

Ils ne réagirent pas.

Des larmes d'inquiétude tracèrent des sillons sur mon visage sali par la poussière. Je tâtai leur poitrine, m'évertuant à prendre leur pouls.

Rien.

Je passai ma main près de leur bouche entrouverte, espérant l'exhalation d'une bouffée d'air.

Rien.

Aucun souffle ne caressa ma paume.

Ce soir-là, la Mort lacéra mon cœur avec le fil aiguisé de sa lame, répétant son geste jusqu'à le réduire en miettes. Ce soir-là, je perdis les êtres les plus chers de ma vie. Les seuls.

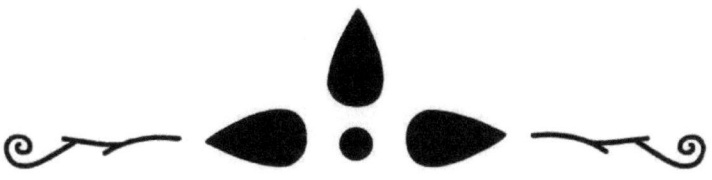

Chapitre 1

Un an qu'ils étaient morts, un an que j'étais morte. Un an aujourd'hui qu'ils avaient rendu leur dernier souffle. Un an que la solitude grignotait mon corps de l'intérieur. Un an qu'aucune vérité n'avait franchi la barrière hermétique de mes lèvres. Le mensonge avait pris le pas sur la sincérité que je chérissais tant. Pourquoi avais-je survécu ? Pourquoi avais-je survécu, et pas eux ? Ils le méritaient tant. Leur bonheur aurait outrepassé le mien, par ailleurs inexistant. Mon affliction remontait à une dizaine d'années, bien avant de les perdre. Mais à présent que mon unique source de joie avait disparu, je n'avais plus rien à faire dans ce monde.

Je laissais mes pensées divaguer et mes pas me porter en bordure de la falaise. Les vagues s'agitaient, témoignant d'un désir d'échapper à leur destinée funeste et regrettant leur mort prochaine sur les écueils. Elles me ressemblaient, moi qui cherchais désespérément à fuir ma propre vie. Mais la conclusion demeurait identique, pour elles comme pour moi : notre quête relevait de l'impossible.

Cet endroit faisait partie des lieux qui m'avaient marquée en profondeur ; nous avions l'habitude de nous y promener, contemplant la prestance de la mer dont l'écume se brisait sur les rochers en contrebas, admirant les nuances orangées du soleil qui déteignait à l'horizon. Mon dos se logea par réflexe contre le tronc du cerisier, me plaçant face à la mer. J'embrassai du regard l'étoile céleste s'échouant dans l'horizon lointain de l'océan.

Une larme, une seule, roula le long de ma joue et atterrit sur la racine du cerisier. Une brise inattendue caressa mon visage. Je sentais les paumes calleuses de mes parents m'assurer que tout irait mieux, déposant des spectres de baisers sur mes tempes. Malgré leur promesse muette, je ne pouvais y croire, je n'aspirais pas à un futur meilleur. Les proverbes affirmaient que toute blessure guérissait avec le temps, mais jusqu'ici, ma peine n'avait qu'empiré, s'infectant chaque jour un peu plus.

Le souffle du vent se raffermit et je resserrai les pans de mon manteau sur mon corps frigorifié. Les journées de février laissaient transparaître la lumière opaline du soleil, mais la chaleur rechignait à prodiguer son réconfort. La bourrasque s'amplifia et mon cœur asséché palpita. Les ombres des rares oiseaux affrontant ce temps s'élancèrent dans le ciel sans plus attendre. Une tempête aussi destructrice que celle de l'an passé prenait-elle forme ?

J'avais tort.

Un cyclone naquit et m'entoura avant que j'aie pu esquisser le moindre mouvement. Je me sentis aspirée. Un hurlement m'échappa, tant d'effroi que de stupéfaction. Je tourbillonnais dans tous les sens, incontrôlable. Les rafales dévastatrices drainaient ma salive et fouettaient mon visage avec violence. J'abandonnai ma lutte contre le phénomène météorologique, relâchant mon corps et espérant presque les rejoindre. Mon amertume submergea tout sentiment ; la Mort emportait ma vie avec si peu d'originalité, utilisant une catastrophe naturelle pour m'éliminer, comme pour mes parents.

Finalement, pour mon plus grand regret, le cyclone s'évapora et je m'écrasai contre le sol. Très mou pour de la terre. J'en vins à m'interroger sur ma présence dans le monde des morts, lorsque l'herbe se mut sous moi. Je roulai plus loin, dévalant une pente, étourdie et la tête emplie de questions sans réponses. Allongée face au ciel et aux nuages roses, je souris pour la première fois depuis un an. J'allais pouvoir étreindre mes parents. Ces nuages cotonneux ne pouvaient signifier que ma mort, n'est-ce pas ? Mais alors, pourquoi ressentais-je toujours la souffrance physique causée par ma chute ? Déroutée et prise de nausées, je me levai par étapes, procédant de la même manière que cette nuit fatidique.

Observant le paysage autour de moi, j'essayai de comprendre ce que je venais de vivre. Une falaise s'étirait à mes pieds, la mer s'étendait à l'horizon et le soleil s'évanouissait au loin.

Jusqu'ici, aucune différence avec l'endroit que je venais de quitter. En revanche, une forêt sans fin se dressait à ma gauche, inquiétante. L'obscurité en sortait par volutes de fumée. Sa présence m'indiquait que je ne me trouvais définitivement pas sur la falaise près de chez moi.

Par quel mystère avais-je pu modifier ma position ? Certes, les cyclones se déplaçaient, mais la similarité du paysage actuel avec la falaise que je connaissais me procurait un étrange sentiment ; celui d'avoir transgressé les lois métaphysiques.

Je pleurais le décès de mes parents. Rien de plus, rien de moins. Mon cœur se serra, ils risquaient de penser que je voulais éviter le chagrin, qu'ils ne méritaient pas mes larmes. Jamais il n'avait été question de cela. Une série de coïncidences m'avait amenée ici, à cet endroit dont je ne connaissais toujours rien, mais jamais je n'abandonnerais mes parents.

Une voix m'interpella, m'éjectant de mes rêveries. Je sursautai, personne n'avait pénétré mon champ de vision depuis ma rude arrivée. Je contins mes larmes en me tournant pour faire face à l'inconnu. Je ne souhaitais pas afficher de faiblesse devant quiconque, encore moins devant quelqu'un à même de me blesser. Je brandis mes poings et plissai les yeux. Le soleil m'éblouissait, je ne discernais que la silhouette de l'homme. Du jeune homme serait plus exact, si je devais me fier à sa voix, assez grave pour avoir mué, mais pas encore celle d'une personne mûre.

Il longea la falaise et s'approcha de moi avec lenteur, les mains en l'air, comme s'il craignait de m'effaroucher. Comme je conservais mes poings serrés et reculais vers le bord du précipice, son visage pâlit.

— Je ne te veux pas de mal, promis ! Je voulais juste m'informer de ton état. Tu as fait une sacrée chute, tu n'es pas blessée ?

Je me raisonnai ; s'il avait réellement désiré me blesser, il n'aurait pas attendu que je l'aperçoive. Je baissai les mains mais conservai ma position défensive, prête à en découdre si jamais il changeait d'avis. Comprenant qu'il attendait une réponse plus explicite que mon silence, j'utilisai l'ironie comme bouclier émotionnel :

— Je viens de tomber du ciel. Comment je vais à ton avis ?

— Je l'ignore, raison pour laquelle je te pose la question, rétorqua-t-il dans un soupir.

— Rien de cassé, donc je vais considérer que ça va.

Réflexion parfaitement idiote, puisque rien n'allait dans ma vie depuis trois cent soixante-cinq jours. Réalisant enfin que la chose molle sur laquelle j'avais atterri se trouvait être l'adolescent en face de moi, je m'enquis à mon tour de sa forme.

— Tout va bien de mon côté, sourit-il en se massant la nuque, comme pour contredire ses paroles. Pourquoi viens-tu du ciel ? Ce n'est pas courant, par ici.

Je haussai les épaules, je doutai de connaître un jour la réponse.

— Aucune idée. Un cyclone m'a brusquement emportée loin de mon domicile et j'ai atterri là avant d'avoir eu l'occasion de comprendre ce phénomène.

— C'est insolite. Au fait, comment t'appelles-tu ?

— Camille, avançai-je, méfiante.

— Je suis certain de t'avoir déjà vue, mais je n'arrive pas à me rappeler où, c'est frustrant !

Un éclair de lucidité traversa ses iris bleu-gris, il écarquilla les yeux et me pressa :

— Ton nom de famille est-il Elakero ?

Je fronçai les sourcils, que me racontait-il ?

— Non… C'est Orelake…

Sa bouche s'ouvrit, puis se referma. Il me scruta, en mue à une réflexion soudaine et apparemment complexe. Finalement, il haussa les épaules. Je m'intéressai à lui, espérant soutirer son identité – au cas où il aurait l'intention de me faire du mal.

— Quel est ton nom ?

— Gabriel. Gabriel Eire.

Un silence s'installa entre nous, un de ceux où nous ignorions que dire.

— Je sais ! Des affiches de toi sont accrochées dans ma ville. Selon elles, un groupe nommé Cronen te cherche pour…

— Pour ?

— T'assassiner… conclut-il dans une moue désolée.

Je frottai mes yeux et pinçai mon bras, vérifiant que je ne rêvais pas. J'ignorais tout de ma localisation, et un adolescent espérait me faire croire que l'on voulait me tuer ? Très peu pour moi, ce genre de farces. De toute manière, peut-être que personne n'avait la vocation de mettre fin à mes jours, mais nombreux étaient ceux qui espéraient que je le fasse. Je levai un sourcil, lui faisant comprendre que je ne marchais pas dans son jeu, que ma naïveté n'atteignait pas ces sommets.

— Ne me crois pas si tu préfères, Camille, je répète juste ce que j'ai vu. Je te montrerai, si tu veux.

Mon scepticisme recula d'un pas et, fixant ses traits afin de discerner la moindre trace de mensonge, je finis par déglutir avec difficulté. Même dans des lieux inconnus, j'avais des ennemis. Ma précédente existence devait être terrible, pour que la vie s'acharne ainsi sur moi.

— Sur ces affiches, il était également indiqué que quiconque te verrait devrait t'amener au Palais ou à Caltricia, chez le frère du roi, en échange d'une récompense.

Massant mes tempes, je digérai ces nouvelles informations. Si le roi n'avait pas mis ma tête à prix, c'était tout comme. Une récompense en échange de ma vie. *Génial.*

Mais ça ne collait pas ! Je n'avais jamais posé les pieds dans une monarchie, comment un roi pouvait-il me connaître et mettre ma tête à prix ? Et ce nom, Caltricia, aux consonances chaleureuses, je ne l'avais jamais entendu de ma vie. Malgré moi, ma curiosité s'éveilla et j'assaillis Gabriel d'interrogations.

— Où sommes-nous ? Caltricia est-elle votre capitale ? Où cette ville se situe-t-elle par rapport à nous ? Pourquoi ce groupe voudrait-il me tuer ?

Mon interlocuteur rit de mes nombreuses questions et je remarquai une fossette sur sa joue droite.

— Nous sommes entre Caltricia et Celtida, la capitale. Caltricia se trouve au sud, par ici, m'expliqua-t-il en désignant de son bras une direction entre la forêt et la falaise. Et je n'en ai aucune idée, je n'avais pas connaissance de Cronen avant, j'ai seulement aperçu la mention de cet organisme sur les affiches te concernant.

J'acquiesçai pensivement mais une sensation mystérieuse ne me quittait pas. J'avais mémorisé chacune des capitales du monde, et aucune ne se nommait « Celtida ».

— Quel est le nom de ce pays ?

— Atalia, évidemment ! Mais… Tu ne viens pas d'un coin perdu de Talix ou Thollaetera ?

Je secouai la tête, perplexe devant tous ces noms inconnus.

— Gramiriel alors ?

Une fois de plus, je niai.

— Tu me mens, tu viens forcément de l'une des quatre nations !

Je secouai la tête, peu encline à dépenser mon énergie pour des disputes futiles avec un garçon inconnu. Je repris la parole :

— Atalia est un royaume, si j'ai bien compris ?

— Bien sûr ! Peut-être que…

Gabriel étudia une possibilité dans le silence, mais j'interrompis sa méditation, voulant connaître le fond de sa pensée.

— Oui ?

— Peut-être que si tu ne viens pas d'une des quatre nations, tu es originaire d'un autre monde, d'un monde parallèle.

Je soupirai et réprimai un rire, je ne voulais pas croire à ses théories farfelues. Mon imagination débordante m'empêchait toutefois de refuser net cette idée. En outre, aucun pays du monde que je connaissais ne correspondait avec Atalia ou n'importe quel autre nom prononcé par Gabriel.

— Lundi, je t'accompagnerai chez le roi et la reine, asséna-t-il, persuadé que je le suivrai aveuglément.

— Non.

— Comment ça, « non » ? m'interrogea-t-il, le visage incliné, curieux.

— Je n'irai pas voir ton roi, ni ta reine.

Je n'avais aucune intention de lui révéler que je craignais pour ma vie – ironique si je me penchais sur les réflexions que mon esprit avait formulé tout au long de cette année –, aussi je me tus.

— Ne t'en fais pas, ils ne te veulent aucun mal, reprit Gabriel, devinant le cheminement de mes pensées.

— Qu'en sais-tu ?

— Ils te cherchent pour une toute autre raison, je te le promets. Mais je ne peux rien te dire, ce n'est pas à moi de te raconter cette histoire.

Je levai les yeux au ciel. *Comme c'est pratique !*

— Écoute, si tu te rends au Palais lundi, tu auras réponse à toutes les questions qui trottent dans ta tête depuis le début de notre conversation, si ce n'est avant.

Je me mordis la lèvre, il avait touché mon point faible et n'avait pas tort. Je ne pouvais pas renoncer lorsque l'opportunité d'assouvir ma curiosité se présentait. De toute manière, qu'avais-je à perdre ? Ce roi éclaircirait plusieurs de mes interrogations. Lisant une fois de plus mes réflexions sur mon visage expressif, Gabriel reprit :

— Lundi matin, je t'accompagnerai chez le frère du roi, qui nous expliquera la procédure à suivre. En attendant, suis-moi, le froid se fait mordant.

— Penses-tu que je vais dormir chez un inconnu ?

Certes, ma vie m'importait peu, mais je n'allais tout de même pas prendre des risques inconsidérés.

— Tu vas devoir loger quelque part si tu ne veux pas rester éternellement sur cette falaise. Et je doute que tu désires avoir affaire à…

Un hurlement, provenant de la forêt, l'interrompit et me glaça le sang. Je mordis ma langue, réfléchissant aux options qui s'offraient à moi. Soupirant, je lâchai l'affaire. Si le froid n'avait pas raison de moi pendant la nuit, les animaux se chargeraient de me déchiqueter.

— Je ne te veux aucun mal, Camille, répéta Gabriel.

Dubitative, je posai une dernière question :

— Pourquoi es-tu si gentil avec moi ?

Son visage afficha une expression insaisissable.

— Parce que tu arrives de nulle part et que tu n'as aucun endroit où aller ? Je ne vais pas te laisser à la merci du froid et des bêtes sauvages.

Je m'assombris, des intentions si pures n'existaient pas. Encore moins chez les adolescents de cet âge. Peut-être visait-il la récompense du roi, après tout ? Oui, il devait s'agir de cela.

— Tu viens ? Je suis gelé.

Gabriel se mit en route et je pressai le pas derrière lui. Ma mince écharpe n'empêchait nullement le vent de s'infiltrer dans mes vêtements et de piquer ma peau. Je pris le temps de poser mon regard sur les paysages dissemblables, avant d'observer Gabriel plus en détail. Son dos, pour être exacte. Sa chevelure noir de jais se confondait avec la nuit tombée.

Mes pensées dévièrent sur Maman et Papa, et je réalisai que pour la première fois depuis un an, mon attention s'était détournée d'eux plus de quelques secondes.

Chapitre 2

Gabriel s'arrêta et esquissa un mouvement circulaire de son bras, englobant ainsi sa ville ; Caltricia. Vue du haut de la colline, elle étincelait de mille feux chaleureux. Les étoiles avaient parsemé la ville d'une mince couche de leur poussière lumineuse. Le faible éclairage blafard de la lune ne refroidissait pas cette atmosphère envoûtante, accroissant au contraire son élégance mystérieuse. Une élégance qui m'ensorcelait et me séduisait. Je désirais m'en approcher à tout prix.

Caltricia procurait en moi un apaisement bienvenu, que je n'avais pas ressenti depuis très longtemps. Elle instaurait dans mon corps l'impression de me trouver au bon endroit, au bon moment.

— Je suis subjuguée, chuchotai-je, me sentant obligée de baisser le ton devant le charme émanant de la ville.

— Telle est souvent la première pensée des visiteurs de Caltricia, sourit Gabriel. Si tu l'apprécies, Celtida risque de te plaire également. Surtout en ce moment, à l'approche de la Célébration d'Hélios. La fête nationale d'Atalia, ajouta-t-il devant mon haussement de sourcils, manifestant ma curiosité grandissante.

Mon affection pour l'Histoire et tout ce qui y avait attrait refaisait surface malgré les circonstances dramatiques. Comment pourrais-je ne pas m'intéresser à une culture dont j'ignorais tout ?

— Pourquoi est-ce la fête nationale ?

— Le vingt-deux février, dans quatre jours, les Ataliens célébreront la mort du roi Modraï Norisey. Cette année, notre peuple sera libéré de son joug depuis soixante-dix ans exactement. Ce jour férié se nomme ainsi puisque Hélios représente le soleil, et lorsque ce roi décéda, les fleurs de la joie germèrent de nouveau dans notre royaume. Ici, le soleil est la principale métaphore du bonheur.

Plusieurs constats s'imposèrent à mon esprit. En premier lieu, je n'avais pas changé de jour ou de mois à mon arrivée. Ensuite, des points communs reliaient nos civilisations, comme la signification de « Hélios ».

— Quels crimes avait-il commis pour que les Ataliens soient si heureux de le savoir mort ?

Ordinairement, la Mort avait pour conséquence des torrents de larmes et une tristesse sans faille, pas le sourire aux lèvres de milliers de personnes. Je pouvais en attester.

— Des horreurs sans nom. Pour n'en citer que quelques-unes, il avait entrepris de séparer le nord d'Atalia du sud en construisant un mur infranchissable. Il a également déclaré la guerre aux peuples frontaliers, ou encore voulu éliminer tous ceux qui ne vivaient pas dans la capitale par le biais d'une famine.

Il me fallut un moment pour encaisser la rudesse des mots de Gabriel, mais surtout, l'explication qu'ils contenaient. Comment pouvait-on se montrer si terrible ? Un monstre avec le pouvoir entre ses mains détruisait tout sur son passage. Un seul homme causait sans remords la misère de milliers d'autres.

— Remettons-nous en route, je crains une rencontre malvenue si nous restons trop longtemps près de ces sentiers. Nous arrivons bientôt.

J'acquiesçai et laissai mes pas me porter, réfléchissant aux nombreux dirigeants qui, par le passé, avaient semé le mal autour d'eux. Ils ne manquaient pas.

Mon regard caressait les maisons à colombages, survolait les rues pavées et étudiait avec attention les pancartes en bois indiquant des noms de boulevards et chemins. *Impasse de Cenalla*, annonçait celle dans laquelle nous pénétrâmes. Gabriel s'immobilisa devant le porche d'une demeure et posa sa main à plat au-dessus de la poignée. Perplexe, je restai silencieuse lorsqu'un claquement retentit dans le calme de la nuit, déverrouillant la porte.

Gabriel abaissa le battant, m'invita à entrer et me demanda de patienter dans le vestibule quelques instants. Je m'attardai sur cette réflexion et me promis de lui poser la question lorsqu'il reviendrait.

Laissant finalement cette pensée de côté, j'examinai l'entrée : un immense miroir orné de sculptures dorées couvrait le mur en face de la porte. À la maison, des ornements si raffinés auraient coûté une fortune, mais peut-être que les matériaux avaient une valeur moindre ici.

— J'ai prévenu ma mère, ça ne la dérange pas le moins du monde que tu dormes à la maison, intervint Gabriel, interrompant le fil de mes pensées.

Je soufflai de soulagement et le remerciai, ne tenant pas à coucher dehors, malgré ce que j'avais affirmé auparavant.

— Suis-moi, je vais te montrer ta chambre, puis nous dînerons.

Un gargouillis accompagna ses paroles et je ris, me détendant. L'aura de Caltricia continuait-elle de m'apaiser ? Ou l'accueil convivial de Gabriel et la chaleur jaillissant de la maison des Eire y contribuaient-ils aussi ? Mon anxiété diminuait et ce fait détenait le monopole de l'importance, la manière m'importait peu.

Mes yeux se promenèrent sur les alentours tandis que nous gravissions les marches polies de l'escalier en marbre. Un palier donnait sur un couloir sombre. Gabriel enclencha une poignée en ébène et s'inséra dans la pièce après moi. Des effluves de cannelle et de chêne emplirent mes narines et j'inspirai cette odeur rassurante. Spacieuse, lumineuse et sobre furent les trois premiers mots auxquels je pensai devant la chambre que j'allais occuper pour une nuit ou deux. Un lit à baldaquin trônait au centre de la pièce et une porte à sa droite menait à une salle de bain.

Je n'aurais jamais imaginé tant. Je profitai du silence pour questionner Gabriel :

— Comment vos portes fonctionnent-elles ?

— La porte d'entrée, tu veux dire ?

J'acquiesçai et Gabriel m'expliqua :

— Un lecteur reconnaît certaines empreintes digitales, ce qui en permet l'ouverture. Si tu ne fais pas partie des empreintes enregistrées, tu ne peux pas entrer.

— Mais si des amis veulent te rendre visite, comment font-ils ?

— Soit ils y ont accès – dans le cas où leur main est consignée dans l'appareil –, soit ils doivent attendre que quelqu'un leur ouvre.

Je hochai la tête, pensive, et Gabriel changea de sujet :

— Si tu souhaites allumer la lumière, il te suffit de frapper deux fois des mains.

J'écarquillai de grands yeux surpris.

— C'est vrai ?

N'attendant pas sa réponse, mes paumes claquèrent deux fois l'une contre l'autre et les ampoules du lustre rendirent leur souffle, puis luisirent intensément lorsque je réitérai l'opération.

— Waouh, c'est brillant !

— C'est le cas de le dire, rit Gabriel, avant de se diriger vers les escaliers pour rejoindre la salle à manger.

La table centrale attira mon attention, du même bois que le cadre du miroir du vestibule et que la porte de ma chambre. J'interrogeai Gabriel à ce sujet.

— L'ébène a une valeur sentimentale dans la famille, notre grand-père travaillait le bois et celui-ci est son préféré. Il nous a fabriqué de nombreux meubles.

Je tiltai sur le pronom possessif « notre ».

— Tu as des frères et sœurs ?

— Je suis l'aîné. Kay et Elio sont jumeaux et Mia est la benjamine. Et pour compléter notre arbre généalogique, mes parents s'appellent Edana et Silas.

Sans raison apparente, j'avais imaginé Gabriel fils unique.

— Savent-ils que je suis là ? m'inquiétai-je en perspective de tant de rencontres.

— Pas encore, non. Papa ne rentrera que tard ce soir, donc je doute que tu le croises. Ne te préoccupe pas tant, je suis certain que tous seront ravis de te rencontrer.

Les frères et sœur de Gabriel choisirent ce moment précis pour pénétrer dans le salon. Débuta alors le bombardement inévitable de questions :

— C'est qui ? s'enquirent les jumeaux d'une seule voix.

— C'est ta petite amie ? enchaîna Mia. Tu dînes avec nous ? Tu dors ici ? Tu t'appelles comment ?

— Mia, laisse-la respirer, Camille vient juste d'arriver, intervint Madame Eire.

— Désolée, mais Gabriel n'amène jamais de fille à la maison…

Je retins un rire devant la moue dépitée de Mia.

— Il n'y a pas de mal ! Non, je ne suis pas la petite amie de votre frère, nous nous sommes rencontrés ce soir et j'ai… atterri ici par hasard, je ne viens pas d'Atalia. Gabriel pense même que je viens d'un monde parallèle. Théoriquement, je dors ici pour deux nuits, votre frère a eu l'amabilité de m'accueillir.

— Waouh, c'est dément ! s'exclamèrent les jumeaux, ce qui entraîna un sourire de ma part.

— À présent que tout le monde est informé de la situation de notre invitée, passons à table. Gabriel, peux-tu apporter le rôti de gizène et les frites ?

— Bien sûr !

Mes hôtes me servirent et je goûtai le plat à l'apparence appétissante. La viande tendre fondit sur mon palais et la saveur singulière des frites éveilla mes papilles. Je questionnai Madame Eire à propos de l'accompagnement, comprenant qu'il ne s'agissait pas de pommes de terre.

— Ce sont des frites de rutanambour, Camille.

— Un aliment typique d'Atalia, j'imagine. Le gizène est-il un animal ?

— On dit *la* gizène, mais oui. Elle se déplace à quatre pattes, est recouverte de poils et est un peu effrayante lorsque l'on s'en approche, mais reste inoffensive. La gizène produit du très bon lait.

Je bus ses paroles, avide d'en apprendre plus sur le royaume. L'heure du dessert ne tarda pas à sonner, et je reçus un coup à l'estomac en remarquant la salade de fruits, semblable à celle que mes parents et moi préparions chaque vendredi soir. Je mordillai ma lèvre, opposant ma résistance aux larmes qui frayaient leur chemin vers mes paupières. Avec tous ces imprévus, le décès de Papa et Maman sortait constamment de ma tête, pour y revenir avec plus de brutalité que jamais. J'avais honte. Honte de les oublier ainsi. Fixant le vide jusqu'à la fin du repas, je me contentai de hocher la tête de temps à autre. Madame Eire se rendit compte de mon mutisme et s'inquiéta :

— Tout va bien, Camille ? Cette soirée t'a fatiguée, j'imagine ! Tu ne parles presque plus depuis le dessert.

Je pris ce prétexte pour déclarer :

— Effectivement, mon épuisement dépasse l'entendement. J'ai vécu trop d'évènements en un soir !

Ce demi-mensonge les convainquit sans peine, et pour cause ; mon exténuation n'était pas feinte, j'avais seulement omis de préciser la raison de celle-ci. Si venir dans ce royaume inconnu m'avait déjà vidée de mes forces, l'anniversaire de mort de Maman et Papa avait tué chaque parcelle d'énergie restante au sein de mon corps. Madame Eire m'envoya rapidement me coucher.

Je me retournais dans mon lit, inlassablement, mais le marchand de sable estima que je n'étais pas digne de sa présence. Penser à mes parents enfonçait chaque fois une lame aiguisée dans mon cœur. Tous deux me manquaient d'autant plus que les Eire dégageaient un bonheur lumineux tous ensemble.

Je suffoquai à force de réprimer mes sanglots par peur de réveiller mes hôtes. Les mains tremblantes et le souffle court, j'entrepris de stabiliser ma respiration, de la ralentir, mais rien ne fonctionna. Je finis par me lever de mon lit et poussai la porte de la salle de bain avec empressement. Je frappai deux fois des mains, tâchant d'étouffer le bruit, et ouvris le robinet. J'emplis mes paumes d'eau ruisselante et la versai sur mon visage, désirant rafraîchir mon esprit.

De longues minutes s'égrenèrent, le temps passait à une lenteur effrayante. Je me calmai finalement et saturai mes poumons d'air frais. Retournant dans mon lit, je m'endormis enfin. Une question subsistait : comment et pourquoi avais-je atterri à Atalia ?

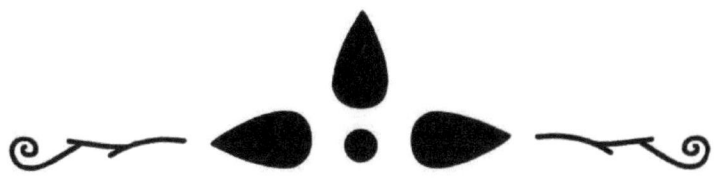

Chapitre 3

Je m'éveillai dans le brouillard et mis une dizaine de secondes à me rappeler ma localisation. Les évènements de la veille me revinrent par filaments. J'enfilai ma tenue d'hier, faute d'en détenir une autre. Lorsque je pénétrai dans la salle à manger, les Eire au complet se tournèrent vers moi, interrompant leur conversation afin de s'enquérir de mon sommeil. Je répondis positivement, négligeant volontairement le début agité de ma nuit.

— Bonjour Camille. Je suis Silas, le père de Gabriel, Kay, Elio et Mia. Edana m'a parlé de toi lorsque j'ai quitté mon travail hier soir.

— Enchantée. C'est très aimable à vous de m'accueillir.

— Tout le plaisir est pour nous, sourit-il chaleureusement.

Je m'installai et découvris une nouvelle spécialité atalienne ; la nudricha tartinée de confiture de damyssis. Si je me fiais au goût et à l'allure du mets, la ressemblance avec la brioche accompagnée de confiture de mûres ne faisait aucun doute.

— Gabriel, peux-tu faire visiter Caltricia et ses environs à Camille ?

— Tu lis dans mes pensées, Papa, j'avais prévu un programme entièrement constitué de visites pour aujourd'hui !

— Mais Papa, t'es pas Violet ! Tu peux pas lire dans les pensées !

— Il s'agit d'une expression, Mia chérie. Gabriel voulait m'informer que nous avions eu la même idée, lui expliqua Monsieur Eire, souriant de la naïveté de sa fille. De toute manière, les Violets ne peuvent pas lire dans les pensées, du moins pas directement. Ils transmettent des messages par le biais de leur esprit et communiquent par la pensée, mais ne peuvent les lire sans Transmission.

— Les Violets ? Vous possédez des pouvoirs ? questionnai-je, bouche bée, coupant court à une potentielle réponse de Mia.

— Pas vous ? s'étonna Gabriel.

Je secouai la tête et l'enjoignis à poursuivre.

— Nous les nommons des « Dons », mais le principe reste identique, m'apprit Gabriel. Douze Dons existent à Atalia. Chacun d'entre eux est relié à une couleur. Chaque Atalien contrôle au moins un Don, mais peut en manipuler jusqu'à quatre. Enfin, seule une Atalienne en a un jour maîtrisé quatre, la réalité serait plutôt entre un et trois Dons. On retrouve trois catégories de Dons : les Courants, les Rares et les Épiques. Le contrôle de Dons Rares ou Épiques amène régulièrement à un métier haut placé ; notamment conseiller auprès du roi, dénicheur de talents ou professeur à Primélia, l'académie la plus réputée du royaume

Ma mâchoire se décrocha. La révélation de Gabriel m'abasourdit, laissant derrière elle un silence qui m'enveloppa. Je finis par reprendre mes esprits et la curiosité me dévora de nouveau :

— À quoi ressemble le quotidien d'un dénicheur de talents ?

— Les dénicheurs passent dans toutes les écoles du royaume afin de déceler les élèves possédant des Dons Rares ou Épiques. Ceux-ci sont alors sélectionnés pour étudier à Primélia. Ils peuvent refuser, bien entendu. Autrement, le proviseur de Primélia s'engage à trouver une famille d'accueil pour ceux qui le requièrent.

— Faut-il absolument être sélectionné pour entrer à Primélia ?

— Non, des places sont toujours réservées aux élèves qui habitent dans le secteur de l'école. Ceux qui n'entrent dans aucune de ces deux catégories doivent postuler, puis les élèves sont pris en fonction de leur dossier scolaire et autres paramètres. Comme métier remarquable, on trouve également Représentant de l'Assemblée d'Atalia ou encore Ataliator. La mission de ces derniers consiste à protéger le royaume, ainsi que contribuer à son économie, sa politique et sa diplomatie. Les Ataliators nouent notamment des accords commerciaux avec les nations étrangères et essaient de raisonner les pays ayant pour projet une déclaration de guerre à notre encontre. Mais là n'est pas le sujet.

Tant de questions jonchaient mon esprit et se bousculaient. J'oubliai la majorité d'entre elles à cause du nombre trop important d'interrogations.

— Douze Dons cohabitent donc dans notre royaume. Parmi les Courants, le marron permet de manier le bois, le gris de contrôler la pierre et l'argenté, les métaux. Mon grand-père, dont je t'ai parlé hier, possède le Don marron.

— Les gris peuvent manier tout type de pierre ?

— Oui, y compris les plus précieuses. Il en est de même pour les argentés et les marron. Au sein des Dons Rares, quatre sur cinq représentent les éléments naturels. Le Don orange pour le contrôle du feu, le vert pour la manipulation des plantes, le bleu pour l'eau liquide et le blanc pour l'air.

Ébahie, je soufflai :

— Que permet le dernier Rare ?

— Les Ataliens détenant le Don beige guérissent les blessures physiques, tant qu'elles ne connaissent pas une profondeur irréversible. Enfin, les Dons Épiques sont au nombre de quatre : le rouge, le noir, le doré et le violet. Avec le rouge, tu es en mesure de faire voler un objet situé à moins de dix mètres jusqu'à toi. Le noir symbolise la Téléportation, le doré la fabrication d'une bulle de protection. Quant au violet, tu connais d'ores et déjà son fonctionnement, il incarne la Transmission.

Bouche bée, j'entrepris de digérer les explications apportées par Gabriel. J'avais toujours rêvé de disposer de pouvoirs grandioses semblables à ceux des livres que je dévorais, mais jamais je n'aurais pu imaginer que certains existaient réellement.

— Quel Don maîtrises-tu ?

— Le bleu et le rouge. J'ai une affinité particulière avec l'eau et les objets viennent à moi. J'ai été sélectionné pour Primélia grâce à eux.

Je sifflai d'admiration.

— Un Don Rare et un Épique, quelle chance !

— J'ai hérité de mon Don bleu grâce à ma grand-mère, mais en effet !

— Primélia constitue-t-elle l'académie avoisinante ?

— Non, nous sommes passés non loin de celle de Caltricia tout à l'heure. Elle se nomme Vilceya. Dans chaque ville conséquente se trouve une académie.

La discussion se termina sur ce commentaire. Quelques minutes plus tard, je rejoignis Gabriel sur le pas de la porte, et il me mena jusqu'au centre de Caltricia. Marchant dans le silence, je tournai la tête sans arrêt afin de mémoriser l'architecture des édifices et échoppes, mais également des habits des Ataliens. Ainsi, je saurais comment me fondre dans la masse en cas de besoin. Plusieurs personnes fixèrent mon sweat bordeaux avec curiosité, mais je n'attirai pas autant l'attention que ce que je redoutais.

La mélancolie se mêlait parfois à mes sens lorsqu'une tunique turquoise à fleurs ressemblait à celle que portait régulièrement Maman, ou lorsqu'un commerçant vanta son gâteau à la crème, que Papa aurait certainement englouti en un rien de temps. Néanmoins, dans l'ensemble, je m'amusais beaucoup, saluant les passants et marchands, goûtant à différentes spécialités régionales.

— Nous voici sur la Grande Place, me présenta Gabriel avec une fierté non voilée. Ici, tu pourras acheter tous les produits dont tu as besoin ; aussi bien de la nourriture que des vêtements, en passant par du tissu ou des plantes qui favorisent les remèdes concernant les maladies bénignes. Les boissons typiques d'Atalia se vendent également. La Merveilleuse de pécan, le Torrent de nuages, le Paradis d'étoiles et le Tonique de cacao ou damyssis en sont les plus réputées.

Cette place abritait donc un marché permanent.

— Laquelle préfères-tu ?

— Je reconnais que j'ai un faible pour la Merveilleuse et le Paradis d'étoiles.

— J'espère les goûter un jour !

Si je reste, ajoutai-je en mon for intérieur.

— En attendant, allons t'acheter quelques tenues, nul ne sait combien de temps tu resteras à Atalia.

— Léger problème… Comment vais-je payer ? Je n'ai que deux euros cinquante dans ma poche, mais j'imagine que vous n'utilisez pas cette monnaie.

— Ne t'en fais pas, Maman m'a donné de l'argent. De toute manière, comme tu l'as souligné, notre monnaie diffère de la tienne. Nous payons en drekks, zinars et caocs, m'expliqua Gabriel, sortant trois pièces au fur et à mesure de son énumération. Le drekk est reconnaissable grâce à l'or qui le compose et son trou en forme d'étoile. Le zinar quant à lui est symbolisé par sa couleur argentée et son creux triangulaire. Enfin, on identifie le caoc grâce au bronze et à la cavité circulaire en son centre.

— Laquelle de ces pièces possède la valeur la plus importante ?

— Le drekk. Vingt-neuf caocs égalent un zinar et treize zinars sont nécessaires afin d'atteindre la valeur du drekk. Soit trois cent soixante-dix-sept caocs dans un drekk.

J'éprouvais un grand intérêt pour le système monétaire d'Atalia, très intéressant et pratique. Résignée, je soupirai, négociant tout de même avec Gabriel :

— J'accepte uniquement si nous n'achetons pas plus de deux tenues.

Je détestais dépendre de qui que ce soit, et haïssais plus encore abuser de la générosité de quiconque.

— Je consens à ce compromis, sourit mon guide avec solennité, me serrant la main pour sceller notre accord.

Gabriel m'indiqua une échoppe de sa connaissance. Les vêtements étincelaient au soleil, mais contrairement à mes préjugés, mon compagnon m'informa que leur qualité remarquable n'empêchait pas un prix plus que raisonnable. Je déambulai à travers les étalages et optai pour deux pantalons confortables et autant de tuniques. Gabriel paya les dix zinars et sept caocs requis et je souris, amusée par la pensée qui surgissait dans mon esprit. Dans mon monde, on aurait certainement cru à un couple procédant à des achats ensemble lors d'une sortie de fin de semaine.

***

— Préfères-tu te détendre ou visiter de nouveaux endroits près de Caltricia ? m'interrogea Gabriel, une fois au chaud dans la maison des Eire.

Je mourais d'envie de découvrir Atalia mais des bâillements trahirent ma fatigue.

— Je crois qu'opter pour une après-midi calme n'est pas une mauvaise idée, rit Gabriel. Si tu le souhaites, je peux te montrer la bibliothèque.

Je hochai la tête d'un élan vif, piquée d'une curiosité nouvelle. Gabriel m'emmena à l'étage et je pénétrai dans une pièce où les livres tapissaient les murs du sol au plafond. Près de la fenêtre trônaient deux fauteuils enveloppés d'un velours bordeaux. Je restai médusée devant la beauté de la bibliothèque.

— Quel type de bouquin désires-tu ? Plutôt des contes traditionnels ou de simples romans ? Ou peut-être penches-tu plutôt pour un livre retraçant l'Histoire du royaume ?

Malgré ma préférence évidente pour le passé, je questionnai Gabriel, m'assurant que mon choix concordait avec sa recommandation :

— Que me conseilles-tu ?

— *Les Contes de Nymeria Astras* et *L'Histoire d'Atalia* sont des classiques incontournables de notre royaume. Chaque Atalien doit connaître les grandes lignes de notre Histoire. Comme nous ignorons combien de temps tu séjourneras dans le royaume, je te recommande ce dernier en priorité.

Mon sourire s'élargit, ma passion pour le passé renaissait et allait rapidement être assouvie. Nourrie, en tous cas, puisque je doutais pouvoir un jour perdre tout intérêt pour les périodes antiques ou plus récentes. Je pris les deux livres qu'il me tendit et m'installai sur l'un des fauteuils après sa proposition. Je posai délicatement les *Contes de Nymeria Astras* sur l'assise adjacente et commençai ma lecture.

Je plongeai dans les règnes sans préambule. Si l'Histoire du royaume me fascinait, elle n'en restait pas moins sanguinaire lors de certaines périodes, à cause de rois et reines tels que Modraï ou Esmeray. J'appréciai particulièrement le royaume sous les gouvernements d'Orla, Asterin et Itri, bien qu'aucun n'égale Aristeia. Tous quatre avaient lutté pour que la paix subsiste et que les guerriers assoiffés de sang ne l'emportent pas sur le pacifisme des Ataliens.

Aristeia Norisey ; première reine d'Atalia. Elle avait obtenu ce trône à la suite d'une époque anarchique. Une guerre s'achevait et le général en chef, détenteur du pouvoir sur le royaume, y avait perdu la vie. Aristeia réussit là où tous échouèrent. Ses congénères qualifiaient d'« impossibles » ses rêves de reconstruction d'Atalia, mais Aristeia ne s'arrêta pas à leur pessimisme. S'il ne restait que des loques du royaume, détruit par les nombreuses batailles, elle en recolla les morceaux. Elle signa des traités de paix avec les nations frontalières, sortit les Ataliens de la famine et enseigna ses plus grandes valeurs. Respect, bienveillance et solidarité.

Lorsqu'elle obtint les pleins pouvoirs grâce à l'approbation unanime de ses concitoyens, pas une fois elle n'exprima un quelconque désir de vengeance envers ceux qui avaient rabaissé ses ambitions. Elle concentra son énergie au bien-être de son peuple et bâtit des Académies pour favoriser l'apprentissage et la maîtrise des Dons. La première d'une longue liste était Primélia. Les Ataliens l'idolâtrèrent aussi longtemps que son assise sur le trône dura. Jusqu'à sa mort, en somme.

Après cet évènement déchirant, sa fille aînée Orla lui succéda et maintint le royaume dans la paix et la bienveillance. La jeune reine possédait un esprit créatif sans faille et revêtait des qualités hors pair dans le domaine de la cuisine. Les mettant tous deux à contribution, elle inventa la Merveilleuse de Pécan et le Torrent de nuages. Lorsqu'elle décéda, son fils Itri reprit le flambeau et poursuivit sur la lancée de sa mère et sa grand-mère. Il ne commit pas d'exploits notables mais participa à la construction de plusieurs académies, notamment celle de Vilceya.

Quelques générations plus tard, Esmeray accéda au pouvoir royal et déclara hâtivement la guerre aux Elfes de Talix, un pays frontalier à l'est d'Atalia. Elle réprima les personnes détenant les Dons Courants, avec l'espoir d'un jour les éradiquer. Heureusement, les Ataliens mirent fin à son règne en l'exécutant. Avec réticence, ils conférèrent le pouvoir à sa fille Asterin. Bientôt, les habitants se rendirent compte que leur action n'aurait pas de conséquence désastreuse. Asterin se révéla être l'exact opposé de sa mère ; timide, d'une gentillesse inouïe et attentionnée envers son peuple. La reine mit fin au conflit avec les Elfes, mais le roi de l'époque ne souhaitait pas lui accorder son entière confiance, méfiant depuis qu'Esmeray l'avait utilisée contre lui.

À présent, les deux sociétés s'entendaient à merveille, grâce à un accord signé entre Asterin Norisey et Nymath Adkalyn, le monarque qui succéda à celui trahi par Esmeray. Asterin écouta son peuple et lui demanda conseil quand elle doutait de la décision à prendre. Les Ataliens adoraient la fille d'Esmeray et la pleurèrent beaucoup à sa mort.

Les souverains suivants n'accomplirent pas d'actions suffisamment importantes pour que je retienne leur nom, mais poursuivirent dans les pas de leurs ancêtres. Jusqu'à Modraï. Je dus m'arracher à ma lecture et fermer l'ouvrage pour respirer un instant, horrifiée par les atrocités qu'il avait commises. Gabriel vint m'informer que l'heure du dîner avait sonné et je le suivis dans les escaliers.

Monsieur Eire avait préparé du teckalope grillé accompagné d'un gratin d'oclipayas recouvert de fromage de gizène. De par la consonance du nom « teckalope », j'imaginais un animal dérivé de l'antilope, mais Elio m'annonça qu'il appartenait à la catégorie des gros poissons d'eau douce. Kay compléta l'éclaircissement de son jumeau et m'expliqua la composition des oclipayas ; des légumes fins, rectangulaires et verts. Habituellement, je ne supportais pas la texture caoutchouteuse du poisson ni son goût trop salé, mais le gratin adoucit cette sensation.

Cette fois-ci, je m'endormis promptement, éreintée par ma première journée complète à Atalia.

Chapitre 4

— Prête à rencontrer Ses Majestés ? me demanda Gabriel le lendemain.

— Mmh.

Mon anxiété tentait de prendre le pas sur ma curiosité insatiable, mais je refusais de la laisser agir à sa guise. Je ne craignais ni le roi, ni la reine, et encore moins le frère du souverain et son fils. J'essayais de m'en persuader, en tous cas.

— Soyez prudents, nous recommanda Madame Eire. Tu passeras le bonjour à Aster et Nuri de notre part !

— Tu connais le frère du roi ? demandai-je, me tournant vers Gabriel avec surprise.

— Oui, Maman et Hannah – la mère de Nuri – entretenaient une amitié depuis leur enfance.

Je notai l'imparfait mais n'y fis pas allusion, leur histoire ne me regardait guère. Gabriel m'entraîna sur le pas de la porte.

— Merci pour tout, autant pour l'accueil chaleureux que pour les vêtements.

— Ce fut un plaisir, Camille ! Tu seras toujours la bienvenue ici, passe quand tu le souhaites.

— À bientôt, j'espère ! souris-je, me retournant afin de franchir le pas de la porte.

Néanmoins, Mia ne m'en laissa pas le temps et se jeta dans mes bras, manquant de me faire chuter. Je rigolai et la serrai brièvement contre mon cœur, ranimant par la même occasion cet organe gelé depuis un an.

***

Gabriel tourna derrière une boutique envahie de flacons remplis de mixtures végétales et frappa à une porte sans fioriture. Un garçon de notre âge vint nous ouvrir, et sa vue provoqua une brise chaleureuse en moi. Je n'eus pas le temps de me pencher sur cet étrange phénomène, que déjà la conversation démarrait.

— Salut Gabriel, qu'est-ce qui t'amène ?

— Nuri ? Je ne pensais pas te voir ici aujourd'hui. Tu n'es pas à Primélia ?

— De toute évidence, non, sourit-il. Je ne me sentais pas bien ce matin.

— Oh, je vois. Voici Camille Orelake. La raison de ma présence.

Pendant une fraction de seconde, son visage blêmit, mais ce fut si fugace que j'avais dû l'imaginer.

— Enchantée Nuri, engageai-je, tendant ma paume sans savoir comment réagir, espérant que les gens se serraient la main à Atalia.

— Enchantée Camille, fit-il en répondant à mon geste. Comment l'as-tu trouvée, Gabriel ?

— Elle m'est tombée dessus. Au sens propre.

Nuri plissa les yeux et inclina sa tête, intrigué.

— Du ciel ?

— Oui. J'ignore comment, mais Gabriel pense que je viens d'un monde parallèle, expliquai-je.

— Ce n'est pas commun ! Patientez ici, je vais prévenir mon père que nous avons de la visite.

Gabriel retint Nuri par le poignet lorsqu'il s'apprêta à partir.

— Si mes suppositions s'avèrent exactes, et que Camille s'est téléportée de son monde jusqu'ici, peut-être faudrait-il envisager un Test. Bien que personne ne soit jamais venu d'un autre monde.

— Ce n'est pas idiot. J'appelle Papa et nous aviserons.

Nuri s'enfonça dans le couloir clair que j'apercevais de l'entrée et revint peu après, accompagné d'un homme, le frère du roi. Ses cheveux châtain doré s'ébouriffèrent lorsqu'il passa sa main à travers ses mèches et ses lunettes rectangulaires se retrouvèrent de travers. De nouveau, une brise souffla en moi, aussi agréable qu'un vent frais sur les blés en été. Le sentiment d'avoir apprécié cet homme par le passé. Je ne me l'expliquais pas et la sensation étrange ne me quittait pas.

— Enchanté de faire ta connaissance Camille, je suis Aster Norisey. Appelle-moi par mon prénom, je déteste les convenances.

Son mépris pour les politesses d'usage m'amusa. J'esquissai un sourire, miroitant le sien. Sa bonne humeur me contaminait et son air sympathique me plurent d'emblée.

— J'imagine que Gabriel ou Nuri t'a expliqué que tu allais rencontrer Idris et Neve… Pardon, le roi et la reine. C'est l'habitude, s'excusa-t-il, triturant un anneau à son oreille. Désirez-vous une boisson ?

— Je veux bien un Torrent de nuages puisque tu les prépares si bien, s'il te plaît Aster. Et j'imagine que Camille en voudra un aussi.

— Aucun souci. Nuri, peux-tu seller les chevaux ?

L'ami de Gabriel se dirigea vers le fond de la maison tandis qu'Aster nous servit un verre de Torrent de nuages. La légèreté et la fraîcheur de la boisson prodiguèrent une vive sensation en moi ; celle de me sentir assise sur un nuage cotonneux. La boisson sucrée coula dans ma gorge et sema des bourgeons de joie sur son passage.

Deux chevaux impatients renâclaient dans l'écurie lorsque nous y entrâmes.

— Camille, monte derrière moi, s'il te plaît. Quant à toi Gabriel, installe-toi derrière Nuri.

Nous nous assîmes sur les équidés et Aster tapota le flanc de l'animal. Les paysages défilaient sous mes yeux et j'imprégnai mes pupilles de ces collines verdoyantes. Après les descriptions de Caltricia par Gabriel, je mourais d'envie de découvrir la capitale, apparemment d'une beauté sans égale. Nous atteignîmes rapidement les maisons à l'orée de la ville. Le regard aux abois, je m'émerveillais devant le charme que dégageait chacune de ces bâtisses, si similaires aux contes de princesses que je lisais petite.

La gentillesse des passants m'ébahissait, tous dansaient la valse du bonheur en se saluant et se faufilant à travers les étals, les chevaux et leurs voisins. Guillerette, je fermai un instant les paupières afin de graver ce moment dans ma mémoire. Les sabots des chevaux résonnaient sur les pavés de la route et les commerçants vantaient leurs produits, insistant sur leur provenance locale. Sons et odeurs se mélangeaient, créant un délicieux souvenir.

Enfin, j'aperçus le Palais. *Le* Palais. Pas la reproduction d'une simple peinture présente dans *L'Histoire d'Atalia*, non. Le vrai. Majestueux et grandiose, il surplombait la ville. Le portail orné de sculptures d'or dominait les alentours, nous rendant tous insignifiants. Les gardes postés devant nous ouvrirent en reconnaissant Aster et Nuri et nous confiâmes les deux chevaux aux écuyers de l'écurie.

La splendeur de l'architecture intérieure m'éblouit autant que l'extérieur. Chaque sculpture, chaque moulure avait été pensée avec minutie. Un tapis bleu roi couronnait l'imposant escalier trônant au milieu de l'entrée. Lorsque nous montâmes les deux étages nécessaires, accompagnés de deux gardes, je réalisai la chance que j'avais en cet instant. Marcher sur un revêtement que tant de souverains et souveraines avaient foulé n'était pas donné à tout le monde.

Les soldats se mirent en retrait sans toutefois partir et le frère du roi frappa à la porte. Une voix masculine retentit et Aster pénétra seul dans le bureau des monarques. Avant que la porte ne se ferme derrière lui, j'eus le temps d'entendre le début de la conversation, à savoir l'échange de banalités et la demande d'Aster de parler en privé au roi et à la reine.

Sachant qu'ils parlaient de moi, mon anxiété accrut. Je frottais mes sourcils de mes mains moites, signe de mon appréhension. Je me triturais les doigts, entreprenant de me calmer en comprenant qu'Aster ne reviendrait pas de sitôt. Je pris de profondes inspirations et m'appuyai sur le mur en quête d'un soutien physique, comptant les secondes en silence en priant pour une accélération soudaine du temps. Une illusion, évidemment.

Ni Gabriel ni Nuri ne paraissait avoir remarqué mon attitude, tous deux les paupières closes et les sourcils froncés. Perplexe, je voulus les questionner à propos de leur posture étrange, mais préférai finalement me concentrer sur moi et mon souffle erratique.

Enfin, la poignée du bureau s'abaissa et je soupirai de soulagement ; mon attente insoutenable se terminait. Mais je me trompais. Contrairement à ce que je pensais et espérais, Aster requérait uniquement la présence de Nuri et Gabriel. Ce dernier me lança un regard contrit et disparut de mon champ de vision, me laissant seule avec les deux gardes, toujours à leur poste.

Des gouttes de sueur perlaient au-dessus de ma lèvre supérieure. Si le roi et la reine tardaient à ouvrir, je doutais pouvoir contenir la crise d'angoisse qui pointait son museau. De légers spasmes agitaient mon corps et de profonds vertiges m'habitaient. Sol et plafond s'inversaient. Puis mon corps me lâcha. Je me crispai par anticipation du choc contre le sol… qui ne vint pas. À la place, un cocon moelleux m'entoura. Mon esprit errait dans des nuages orageux et colériques. Rien ne m'aidait à reprendre conscience, à me calmer.

Un linge froid et humide se posa sur mon front, me permettant de retrouver une certaine lucidité. Un bruit sourd parvint à mes tympans, mais je ne décelai pas son origine. Quelques gouttes d'eau dégoulinèrent dans ma gorge, hydratant mon palais asséché et ma langue râpeuse. Étourdie, mes paupières laissèrent passer la lumière du jour, heureusement atténuée par le manque de fenêtres dans cette partie du Palais. L'un des gardes me tendit un verre en m'adressant un sourire rassurant et, les mains tremblantes, je le portai à mes lèvres. J'appréciai la fraîcheur de l'eau qui m'apaisa. Je pris le temps de retrouver une respiration régulière, plaçant ma main sur mon ventre afin de le sentir se soulever et s'abaisser.

Une fois plus sereine, je remerciai les deux gardes.

— Veux-tu que nous prévenions Ses Majestés, afin que tu aies plus de temps avant de les rencontrer ?

— Je ne préférerais pas. Ce n'est pas grave, des bouffées d'angoisse s'emparent souvent de moi, répondis-je, la voix tremblotante.

Je détestais cette faiblesse apparente, ma voix aurait dû être claire et assurée, et non bégayante et hésitante.

— Je ne souhaite pas passer pour une personne fragile, incapable de gérer une simple crise d'angoisse, ajoutai-je.

Je me mordis la lèvre, regrettant déjà ma phrase.

— Tu ne seras pas perçue comme telle. Ces crises sont fréquentes chez ma fille et je la trouve très courageuse. Toi aussi, tu l'es. Devoir combattre ses peurs et démons recèle toujours d'une grande complexité, me rassura l'autre garde.

Je souris faiblement.

— S'il vous plaît, n'en informez personne.

— Ton secret est bien gardé, jeune demoiselle, déclara le premier soldat en m'adressant un clin d'œil.

Il me tendit la main et m'aida à me relever.

— Aurais-je l'honneur de connaître vos noms ?

— Mon collègue s'appelle Izar et moi, c'est Mani, m'apprit le garde qui avait mentionné sa fille.

— Merci beaucoup à vous deux, conclus-je, souriant franchement cette fois-ci.

Je finissais de me remettre de mes émotions ; mes tremblements et mes vertiges s'estompaient pour disparaître presque complètement lorsque la porte derrière moi se déploya sur Aster. Je lançai un dernier sourire aux deux gardes et passai le pas de la porte, les mains moites, réprimant une forte envie de me frotter les sourcils. J'esquissai une révérence maladroite à l'intention du roi et de la reine. Celle-ci m'invita à m'asseoir sur un fauteuil. Croisant le regard mal à l'aise de Gabriel, je fus presque soulagée de le savoir dans le même état que moi.

N'ayant plus à me focaliser sur la tonicité de mes jambes, je pus observer plus en détail le roi et la reine, mais également la pièce de travail des souverains. Les moulures crème du plafond haut ajoutaient une touche impressionnante au bureau, mais également un sentiment de confort, comme s'il s'agissait d'un salon où trônait un poêle chaleureux.

Le premier élément qui attira mon attention fut la chevelure de la reine, intégralement blanche. Quoique la couleur ne soit pas commune pour une personne si jeune, ses cheveux resplendissaient et lui ajoutaient un charme inéluctable. Quant au roi, je remarquai les profondes poches sous ses yeux, signe d'un travail empiétant régulièrement sur son sommeil. Les deux souverains vêtaient les mêmes habits ; un pantalon droit noir, une chemise blanche, une cravate anthracite et une veste sombre. Le roi me tira de ma contemplation :

— Nous sommes ravis de faire ta connaissance, Camille.

Malgré mon malaise, une brise chaleureuse identique à celle que j'avais éprouvée pour Aster et Nuri emplit mon corps.

— C'est réciproque, répondis-je d'une voix étouffée, régulant l'appréhension qui menaçait de ressurgir.

— Bienvenue parmi nous, Camille. Détends-toi, nous n'avons aucunement l'intention de te torturer, me sourit la reine avec douceur.

— Je doute que tu l'ignores, mais je suis Idris Norisey, le monarque d'Atalia. Et voici Neve, mon épouse et ma meilleure conseillère. Pour faire simple, nous aimerions te poser une série de questions. Tu as bien sûr le droit de te taire si l'une d'elle t'embarrasse. Cela te convient-il ?

Je hochai la tête en déglutissant avec difficulté, espérant qu'aucune question ne concerne mes parents.

— Quand es-tu arrivée à Atalia ? Samedi, c'est exact ? commença la reine.

J'acquiesçai, incapable de prononcer la moindre syllabe.

— Pourrais-tu apporter des détails à propos de cette soirée ?

Je forçai les mots à s'écouler de ma bouche, toujours anxieuse.

— Comme d'habitude, j'étais assise contre le tronc d'un cerisier, situé sur une falaise semblable à celle près de Caltricia, où j'ai atterri. Un cyclone m'a aspirée et j'ai tourné dans tous les sens pendant un temps aussi interminable qu'expéditif. Pourtant, aucun nuage n'obscurcissait le ciel ce soir-là. J'ai atterri violemment sur Gabriel et ai roulé sur le côté. Quelques minutes plus tard, nous avons parlé et il m'a accueillie chez lui. J'imagine que vous connaissez d'ores et déjà la suite.

Le roi opina et poursuivit :

— Quel âge as-tu ?

Je plissai les yeux tant cette question me parut absurde. Je n'en comprenais pas l'intérêt, mais comme il était question du roi, je fis l'effort de répondre.

— Quinze ans.

— Ta date de naissance ?

— Le dix-sept septembre.

— Y a-t-il un endroit dans le royaume qui t'a rappelé un moment passé ?

J'affichai un visage incompréhensif, avant de prendre conscience de mon impolitesse et revêtir un masque impassible.

— Non…

— Parmi les personnes à qui tu t'es adressée, certaines te font-elles penser à quelqu'un ?

Leur interrogatoire n'avait pas de sens, comment aurais-je pu connaître quiconque puisque je n'avais jamais mis les pieds dans le royaume avant samedi ?

— Excepté la ressemblance entre vous et votre frère, non plus.

— Connais-tu les différents Dons présents dans le royaume ?

— Oui, Gabriel m'a expliqué votre système.

— Parfait. Si nos conjectures se révèlent exactes, tu te serais téléportée jusqu'ici. As-tu, auparavant, ou depuis que tu es à Atalia, expérimenté d'éventuels Dons ?

— Non. Mais vous savez, dans mon pays, personne n'a de Don, répondis-je, hésitante à contredire un roi. Certes, je n'ai pas d'explication logique quant à mon arrivée ici, mais je ne me suis pas téléportée. J'ai dû être victime d'une série de hasards, mais jamais je n'aurais pu accomplir cet exploit.

Le roi acquiesça, pensif et un sourire en coin, me rendant plus dubitative encore.

— Comment s'appellent tes parents ? enchaîna la reine.

Serrant les dents pour ne pas crier de douleur, j'inspirai profondément et pris mon courage à deux mains.

— Seren et Evanna.

— Je suis désolée d'en venir à un sujet probablement délicat, mais c'est une question fondamentale. Tes parents t'ont-ils regardée au moment où tu t'es télé… Au moment où tu as atterri à Atalia ?

Je fermai les yeux, chaque confidence devenait plus compliquée que la précédente, mais je devais me battre, je n'avais pas le droit de lâcher maintenant. Bien sûr, la reine ignorait que ma souffrance n'était pas de savoir mes parents dans ce potentiel autre monde, mais de les savoir hors de ma portée pour le reste de ma vie. Ne sachant comment répondre, et essayant de repousser l'échéance de propos déchirants, je répondis, blême et les larmes aux yeux :

— Non.

— Penses-tu qu'ils s'inquiètent de ta disparition ?

Je n'avais plus le choix. Pour la première fois depuis l'évènement, je devais prononcer les mots fatals à voix haute. La bulle de mon chagrin enfla et menaça d'exploser, mais je la contins à grand-peine.

— En réalité... Ils sont... Ils sont décédés.

Le roi, la reine et Aster échangèrent un regard éploré. La reine reposa son regard sur moi et ses yeux s'emplirent de perles acides de souffrance pure. La culpabilité prit aussitôt possession de moi, bien que j'ignore encore comment ils connaissaient mes parents. Parce qu'il ne pouvait en être autrement. Pourquoi donc pleureraient-ils la mort d'inconnus ?

Bientôt, leur visage se referma et se recouvrit d'une carapace impénétrable, comme j'avais revêtu mon masque d'impassibilité quelques minutes plus tôt. Sa Majesté m'interrogea sur la seule question que je voulais éviter par-dessus tout. Comment leur vie s'était achevée. Rien au monde n'aurait dû m'obliger à revivre cette nuit atroce, les souvenirs me hantaient déjà chaque nuit. Mais je n'avais pas le choix si je voulais comprendre. Et surtout, mon intuition me soufflait que cette étape regorgeait d'une nécessité sans préalable. Alors je narrai le déroulement de ce dix-huit février.

Les yeux secs, je me façonnai une coquille dans laquelle je m'enfermai, contant d'une voix atone ce qui m'avait tant brisée et continuait de me détruire. Je ne laissai transparaître aucune émotion, aucun sentiment. Je préférai que l'ouragan anéantisse l'intérieur de mon corps, déjà pourri par le chagrin et infesté par la responsabilité de leur mort. Une fois mon récit terminé, la reine s'accrocha à son mari pour se protéger de cette dure réalité, et Aster fit de même avec Nuri.

— Seren et Evanna… décédés… ?

— Mais… Comment les connaissez-vous ?

Mon besoin de réponses surpassait toute politesse et devenait urgent. J'avais le droit de savoir. J'avais répondu à leur questionnaire dans son intégralité, j'avais fait face aux interrogations les plus compliquées émotionnellement, mais personne ne m'aidait à comprendre la situation, dont, il semblait, j'étais la seule à ignorer la teneur.

Le roi cligna un instant des yeux au son de ma voix, décontenancé, comme s'il ne savait plus où il se trouvait. Perdu dans un lieu connu de lui seul, peut-être dans les chemins tortueux de ses souvenirs. Il reprit ses esprits et m'annonça une nouvelle bouleversante :

— Tu es notre nièce, Camille.

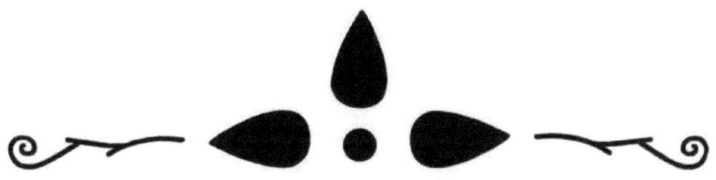

Chapitre 5

Mon cerveau fonctionnait au ralenti, les paroles de la reine n'atteignaient plus mes oreilles. Il y avait encore quelques minutes, elle me demandait si je tenais le coup. Il y avait encore quelques minutes, elle me retenait afin que je ne tombe pas du fauteuil. À présent, je n'en avais plus aucune idée. Un bouclier sonore s'était dressé entre moi et tout bruit extérieur.

Tu es notre nièce, Camille.

Les mots résonnaient inlassablement dans mon esprit, mais ils demeuraient dénués de sens. Peu à peu, je repris conscience de mon environnement et battis des paupières pour m'enraciner dans la réalité. Le roi s'excusa pour cette brusque annonce. Aster me tendit un verre d'une boisson que je ne reconnus pas. Remarquant mon regard curieux, Nuri m'apprit qu'il s'agissait de Tonique de damyssis. Je bus une gorgée. Si la boisson contenait un parfum cxquis, je prêtai seulement attention à la force qu'elle me fournit. Une étincelle d'énergie traversa mon corps.

— Camille ? Ça va mieux ?

Au ton que la reine revêtit, je devinai que ce n'était pas la première fois qu'elle m'appelait.

— Je... Rien ne m'avait préparée à une telle déclaration. Comment est-ce possible ? Je ne suis jamais venue ici et Papa et Maman m'ont toujours affirmé qu'ils constituaient ma seule famille.

Le teint de la souveraine vira à un blanc blafard que je n'aurais cru possible s'il ne s'étalait pas devant mes yeux.

— Neve est la sœur d'Evanna, elles ont trois ans d'écart, m'expliqua Idris.

J'accusai le coup et réprimai un hoquet de surprise. Le silence alourdit l'atmosphère, déjà anxiogène. Je cherchai un moyen de remplir mes poumons sans prendre le risque qu'ils éclatent d'une surdose d'informations. Je pris soin de me ressaisir avant de poser de nouveau mon regard sur la reine pour la détailler.

Maintenant que j'avais assimilé le choc, je percevais mieux les ressemblances entre Maman et elle. La forme de leur visage, leurs taches de rousseur et leurs yeux étaient similaires. Seules la coupe et la couleur de leur chevelure différaient. Tandis que les cheveux blond platine de Maman atteignaient à peine ses épaules, les longs cheveux blancs de la reine valsaient jusqu'au milieu de son dos. Un détail m'interpella, complètement en décalage avec ces pensées.

— Donc Nuri...

— Est ton cousin éloigné. Vous n'avez aucun lien de parenté, mais vous êtes liés par notre union, puisque Aster est le frère d'Idris.

Je hochai la tête mais une question me taraudait toujours.

— Comment me connaissez-vous ? Peut-être usez-vous d'un stratagème pour m'attirer dans vos filets ! Après tout, j'ai affiché ma douleur devant tout le monde, vous pouvez l'exploiter comme bon vous semble désormais, repris-je, amère.

Les souverains échangèrent un regard ferme avec Aster.

— Nous n'avons aucune intention de te faire du mal, Camille. Mais afin que tu comprennes mieux, je vais te raconter une histoire. *Notre* histoire.

Le roi marqua une pause.

— Neve et Evanna s'entendaient comme deux meilleures amies depuis toujours, elles ne pouvaient se passer l'une de l'autre. Lorsque j'ai rencontré pour la première fois tes parents, mon couronnement n'avait pas encore eu lieu. Evanna et Neve avaient préparé un déjeuner chez leurs parents, nous faisions honneur aux plats raffinés et exquis, mais plus important ; nous apprenions réellement à nous connaître.

Tout se contredisait dans mon esprit. J'attendais avec impatience de comprendre le pourquoi du comment – parce que mes parents ne venaient certainement pas d'Atalia –, mais je restais silencieuse, ne souhaitant pas interrompre le flot de renseignements à propos de la vie de Maman et Papa.

— Très vite, nous avons formé un quatuor inséparable. Ton père en particulier est devenu mon meilleur ami, je n'aurais jamais pu souhaiter mieux. Lorsque Aster et Hannah ont rencontré Seren et Evanna, ils se sont rapidement entendus. Notre quatuor s'est transformé en sextuor. Nuri est né quelques années plus tard, puis tu as suivi l'année d'après. Nos journées se déroulaient presque de la même manière, nous ne gaspillions aucune minute passée tous les six. Nous ne pouvions rêver d'une meilleure vie… seulement, trois éléments nous ont séparés.

» Le premier fut le décès de la douce et réservée Hannah. Elle a succombé à une maladie inconnue qui la maintenait de plus en plus au lit. Nos Guérisseurs les plus compétents ont tout essayé pour la remettre sur pied mais rien n'a fonctionné. Trois semaines après son premier épisode de fatigue intense et d'impossibilité d'esquisser le moindre mouvement sans souffrir terriblement, ses nuits duraient au minimum douze heures, sans compter les siestes de deux heures chaque après-midi. Pendant huit mois, nous sommes restés chaque jour à son chevet pour lui parler et profiter de sa présence. Nos Guérisseurs ne trouvaient ni la cause de cette maladie, ni le remède pour taire ses douleurs. Tous étaient formels ; ils n'attendaient aucun miracle. Le souffle de la désillusion a alors éteint la flamme de notre espoir. Son agonie a duré jusqu'au quatre juin, il y a douze ans. Nos mains posées sur les siennes, elle a lâché son dernier souffle : « Soyez heureux sans moi, s'il vous plaît… C'est ma dernière requête, la flèche de ma vie atteint sa cible finale ; la Mort. Je vous aime de tout mon cœur. S'il te plaît chéri, dis à Nuri que mon amour pour lui ne rencontrera jamais de fin et que je veillerai toujours sur lui. Aster, je… Astres et étoiles m'ont mis sur ton chemin et je leur ai promis de veiller sur toi. Les vagues du bonheur se brisent sur le sable de mon cœur lorsque tu es près de moi. Jusque dans l'éternité, en notre âme notre amour conservera un toit. »

Mes yeux s'humidifièrent devant cette déclaration d'amour.

— S'en suivit une période de chagrin, de désespoir, de fatigue émotionnelle et de désir de disparaître. Nous n'organisions aucune sortie ; nous ne pouvions décemment le faire après la perte d'un pilier de notre vie, d'une amie ou épouse si chère. La culpabilité nous aurait dévoré. De toute manière, personne n'en avait la volonté. Les rares fois où nous nous voyions, nous ne parvenions pas à ôter ces pensées qui nous hantaient : quelle aurait été sa réaction à la blague de Seren ? Aurait-elle affiché une expression indignée en constatant que nous n'avions pas cuisiné son gâteau préféré ? Se désolait-elle de nous savoir si affectés par sa mort ?

» Huit mois plus tard, la demande de Hannah nous revint et nous fîmes en sorte de retrouver notre gaieté. Durant les premiers mois après cette réalisation, seuls des masques de joie couvraient notre visage, le bonheur ne nous habitait pas. Nous dûmes faire face à nos devoirs et, peu à peu, à force de faire semblant, notre véritable sourire retrouva sa place en nous. Sa pâleur persistait, rien ne serait jamais plus comme avant, nul ne l'ignorait. Nous tâchions seulement de privilégier le positif au négatif, comme Hannah le désirait.

» Tu avais trois ans, presque quatre, lorsque le deuxième évènement se produisit : je montai sur le trône. Je n'en avais nullement envie, l'époque ne pouvait moins bien tomber, huit petits mois après le décès de Hannah. Mais on ne m'offrit pas d'alternative. Lorsque le roi ou la reine fête ses soixante-dix ans, son héritier ou héritière le remplace. Le vingt-huit janvier, on me couronna. Finies les promenades à la journée, finis les déjeuners transformés en dîners, finis les longs débats et les conversations palpitantes. Je devais endosser mes responsabilités. Tout à coup, je gouvernais un royaume et tous les plaisirs du quotidien se trouvaient réduits. Je souhaitais devenir roi, j'avais été élevé pour ce rôle et je voulais contribuer à l'amélioration de ce pays. Mais à ce moment, seul le goût amer de mon manque de temps subsistait sur ma langue. Nous rendions visite dès que possible à Aster, Seren et Evanna. Mais bien que nous ayons conservé notre complicité passée, tout avait changé. L'absence de Hannah et nos métiers prenants pesaient dans notre relation.

» Arriva alors le dernier incident, fatal, achevant notre séparation.

Le roi soupira et son regard s'assombrit. Je n'osai l'interrompre, je n'avais aucun doute, il rejouait cette spirale sulfureuse en pensée, cette descente aux enfers.

— Cet évènement s'est déroulé le jour de tes cinq ans. Nous nous étions tous réunis chez tes parents afin de fêter ton anniversaire. Tout se passait à merveille, malgré le visage préoccupé d'Evanna, comme depuis plusieurs semaines. Elle ne le dissimulait pas aussi bien qu'elle l'aurait voulu. Nous l'avions interrogée à ce sujet à plusieurs reprises, mais elle a toujours prétendu que la fatigue et le manque de Hannah la terrassaient plus que jamais. Nous nous doutions qu'un autre élément entrait en compte, mais nous n'avons jamais découvert lequel. Enfin, nous avons nos suspicions sur la question, à présent. Mais je dois poursuivre mon récit pour que tu comprennes.

» Les discussions allaient bon train, tu jouais avec Nuri, non loin de nous, lorsqu'un rondin enflammé s'écrasa avec un crépitement dans le jardin. Après un été plutôt sec, l'herbe prit feu avec une rapidité fulgurante et une odeur de brûlé se répandit comme une traînée de poudre. Nombre de bûches chutèrent près de nous et des cordes surgirent du ciel. Ta mère reprit ses esprits la première et courut vous chercher, Nuri et toi. Elle jeta presque Nuri dans les bras d'Aster et s'écarta, s'installant aux côtés de Seren, te protégeant de son étreinte. Le feu jaillissait derrière eux, produisant l'image impressionnante d'une puissance prête à s'abattre sur eux. Les yeux remplis de larmes, elle nous hurla :

— *Fuyez ! Téléportez-vous au Palais tous les quatre ! Cronen ne s'arrêtera pas tant qu'ils n'auront pas obtenu ce qu'ils veulent, et nous ne sommes pas prêts à le leur fournir !*

— *Cronen ? De qui s'agit-il ?* répondis-je aussitôt.

— *Et vous trois ? Où vous irez-vous ?* s'égosilla Neve.

— *Nous devons partir. Partir très loin et demeurer cachés aussi longtemps que nécessaire. Mais dépêchez-vous, si nous voulons tous nous sauver !*

— *Mais... Pourquoi ?* demanda Neve, incompréhensive, comme nous tous.

— *Le temps nous est compté ! Idris, mon ami, je t'en supplie, amène-les tous en lieu sûr…* m'implora Seren.

» J'opinai, grave, et pris la main de Aster et Nuri, les téléportant en lieu sûr. Je renouvelai l'opération avec Neve et vous abandonnai finalement aux mains de vos ennemis. Je venais d'accomplir l'action que je regretterais tout au long de ma vie. Chaque jour pendant une année, nous vous avons cherché dans les confins du royaume et même à Thollaetera, Talix et Gramiriel, mais jamais nous n'avons retrouvé la moindre trace de vous. Perdant espoir, nous avons ralenti notre cadence, lançant des appels, accrochant des affiches et dessinant même des portraits de vous. Nous tâchions d'imaginer à quoi tu ressemblerais en grandissant. Il faut croire que cela a fonctionné, conclut le roi, un sourire triste figé sur ses lèvres.

Son masque impassible de monarque délaissé, il m'exposait ses blessures dans toute leur vulnérabilité. Touchée par ce geste, je me sentais surtout attristée par la douleur à l'intérieur de sa carapace. À présent que je connaissais toute l'histoire, je ne pouvais me résoudre à vouvoyer les monarques – ou plutôt, mon oncle et ma tante.

— Rien de toute cette affaire n'est de ta faute Idris, tu as seulement exécuté la dernière demande de ton meilleur ami. Même si votre Téléportation impliquait la possibilité de ne plus jamais vous revoir, je suis certaine qu'ils préféraient vous savoir en sécurité. Personne ici n'a rien à se reprocher. Vous n'êtes pas coupables.

— La culpabilité me poursuit depuis dix ans, je parviens à la maîtriser à présent. Ce n'est pas grave si des traces subsistent en moi, répondit Idris en haussant les épaules, las.

Aucun mot ne pourrait le convaincre du contraire, aussi je n'insistai pas.

— Idris conserve ce regret en lui depuis trop longtemps, soupira Neve. Un mince espoir s'est glissé en nous lorsque Aster nous a annoncé que Gabriel t'avait retrouvée, nous pensions que peut-être, Seren et Evanna seraient enfin de retour, mais…

— Je suis désolée que vous ne vous soyez pas retrouvés une dernière fois…

— Tes parents nous manquent terriblement, mais ta présence tient du miracle, Camille. Nous ne pensions pas pouvoir un jour discuter de nouveau avec l'un de vous trois.

— Neve a raison, Camille. Même si nous ne sommes pas liés par le sang, je suis très attaché à toi, m'assura Aster.

J'esquissai un sourire, Gabriel, Nuri et Aster s'étaient si bien effacés durant ces révélations que je les avais oubliés.

— Avant que nous allions déjeuner, j'ai une question, reprit Neve. Gabriel, as-tu affirmé que le nom de famille de Camille était « Orelake » ?

L'intéressé rougit lorsque la reine s'adressa directement à lui et je souris furtivement.

— Effectivement, Votre Majesté.

Neve opina et se tourna vers moi :

— Peux-tu m'épeler ton nom, Camille ?

J'obéis et la reine réfléchit un instant, avant de poursuivre :

— J'imagine que tu es au courant que tu as hérité du nom de ton père ?

Je hochai la tête avec empressement, attendant avec inquiétude la suite. Je craignais un nouveau bouleversement.

— Il se nommait Seren Elakero, et non Orelake. Sauf erreur de ma part, « Orelake » est l'anagramme de « Elakero ». Je pense que tes parents ont pris soin de dissimuler leur identité afin de brouiller les pistes. Ainsi, Cronen ne pourrait les retrouver avec facilité. J'imagine néanmoins qu'ils souhaitaient conserver des attaches avec notre royaume afin de ne pas oublier leurs origines. Bien sûr, je ne peux qu'émettre des hypothèses, conclut-elle avec un sourire triste.

Le nouveau choc me laissait coite. Le marteau de l'incompréhension malmenait mon crâne de données erronées. Mes parents m'avaient non seulement dissimulé un pan fondamental de ma vie, mais également mon véritable nom de famille. Presque tout ce que je considérais comme les bases de mon être n'étaient que tromperies et mensonges.

Je pris une inspiration tremblante et exhalai ma colère, la bannissant de mon corps. L'image que j'avais de Papa et Maman ne serait modifiée que si je le décidais. Et je choisissais de laisser couler. Je n'affirmais pas que ces annonces ne m'ébranlaient pas, mais je ne pouvais rester énervée contre mes parents. Ils avaient tout abandonné pour protéger leurs proches, pour me protéger. Je ne pouvais entacher leur mémoire en me montrant si injuste. Un jour, je découvrirai leurs raisons, je m'en fis la promesse.

Malgré tout, je regrettais qu'ils ne m'aient jamais parlé de leurs amis, de notre famille. J'aurais aimé savoir d'où je venais, comprendre que ne pas me sentir chez moi dans le monde où j'avais majoritairement vécu ne me rendait pas moins légitime, qu'ici un royaume m'attendait. Peut-être même des amis, si je parvenais à convaincre Idris et Neve de me laisser habiter à Atalia.

Malgré le peu de temps que j'avais passé dans le royaume, je m'aperçus que jamais je n'avais ressenti une telle connexion avec un lieu, jamais tant de bonheur n'avait déferlé en moi. Excepté, bien sûr, celui apporté par mes parents et ma maison, lorsque la tempête n'avait pas encore ravagé ma vie. Des larmes picotèrent mes yeux et je battis rapidement des paupières pour les chasser. Je ne pouvais pas pleurer maintenant. Pas devant tant de personnes, aussi bienveillantes et compréhensives soient-elles.

— Tu tiens le coup ? me demanda Gabriel, soucieux.

— Je ressortirai de ce bureau avec un oncle, une tante, un cousin et un oncle éloignés, un nouveau royaume d'origine et un nom de famille différent de celui que j'ai porté pendant quinze ans, mais sinon, oui, je tiens le coup, ironisai-je, dissimulant les fissures de mon armure émotionnelle derrière les railleries.

— Je suis désolé pour toutes ces annonces brutales, s'excusa Idris. Je n'imaginais pas que tu ne saches rien à propos d'Atalia et de ton histoire lorsque tu as franchi le pas de cette porte.

— Comment est-ce possible que je ne me souvienne de rien ? J'aurais dû avoir un déclic devant le Palais notamment, non ?

Idris et Aster échangèrent un regard navré et Neve prit la parole avec douceur :

— Je crains que Seren et Evanna n'aient trouvé un Violet pour les aider à effacer ta mémoire.

Ma prise sur l'accoudoir de mon fauteuil se raffermit, ces retournements de situation n'en finissaient pas. Plus la discussion avançait, plus je me sentais trahie et perdue.

— Comment pouvez-vous effacer les souvenirs de quelqu'un ?

Je nourrissais ma curiosité plutôt que de m'attarder sur la raison pour laquelle je ne possédais aucun souvenir précédant mon cinquième anniversaire.

— La présence d'un Beige et d'un Violet est requise. Le processus est complexe, mais pas irréalisable. Ils combinent leurs forces et leurs Dons, après avoir décidé de la période à effacer. En revanche, les sentiments restent profondément ancrés en nous, même à la suite de l'opération.

C'était pour cela qu'en rencontrant Idris et Neve tout à l'heure, mais également Aster et Nuri plus tôt dans la journée, une flamme d'amour avait léché ma poitrine. Si mon cerveau ne se souvenait pas de leur visage ou du son de leur voix, mon cœur avait mémorisé l'attachement que je leur portais.

Une profonde tristesse me transperça la peau et répandit son venin dans mes vaisseaux sanguins, les infestant de ce sentiment destructeur. Jamais je ne pourrais retrouver ma plus tendre enfance, ces souvenirs en compagnie des personnes qui m'avaient façonnée.

Lasse, je n'eus pas la force d'éprouver de l'irritation. Cette journée m'avait épuisée, et nous n'en étions pas à la moitié. Qui savait ce que j'apprendrais encore d'ici ce soir ? Comment ma vie serait bouleversée ? Mon intuition me soufflait qu'aujourd'hui me marquerait et me changerait à jamais.

— Lequel de mes parents était Beige ?

— Evanna, murmura Neve, émue.

— Avez-vous une idée de la personne à qui ils ont demandé de m'effacer les souvenirs ?

— Camille… Je ne suis pas sûre qu'il s'agisse d'une bonne idée de… commença Neve.

— Je ne veux pas la blâmer, l'interrompis-je hâtivement. Elle n'a fait qu'exaucer le vœu de Papa et Maman. Je voulais juste savoir si vous la connaissiez. Mais c'était une question idiote, ils ne vous ont pas mis au courant.

Un membre du personnel du Palais frappa à la porte et nous annonça que l'heure du déjeuner avait sonné. Nous nous dirigeâmes vers la porte, mais Neve me retint par le bras. Idris précisa que nous arrivions et les souverains se tournèrent vers moi. Le chagrin perlait dans leur regard. Neve s'approcha de moi et me serra dans ses bras. Son odeur me rappelait Maman ; un mélange de vanille et de fleurs. Idris se joignit à nous et je m'accrochai à eux comme à une bouée de sauvetage. Une discussion silencieuse, voilà ce que représentait notre étreinte. Je devinai que je pourrais compter sur Idris et Neve quoiqu'il arrive. Prêts à nous entraider à travers les obstacles que la vie placerait sur notre chemin, nous serons soudés et aimants.

***

Je pris place aux côtés de Gabriel, mal à l'aise dans cet univers méconnu.

— Tu savais que j'étais la nièce d'Idris et Neve, n'est-ce pas ?

— Je m'en doutais, personne n'ignore que l'adolescente dessinée sur les affiches présentes dans les différentes villes est la fille de Seren et Evanna Elakero. Et personne n'ignore que ta mère et la reine partagent le même sang. Néanmoins, ton nom de famille m'a induit en erreur, je n'avais pas fait le rapprochement entre « Orelake » et « Elakero ».

— Je vois. J'imagine que tu n'étais pas autorisé à m'en parler ?

— Je n'avais pas d'interdiction formelle, mais je me voyais mal te l'annoncer. D'autant plus que tu ne m'écoutais pas vraiment lors de notre rencontre, ajouta-t-il avec un sourire.

Mes joues rougirent violemment au souvenir de ma méchanceté ce jour-là.

— Ce n'était pas le bon jour pour faire bonne impression, grommelai-je, les yeux dans le vague.

La main de Gabriel se posa sur la mienne et je sursautai. Il l'enleva aussitôt, affichant une moue ennuyée.

— Excuse-moi, Camille, je ne voulais pas t'effrayer. Ni t'offenser. J'ignorais que le sujet relevait d'un domaine délicat.

Je balayai ses inquiétudes d'un geste de la main. Je me concentrai sur mon assiette vide et constatai que je n'avais prêté aucune attention à la saveur des aliments, moi qui pourtant voulais faire honneur aux plats royaux. Tant pis. J'aurais sûrement l'occasion de manger à nouveau au Palais.

— Je te propose d'aller réaliser le Test afin de connaître le ou les Dons que tu détiens, Camille, m'informa Idris lorsque nous eûmes regagné le bureau. Chaque Atalien et chaque Atalienne passe par là.

Atalienne. Le mot sonnait étrangement dans mon esprit. Parce que telle était ma véritable nationalité.

— Nous n'irons pas à six, mais Gabriel peut nous accompagner si tu le souhaites, il s'agit d'une épreuve déroutante et se trouver aux côtés d'une personne que tu connais d'ores et déjà peut s'avérer rassurant.

Je le remerciai et Idris, Neve, Gabriel et moi quittâmes le Palais. Plusieurs gardes nous accompagnaient, à cheval eux aussi.

Chapitre 6

Une fois devant l'atelier du Testeur, l'un des gardes frappa à la porte et le citoyen nous fit entrer, ahuri de voir le roi sur son lieu de travail. L'Atalien nous salua et bredouilla des excuses à propos de son retard. Idris sourit et lui assura qu'il n'y avait aucune offense, que nous venions sans prévenir. Il expliqua que la reine et lui souhaitaient réaliser mon Test, sans toutefois décliner mon identité. Le Testeur ne posa pas de questions indiscrètes à propos de l'âge obligatoire largement dépassé et hocha la tête avec sérieux.

— Pourriez-vous me suivre, s'il vous plaît, mademoiselle ? me demanda l'homme, soulagé de constater que la visite du roi n'impliquait pas un reproche sur son travail.

— Bien sûr, répondis-je, une pointe d'inquiétude dans la voix.

— Souhaitez-vous que quelqu'un vous accompagne ? Le Test n'est pas douloureux mais les Ataliens le trouvent déroutant, m'informa-t-il, utilisant des mots identiques à ceux d'Idris.

Il jeta un regard vers Gabriel, devant préférer que je le choisisse, plutôt que le roi ou la reine. La chance lui souriait, Gabriel m'escortait pour cette raison. Je l'interrogeai en silence et il me suivit. Le Testeur proposa à Idris et Neve de s'asseoir dans une pièce adjacente à celle où se déroulerait mon Test, puis nous emmena dans le cabinet. L'homme me désigna un fauteuil, me pria de fermer les yeux et me conseilla de tenir la main de Gabriel parce que le tournis risquait de me gagner. Je plaçai ma paume dans la sienne, embarrassée.

J'évacuai cette pensée lorsque les doigts frais du Testeur se posèrent sur mes tempes. Soudain, je tombai, tombai, tombai. Je revivais mon arrivée à Atalia, mais cette fois-ci, je ne discernais plus le haut du bas, le sol du plafond. Une lumière pâle m'entourait et m'éblouissait. Bientôt, des éclats noirs, violets, oranges, argentés et verts rayonnaient dans la blancheur de cette dimension. Mes yeux souffraient de cette clarté trop pure. Enfin, ma chute effrénée ralentit son cours et je sortis de mon esprit. La lumière crue du soleil m'aveugla un instant et j'entrepris de me lever, désirant comprendre ce que le Testeur examinait. Bien mal m'en prit, une migraine fulgurante me punit de mon mouvement brusque. Grimaçant, je massai mon front dans l'espoir que la douleur s'évapore.

— Ma tête, gémis-je.

Le Testeur se tourna vers nous au son de ma voix et je grommelai :

— Bel euphémisme ! Si j'avais su que le sens du monde s'inverserait, je n'aurais pas tenté l'expérience…

Une affirmation dénuée de sens bien sûr. Si je venais réellement d'Atalia et possédais un Don, je voulais absolument savoir duquel il s'agissait.

— Certaines personnes en ressortent indemnes, se justifia-t-il, amusé. Si vous vous sentez prête à faire quelques pas, rejoignons Ses Majestés afin que je vous annonce le résultat de ce Test si pénible.

Gabriel m'aida à me relever et je vacillai. Il me maintint debout tandis que nous nous installions dans la pièce adjacente. Le Testeur nous proposa de la Merveilleuse de pécan, offre acceptée à l'unanimité. Je me réjouissais de goûter cette nouvelle boisson. Il quitta la pièce et Idris me fit part d'une anecdote :

— Lorsque j'avais douze ans, j'ai dû réaliser un Test afin de connaître mes Dons. J'étais assis ici même, dans la pièce que tu viens de quitter, attendant avec appréhension cette analyse que nul Atalien ne pouvait outrepasser. À l'époque, c'était le père du Testeur qui analysait les Dons. Mes parents m'accompagnaient et se trouvaient près de moi lorsque Monsieur Albirès a posé ses mains sur mes tempes. Il a précisé que ma tête pourrait tourner et je me suis cramponné aux accoudoirs du fauteuil avec fermeté. Des couleurs sont apparues dans la lumière blanche et mon corps se retrouvait tantôt à l'endroit, tantôt à l'envers.

» Lorsque j'ai ouvert les paupières, tout tournait autour de moi et je me suis levé pour rejoindre Monsieur Albirès, penché sur les résultats que mes parents et lui étudiaient avec un sourire. Mon estomac retourné n'a pas apprécié l'expérience : j'ai versé mon petit-déjeuner sur les chaussures du Testeur… Ma fierté en a pris un coup… Heureusement, Monsieur Albirès a sauvé mon honneur en promettant que cette histoire resterait dans ce cabinet, tout en riant devant l'image de moi, barbouillé. Pas d'un rire mesquin, mais d'un rire clair et joyeux. Un homme très gentil, ce Monsieur Albirès…

Je pouffai et Monsieur Albirès fils entra dans la pièce, m'épargnant la recherche d'une réponse adéquate. Il nous tendit des verres remplis à ras-bord. Je savourai le goût prononcé de la noix de pécan et celui, moins prononcé, d'un fruit se paraissant à la pêche. Je bus avec avidité, désireuse de chasser mon malaise et d'absorber cette boisson exquise. J'avais à présent dégusté de la Merveilleuse de pécan, du Torrent de nuages et du Tonique de damyssis. Le Torrent restait ma boisson préférée, suivi de près par la Merveilleuse.

— Avant de commencer, vous devez savoir que depuis la nuit des temps, seule une personne, que j'évoquerai plus tard, a détenu plus de trois Dons.

Le Testeur s'adressa au roi :

— Sa Majesté possède trois Dons, si je ne m'abuse : la Téléportation, la Pyrokinésie et le contrôle de tout type de pierres.

Idris acquiesça et Monsieur Albirès reprit, posant cette fois son regard sur toute l'assemblée :

— De nombreuses personnes appartenant à la lignée des Norisey ont possédé trois Dons ; les plus célèbres étant la reine Esmeray, malheureusement, la reine Asterin, et le roi Aydan, votre père, Majesté. Esmeray Norisey pouvait se téléporter, transmettre des messages par le biais de son esprit et manipuler la pierre – Don qu'elle reniait d'ailleurs. Asterin Norisey parlait aux plantes, guérissait en un rien de temps et manipulait l'air – comme vous, Votre Majesté, sourit-il, plantant ses yeux dans ceux de Neve. Quant au roi Aydan, il détenait et détient toujours le Don de former une bulle infranchissable, celui de manier l'eau ainsi que le contrôle du bois.

» La reine Aristeia, elle, possédait quatre Dons. Il est notoire que nul autre Atalien n'a détenu plus de trois Dons. Les Dons les plus rares lui obéissaient. Ainsi, elle était en mesure de se téléporter, de transmettre des messages, de fabriquer une bulle de protection et de faire léviter un objet situé à moins de dix mètres jusqu'à elle.

J'écoutai avec attention le récit du Testeur, bien qu'ignorant où il souhaitait en venir. Je ne comprenais pas pourquoi il devait raconter l'Histoire des Dons, je ne voyais pas de rapport avec moi. Attendant avec impatience les résultats de mon analyse, je rêvassai et espérai détenir un ou plusieurs Dons suffisamment puissants pour intégrer l'académie de Primélia sans entrer en concurrence avec les candidats se présentant sur dossier.

Je me retins de me frapper le front devant ma stupidité. On me cherchait certainement dans l'autre monde, comment pourrais-je un jour vivre à Atalia ? J'imaginais que ce n'était qu'une solution temporaire, en attendant de trouver un moyen de me renvoyer dans l'autre monde…

Je réfléchis un instant et me rendis de nouveau compte de mon idiotie. Jamais Idris et Neve ne m'auraient expliqué leur histoire, annoncé notre lien de parenté et emmenée réaliser un Test uniquement pour me rapatrier dans l'Autre monde à la seconde suivante. Ils n'auraient pas perdu tant de temps pour une inconnue. Pour la seconde fois en une fraction de seconde, je songeais à ma vie si je restais vivre à Atalia pour toujours. Je mourais d'envie de découvrir leur culture, leurs coutumes et leur histoire. Je brûlais de rencontrer de nouvelles personnes, parce que je me nourrissais de la gentillesse des Ataliens depuis quelques jours. Contrairement à l'Autre monde, chaque personne ici m'avait traitée avec une bienveillance sans faille. Mon instinct me souffla que Monsieur Albirès s'orientait vers moi, aussi je me concentrai sur ses paroles.

— Tes parents, Camille, Seren et Evanna Elakero…

— Comment se fait-il que vous connaissiez mon identité ? Nous avions pourtant pris soin de ne rien laisser paraître, l'interrompis-je, déconcertée.

— La célébrité de tes parents dans le royaume n'est ignorée de personne et tu es le parfait mélange d'eux deux. Et puis, tu ressembles prodigieusement aux portraits robots affichés dans le royaume. Comprendre qui tu étais, en sachant que tu es venue ici en compagnie du roi et de la reine, ne m'a pas demandé beaucoup d'efforts, sourit le Testeur.

Avec amusement, je réalisai qu'à présent, il me tutoyait.

— Mais ne vous en faites pas, jamais je ne divulguerai une quelconque information concernant Camille si tel est votre souhait.

— Nous vous remercions, Monsieur Albirès, votre geste nous va droit au cœur.

Le concerné hocha la tête et reprit :

— Tes parents, Camille, possédaient chacun trois Dons. Noir, argenté et bleu pour ton père ; noir, beige et blanc pour ta mère.

Je me triturai les méninges afin de retrouver à quel Don correspondait chaque couleur. Téléportation, métal et eau pour Papa ; téléportation, guérison et air pour Maman. Leur mention m'émut profondément, savoir que mes parents n'existaient pas que dans ma mémoire me réchauffait le cœur. Connaître les Dons qui les avaient accompagnés durant toute leur vie bouscula divers sentiments en moi. Néanmoins, un point me perturba :

— Pourquoi utilisez-vous le passé pour parler d'eux ? l'interrogeai-je, inquiète à l'idée qu'il évoque la mort de Maman et Papa.

— Il y a bien longtemps que j'ai perdu espoir de les revoir un jour. Je les admirais beaucoup, pour leur ambition autant que pour tout le bien qu'ils ont apporté au royaume.

Encore une fois, on faisait référence à la célébrité de mes parents, mais j'ignorais tout de sa teneur. Je m'en soucierai plus tard.

— Mais j'imagine qu'ils ont disparu puisqu'ils ne sont pas en votre présence, conclut-il.

Une brume de chagrin se déposa sur mes fragiles épaules, ainsi que sur celle de tous les occupants de la pièce. Je ne pouvais démentir ses propos, mais je ne pouvais les confirmer. Mon silence fournit la vérité à Monsieur Albirès.

— Je suis navré de l'apprendre. Toutes mes condoléances, Camille.

Le silence plana quelques instants dans la pièce, instants consacrés à la pensée de mes parents. Neve finit par prendre la parole en se raclant la gorge.

— Excusez-moi, mais nous ignorons toujours les Dons que possède Camille. Je suis certaine que vous n'auriez pas abordé Aristeia Norisey ou d'anciens souverains si ce n'était pas le cas.

— Pardonnez-moi, j'avais la tête ailleurs. Camille, tu détiens cinq Dons.

Des exclamations choquées et incrédules surgirent de toutes parts, assaillant Monsieur Albirès de questions et de contestations. Je faillis tomber sous le choc. Personne n'avait jamais manié tant de Dons, il devait y avoir un problème !

— Je suis certain de ce que j'avance, Camille possédera un jour cinq Dons. Les analyses ne mentent jamais.

Le Testeur nous laissa digérer l'information et je mis ces quelques secondes de silence à profit.

— Quels sont ces cinq Dons ? interrogeai-je, sceptique.

— J'y viens, Camille. Quelles couleurs sont apparues durant ton Test ?

Je me triturai les méninges, essayant de visualiser l'espace qui m'avait entourée.

— Du blanc, du noir, du orange, du vert, du violet et une sorte de gris… Probablement de l'argenté.

Le silence emplit la pièce tandis que mon cerveau tournait à plein régime, reliant tous les éléments les uns aux autres. Un éclair de lucidité frappa mon corps et je compris.

— Chaque couleur correspond à un Don, n'est-ce pas ?

— En effet. Habituellement, mes clients mettent plus de temps à trouver, parfois même avec mon aide. En revanche, tu as dû remarquer que les couleurs que tu as comptabilisées sont au nombre de six. Sauf erreur de ma part, le blanc t'entourait, il n'apparaissait pas par éclats.

J'opinai et Gabriel plissa les yeux, aussi interloqué que moi.

— Camille pourra se téléporter, réaliser des Transmissions, manier le feu, les plantes et le métal ?

— Un jour, oui.

Il poussa un sifflement admiratif, résumant nos pensées à tous.

— Camille, ta voie est toute tracée : Primélia ne te refusera jamais !

— Il est certain que si tu désires étudier à l'Académie, tu pourras pénétrer ses portes dès lundi prochain sans problème, renchérit Idris.

Ma mâchoire manqua de se décrocher. Le roi en personne venait-il de me proposer une place dans l'école la plus renommée du royaume ?

— Je peux ? répétai-je, m'assurant que ces paroles n'étaient pas le simple produit de mes rêves.

— Évidemment que oui, Camille. Si tu souhaites vivre à Atalia, étudier ici et y passer le restant de tes jours, nous n'émettrons jamais d'objection, au contraire. Du sang atalien coule dans tes veines, et si tu as vécu la majorité de ta vie dans un probable monde parallèle, tu n'en restes pas moins une Atalienne pure souche ! me rassura Neve.

Je me retins de sauter de joie. Mon bonheur à cet instant égalait un sommet si haut que je ne pensais pas l'avoir déjà atteint. Cependant, une pensée perverse vint doucher mon enthousiasme.

— Dans l'autre monde, ma disparition n'a pas dû passer inaperçue, on me recherche probablement là-bas…

— C'est possible, mais nous ne pouvons agir pour le moment. Evanna, Seren et toi constituez les seules personnes ayant jamais prouvé leur capacité à vous téléporter dans un endroit inconnu. Nous avons d'ores et déjà missionné certains de nos gardes afin qu'ils entreprennent un aller jusque dans le monde dont tu sembles provenir, mais je doute qu'ils réussissent. Je crains que nous ne devions attendre que ta Téléportation se manifeste de nouveau afin d'en avoir le cœur net et d'effacer tous les souvenirs de toi dans l'autre monde. Si c'est là ce que tu souhaites, bien évidemment, s'empressa d'ajouter Neve. Nous ne te forcerons jamais. Si tu préfères retourner dans l'autre monde et ne plus jamais entendre parler d'Atalia, c'est ton choix et nous le respecterons, nous ferons tout pour t'aider à le réaliser, même si nous en serons anéantis.

— Non ! m'exclamai-je véhément.

Rien ne pouvait être pire que là-bas, je ne voulais surtout pas y retourner. Au contraire, couper les ponts le plus rapidement possible avec tout ce qui avait un lien avec ce monde me paraissait être la meilleure idée de tous les temps.

— Nous devrons ramener Papa et Maman lorsque nous parviendrons à y retourner, ils auraient voulu reposer en paix auprès des personnes qu'ils aimaient le plus, murmurai-je.

Idris serra mon épaule dans un geste à la fois affectueux et affirmatif. Monsieur Albirès rompit notre mutisme soudain en se raclant la gorge et je clignai des yeux ; j'en étais venue à oublier complètement sa présence.

— Je ne voudrais pas abuser de votre temps plus longtemps, je me doute que vous avez des tâches importantes à accomplir. Je vous remercie d'être venues vous référer à moi pour analyser les Dons de Camille, Vos Majestés.

— Notre reconnaissance vous revient, merci Monsieur Albirès.

— Ce fut un plaisir.

Idris tendit les cinq drekks que coûtaient le Test. Le concerné secoua la tête mais le roi insista et finit par l'emporter. Après tout, il n'avait aucune raison de ne pas payer. Être souverain ne constituait pas une raison pour lui conférer ces avantages. Nous quittâmes l'atelier du Testeur et retrouvâmes les chevaux, ainsi que les gardes, toujours postés à l'entrée du cabinet. Une fois dans l'écurie royale, je m'étonnai de voir Idris panser son cheval et ne pas le confier à l'écuyer. Neve répondit à ma question informulée :

— Depuis sa plus tendre enfance, Idris adore les chevaux. Il passait ses journées à les câliner, les nourrir, ou se promener sur le dos de Zéphyr, né l'année de ses sept ans. Comme il a toujours été son compagnon, Idris prend soin de lui et y est très attaché.

Neve observa avec tendresse le roi cajoler son cheval. L'amour qu'elle lui portait et l'alchimie entre eux ne faisaient aucun doute. Je n'osais imaginer leur état le jour où la mort les séparerait. Rien d'autre ne serait habilité à le faire.

***

— Quel est le résultat de ton analyse ? me demanda Aster lorsque nous eûmes rejoint l'office des souverains.

— D'ici peu, je détiendrai cinq Dons, déclarai-je sans préambule.

Aster et Nuri émirent une exclamation étouffée, désireux de ne pas m'interrompre.

— D'après Monsieur Albirès, je possède les Dons noir, argenté, vert, violet et orange, expliquai-je, encore incrédule.

— Comment est-ce possible, Idris ? Comment Camille peut-elle détenir cinq Dons alors que même la reine Aristeia n'en possédait que quatre ?

— Nous l'ignorons et nous l'ignorerons sans doute toujours, mais une chose est certaine : tu connaîtras rapidement la célébrité, Camille. Et pas seulement en raison de ton retour à Atalia.

Je fis la moue ; pour moi qui détestais me trouver sous le feu des projecteurs, savoir que je n'allais pas pouvoir y échapper représentait une torture dont je me serais volontiers passée.

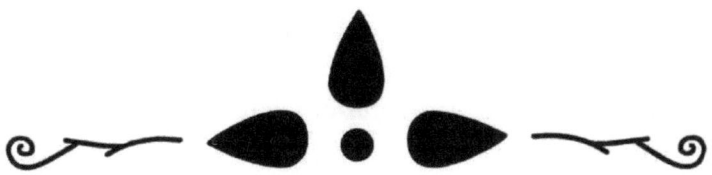

Chapitre 7

— Nuri, désires-tu m'aider à transmettre à Monsieur Siamperic, afin que je l'informe de la venue d'une nouvelle élève dès lundi ?

— Il s'agit du principal de Primélia, ajouta Neve à mon intention.

Nuri hocha la tête avec vigueur et Idris lui demanda s'il se sentait prêt.

— Patientez une minute ! intervint Neve. Vous devriez expliquer à Camille le fonctionnement d'une Transmission, puisqu'un jour elle aura la capacité d'en réaliser, elle aussi.

— À toi l'honneur, Nuri, tu es le mieux placé pour lui en apprendre le déroulement.

— Il existe deux sortes de Transmissions : les simples et les complexes. Idris et moi nous apprêtions à réaliser une Transmission complexe. Il suffit d'être Violet pour entreprendre une simple. Tu tends ton esprit vers une dimension immatérielle nommée « Extension spirituelle » et tout ce que tu dois faire, c'est de penser au nom de ton destinataire avec une volonté sans faille. Que ce dernier soit Violet ou non. Lorsque le nom de ton futur interlocuteur s'imprime dans ton crâne, celui-ci reçoit une proposition qu'il peut accepter ou refuser à sa guise. S'il consent que tu pénètres dans son esprit afin de lui transmettre ton message, il vous suffit de penser à vos propos pour être compris. Comme ton subconscient se trouve dans l'esprit du destinataire lorsque vous discutez, il peut t'en éjecter aussitôt qu'il le souhaite. Tu peux également le quitter à ta guise.

— Et si la personne que l'on souhaite joindre refuse notre Transmission ?

— Alors tu es expulsée de l'Extension spirituelle sans avoir pu lui communiquer ton message. Un autre module existe ; celui des Transmissions urgentes. Même principe que pour les Transmissions ordinaires, seulement tu insuffles un courant d'énergie plus fort qui mentionne le côté pressant sous le nom du destinataire. Mais l'interlocuteur peut tout de même refuser ta Transmission.

— Je vois. Comment se déroulent les Transmissions complexes ?

— La présence de deux personnes, dont un Violet, est nécessaire. Prenons Idris et moi : d'ici quelques instants, je lui tiendrai la main et lui fournirai de mon énergie afin de le guider jusqu'à l'Extension spirituelle. Une fois le portail immatériel franchi, tout se déroule presque comme dans les Transmissions simples, à l'exception près que c'est le nom d'Idris qui apparaîtra dans la demande fournie au destinataire, ici Monsieur Siamperic. J'écouterai la conversation mais je ne pourrai y prendre part. As-tu des questions ?

Je cherchai d'éventuelles interrogations mais finis par secouer la tête, remerciant Nuri par la même occasion.

— N'aie pas peur lorsque tu seras témoin d'une Transmission, les concernés entrent dans une transe aussi longue que la discussion et restent figés. Évite également de nous toucher, tout contact physique nous déconcentrerait.

Sur ces paroles, Nuri attrapa la main de son oncle et leurs paupières se fermèrent à l'unisson. Je profitai de ce laps de temps pour questionner Aster et Neve :

— À Primélia, j'étudierai les cours que Nuri a suivis il y a un an, n'est-ce pas ?

Avant la fin de ma phrase, je me demandai avec horreur si ma scolarité débuterait en première année ou si je rejoindrai les camarades de mon âge en cours de route. J'ignorais tout de l'Académie et de l'âge des élèves en première année. Ainsi qu'en dernière année. Gabriel étudia mon visage avec attention.

— Tout à fait, Camille, répondit Aster avec un sourire.

— Nous débutons l'académie à l'âge de douze ans et célébrons nos dix-huit ans en fin de cinquième année, m'expliqua Gabriel, devinant mes pensées curieuses. Pour les élèves nés avant le mois de juin, évidemment.

Nuri et Idris sortirent de leur transe, coupant notre conversation. Nuri demanda un Tonique d'une voix rauque, vidé de ses forces. Neve, qui avait anticipé la demande, lui tendit un verre rempli d'une boisson violette et épaisse que je savais être du Tonique de damyssis. Idris eut la décence d'attendre que son neveu ait repris ses forces afin de nous raconter la discussion.

— J'ai informé Eliah de ta scolarité après lui avoir annoncé ton retour à Atalia ainsi que les résultats de ton test. Il est ravi de t'accueillir à Primélia. Lundi matin, tu passeras par son bureau afin qu'il te fasse découvrir les lieux. Je lui ai évoqué Gabriel et il m'a proposé que vous vous retrouviez dans la même classe, afin que tu connaisses déjà quelqu'un en arrivant. Nous avons parlé administration et il m'a demandé ton statut ; interne ou externe. Les externes ne dorment pas à Primélia, tandis que les internes y logent toute l'année, excepté durant les vacances estivales. J'imagine que tu es externe Gabriel, à l'instar de Nuri ?

Le concerné opina et ses joues rosirent, surpris par l'adresse directe du roi.

— Je n'ai fourni aucune réponse définitive à Eliah, mais je pensais que dans un premier temps, tu pourrais habiter au Palais. Néanmoins, je crains que nous ne puissions t'accorder autant de temps que voulu. C'est pourquoi il m'est d'avis que la meilleure solution reste de te confier à une famille d'accueil, chez qui tu vivrais toute l'année et qui s'occupe de toi comme si tu étais leur fille. Et même si un jour tu souhaites dormir à l'internat, il n'y aura pas de problème, des places restent disponibles chaque année. Qu'en pensez-vous ?

— Il faut que nous cherchions une famille d'accueil avec qui Camille se sentira à l'aise et en confiance, mais l'idée est à conserver, répondit Neve.

— Je suis d'accord, renchérit Aster. Laisser un élève en pensionnat toute l'année peut s'avérer compliqué pour le moral. Tout adolescent a besoin d'attention et de conseils de la part d'un adulte, de quelqu'un qui s'occupe seulement de lui. Et toi Camille, où te positionnes-tu ?

— Je ne sais pas. Aller vivre chez une famille inconnue m'effraie et je crains qu'ils agissent comme s'ils étaient mes parents. Ce qui ne sera jamais le cas.

— Si tu choisis de vivre dans une famille d'accueil, nous t'accompagnerons les rencontrer et si aucun attachement ne s'opère entre vous, nous nous débrouillerons pour t'accueillir ou te guider vers une nouvelle famille d'accueil. Quant au remplacement de Seren et Evanna, n'aie pas de crainte, chaque famille d'accueil sait qu'elle ne supplantera jamais vos parents, me rassura Neve. Tu peux néanmoins tisser de très forts liens avec eux.

— Évidemment, nous te laissons tout le temps nécessaire à ta réflexion, nous serons ravis de t'accueillir en attendant que tu aies pris ta décision.

Je pesai mes options quelques secondes, avant de décider que je ne craignais rien, si ce n'était passer une mauvaise semaine. Ce qui ne différerait pas de mes journées depuis un an. *Au moins.* J'acceptai, précisant toutefois que je souhaitais pouvoir choisir chaque jour si je dormais à l'internat de l'académie ou dans la maison de ma famille d'accueil.

— Bien sûr ! Si tu es en forme pour m'aider à transmettre de nouveau, Nuri, je vais prévenir Eliah afin qu'il s'occupe de l'administratif et qu'ils nous propose éventuellement des familles d'accueil ayant postulé pour cette année, ou l'an dernier sans avoir eu gain de cause.

— Je suis prêt, affirma Nuri.

Idris et lui renouvelèrent l'opération et se tinrent les mains. Nous patientâmes dans le silence, brisé seulement par Neve qui resservit un verre de Tonique de damyssis pour Nuri. Lorsque le roi et son neveu quittèrent la transe dans laquelle ils avaient plongés, Nuri but son verre et Idris nous résuma la conversation :

— Eliah m'a proposé cinq familles habitant près de Primélia. Parmi celles-ci, trois ont des enfants et deux représentent des couples sans progéniture. As-tu une préférence, Camille ?

J'hésitai : d'un côté, je pourrais avoir des frères ou sœurs, mais de l'autre, je craignais de ne pas m'entendre avec eux ou de submerger leurs parents.

— Un couple seul me conviendrait davantage, je ne veux pas envahir une famille déjà occupée par l'éducation d'autres enfants.

— Si elles postulent pour devenir familles d'accueil, elles ne seront pas dépassées par ta présence, mais pas de problème, nous commencerons par rendre visite aux deux couples sans enfants, approuva Idris. Le mieux serait de nous mettre à leur recherche dès à présent, afin qu'au crépuscule, tu sois installée dans ton nouveau chez toi. Il ne reste plus qu'à déterminer tes accompagnateurs. Je viens, bien sûr, ainsi que Neve...

— Il serait préférable que Camille rencontre les familles d'accueil avec Aster plutôt que nous, le contredit Neve, le coupant dans sa lancée. Les Ataliens ne se comporteront pas forcément de la même manière avec nous, en tant que souverains, qu'avec Aster, bien moins connu. Même si la majorité de notre peuple agit remarquablement, privilégiant toujours la gentillesse à la méchanceté, nous ne sommes jamais à l'abri d'Ataliens mal intentionnés. Ainsi, si Aster est présent, leur véritable personnalité se révélera au grand jour. Certaines personnes peuvent rivaliser de paroles mielleuses et de manières devant nous, tout en se montrant odieux avec Camille et nous insulter dans notre dos.

— Tu as raison, je n'avais pas envisagé cette possibilité… Aster, cela t'ennuierait-il d'emmener Camille rencontrer les différentes familles d'accueil ?

— Pas le moins du monde. Je suis venu pour la journée, de toute manière, donc autant m'occuper !

— Partez maintenant dans ce cas, ainsi vous rentrerez avant la tombée de la nuit.

— Gabriel, souhaites-tu accompagner Camille ? proposa Neve, tempérant le caractère impatient d'Idris.

— Si c'est possible, oui, Votre Majesté.

— Évidemment ! Nuri, que souhaites-tu faire ?

— J'aimerais rester ici et me rendre utile, comme la dernière fois.

— Tu souhaites nous aider à réaliser nos Transmissions ?

— Si possible, sourit Nuri.

— Dans ce cas tout est réglé, conclut Idris.

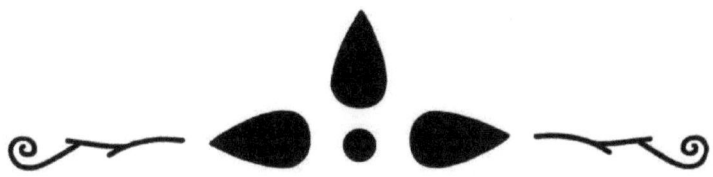

Chapitre 8

Nous quittâmes le Palais une fois qu'Idris nous eût remis les adresses des différentes familles d'accueil. Comme chaque maison se situait proche du lieu de vie des souverains, nous nous y rendîmes à pied.

La première demeure, spacieuse, dégageait une ambiance plutôt austère qui me repoussa un instant. Je chassai cette sensation, il ne fallait pas que des préjugés s'imposent à moi avant de rencontrer le couple, certainement d'une sympathie sans frontière. Un jardin sec et peuplé de peu d'arbres entourait la maison, contrairement à la majorité des habitations de la capitale. Nous devions nous trouver dans un quartier plus aisé que la moyenne.

Ici, les routes ne suivaient pas de chemin rectiligne. À la place, des boucles et des ondulations les marquaient. Mes mains moitirent à l'idée de devoir emprunter ce dédale de rues quotidiennement. Aster frappa à la porte et nous patientâmes. Mon cœur battait si fort que j'étais certaine que Gabriel et Aster ressentaient ces palpitations comme un tic-tac obsédant.

— Oui, c'est pour quoi ? demanda sèchement la femme qui ouvrit.

L'antipathie ruisselait de sa posture, sa voix et son regard méprisant. Même ses yeux gris clair n'inspiraient pas confiance. Je frissonnais, elle m'était encore inconnue, mais un mauvais pressentiment m'habitait à son égard. Aster poursuivit néanmoins :

— Bonjour, nous avons appris que vous aviez postulé pour vous occuper d'un étudiant l'an passé, mais sans résultat favorable. Par conséquent, nous vous proposons de vous occuper de la jeune fille ici présente.

Comme nous avions décidé qu'Idris et Neve ne se rendraient pas à la rencontre des familles, nous avions décrété que décliner mon identité ne rendrait l'opération que plus compliquée.

— En quel honneur mon époux et moi devrions accueillir cette « jeune fille » ?

Un brin de décontenance traversa le visage d'Aster, qui reprit d'un ton neutre :

— Comme je vous l'ai indiqué, vous avez postulé l'an dernier, aussi nous nous sommes permis de vous proposer.

— Là est le problème, pointa-t-elle avec dédain, repoussant une mèche brune de son visage. Vous interrompez ma longue journée de travail pour une offre dont je n'ai cure. Nous avions postulé l'an dernier et désirions finalement nous retirer de la liste. Nous n'avons pas pu mais heureusement, aucun étudiant ne nous a été administré. Nous n'avions aucune intention de renouveler notre demande cette année. Et puis, regardez sa tête, elle est d'une laideur sans égale !

Je pinçai les lèvres, blessée par ses paroles injustifiées. Comme il ne servait à rien d'insister, Aster conclut en serrant les dents :

— Bonne fin de journée.

— Maintenant que vous m'avez fait perdre mon temps, partez et ne revenez pas, vous n'êtes pas les bienvenus ici !

Elle claqua la porte d'entrée et nous nous éloignâmes au plus vite.

— Comme si l'intention de retourner ici nous venait à l'esprit… Quelle femme désagréable ! Je suis sincèrement désolé Camille, j'ignore comment ils ont pu passer les tests de vérification d'aptitude à héberger un étudiant…

— Tu n'as rien perdu, Camille ! Pour qui se prend-elle à proférer de tels mensonges, de telles ignominies ! s'écria Gabriel, indigné.

— Ce n'est pas grave, ne vous inquiétez pas, elle ne mérite pas qu'on lui accorde notre salive.

J'ai l'habitude, ajoutai-je en silence. Je tâchai de me rendre imperméable à toute remarque négative tandis que nous reprenions notre marche. J'essayai d'enfouir les paroles aigres de cette femme et d'appliquer mes propres recommandations. *Et puis, regardez sa tête, elle est d'une laideur sans égale !* Je ne craquerai pas. Je résisterai jusqu'à pouvoir déverser mes larmes dans le silence étouffant de la nuit, seule.

La seconde demeure ressemblait à la première dans sa construction, mais paraissait plus accueillante et vivante. Peut-être était-ce dû aux parterres de fleurs jonchant le jardin ? Ou à la plante grimpante sur les murs de la maison ? À la fumée s'échappant par volutes de la cheminée ? Ou encore à la douce odeur émanant de l'intérieur et emplissant mes narines ? Tant de détails la rendaient chaleureuse.

Aster s'apprêtait à frapper à la porte mais s'arrêta finalement et me demanda si je souhaitais toujours vivre dans une famille d'accueil. J'hésitai un instant, mais me souvins des paroles de Maman lorsque j'affirmais que la Terre entière me détestait.

« *Nous t'aimons ma chérie. Papa t'aime. Je t'aime. Cela représente déjà deux personnes dans ce monde de brutes. Ne fais jamais d'un cas une généralité, je te promets que tu trouveras des humains qui t'aimeront à ta juste valeur. L'humain est fait pour aimer, il ne peut vivre autrement. Sans amour, il* survit, *il ne* vit *pas. En présence d'affection, la fleur en lui s'épanouit devant le rayon de soleil que représentent ses proches. Les perdants sont ceux qui ne prennent pas le temps d'apprendre à connaître la merveilleuse personne que tu es. La vie t'épargne le don de ton cœur à des rencontres qui ne feront que l'entailler, le déchirer et le froisser, avant de te le rendre abîmé sans aucun remords.* »

Alors, même si la fleur en moi restait fanée, j'inspirai et hochai fermement la tête avant que mon opinion ne change. Les trois coups contre la porte émirent un écho redoutable en moi. Une voix féminine nous cria de patienter une dizaine de secondes. La femme à qui elle appartenait vint nous ouvrir en arborant un grand sourire. Ses cheveux décoiffés et ses joues rouges m'indiquèrent qu'elle s'était probablement pressée.

— Bonjour Madame, engagea Aster.

— Bonjour à vous trois ! Qu'amène de jeunes gens dans le coin en ce radieux lundi ?

— Monsieur Siamperic nous a fourni votre adresse parce que nous recherchons une famille d'accueil pour la jeune fille ici présente. Je sais que vous n'avez pas eu de résultat favorable à l'issue de votre demande l'an dernier mais, si celle-ci tient toujours, souhaiteriez-vous vous occuper de cette étudiante ?

Un torrent d'émotion déferla sur le visage de la jeune femme, qui ouvrit la bouche à s'en décrocher la mâchoire, avant de la refermer tout aussi rapidement. Elle croisa les bras sur sa poitrine, comme pour créer un bouclier entre elle et nous et se méfia :

— Ce n'est pas une stupide farce ?

Je secouai véhément la tête et Aster s'exclama :

— Jamais nous ne vous infligerions cela ! Ce serait d'un humour très douteux.

— Comment t'appelles-tu, jeune demoiselle ?

Je jetai un coup d'œil à Aster qui inclina imperceptiblement le menton.

— Camille.

— Enchantée Camille, je suis Holly Saydren.

— Êtes-vous l'épouse de Téoïs Saydren ?

— C'est bien moi. Nous serions ravis de t'accueillir, Camille. Mon conjoint ne devrait pas tarder à rentrer du travail, patientez ici si vous n'êtes pas pressés.

Je me demandai comment Aster connaissait le nom du mari de Madame Saydren, mais réservai cette question pour plus tard.

— Madame Saydren, Camille rentre lundi prochain à Primélia pour des raisons que nous vous expliquerons plus tard si vous acceptez de l'héberger. Il faudrait qu'elle soit installée avant sa rentrée, afin que son environnement ne soit pas complètement bousculé en un seul et même jour. Pensez-vous qu'il serait envisageable d'agir ainsi ?

— Bien sûr, tu pourras emménager ici dès ce soir si tu le souhaites, Camille ! Tiens, voilà justement mon époux !

Le cheval au bout de la rue pavée ralentit sa course et ses sabots retentirent avec fracas jusqu'à nos oreilles. Un homme de haute stature, le teint mate et le costume impeccable, descendit de sa monture et nous salua.

— Que nous vaut l'honneur de votre présence ?

Reconnaissait-il Aster ?

— Bonjour Monsieur Saydren, nous venions de proposer à votre femme de devenir famille d'accueil pour Camille, la jeune fille à mes côtés.

Monsieur Saydren pâlit et reprit contenance.

— Pouvons-nous nous entretenir deux minutes en privé, s'il vous plaît ?

— Nous patientons ici.

Le couple pénétra dans la maison et Aster s'adressa à nous :

— Votre avis sur les Saydren ?

— Je pense que Camille sera très bien en leur compagnie, mais le choix ne me revient pas.

— Leur bienveillance innée apporte tout de suite la confiance requise pour vivre avec eux. Je suis prête à essayer.

— Je ne connais pas Madame Saydren et n'ai eu l'occasion de rencontrer son mari qu'une seule fois, mais je n'ai eu que des retours positifs à son propos. Même si cela s'applique au domaine du travail, je crois qu'ils te conviendront, Camille.

J'ouvris la bouche pour l'interroger sur la notoriété de Téoïs Saydren, mais le couple sortit à ce moment. Madame Saydren déclara :

— Camille, voici ta nouvelle maison.

Mon cœur gonfla d'émotion et je souris, tant de soulagement que de bonheur. J'espérais réellement retrouver une maison. Pas uniquement quatre murs dans lesquels dormir et manger – même si, au vu des dégâts causés par la tempête dans l'Autre monde, c'était une bonne nouvelle. Non, un endroit convivial où il faisait bon de vivre, habité par des âmes qui n'erraient pas.

— J'ai quelques papiers à vous faire émarger, qui attestent de votre responsabilité envers Camille dès sa sortie de Primélia et autres informations. Pouvez-vous les signer maintenant ?

— Bien sûr, entrez ! nous invita Monsieur Saydren. Si ça te convient, tu visiteras la maison plus tard, Camille ! Emménages-tu ici ce soir ?

— J'imagine qu'il vaut mieux que je m'habitue dès maintenant à mon nouveau lieu de vie, répondis-je en interrogeant Aster du regard.

Il hocha la tête et je m'inquiétai :

— Mais je n'ai pas récupéré mes affaires, nous devrons retourner au Palais, Aster…

Je m'interrompis aussitôt que je pris conscience de ma maladresse.

— Nous avions reconnu Monsieur Norisey, ne t'en fais pas Camille, me rassura Madame Saydren.

Mon intuition ne m'avait donc pas trompée.

— Excusez notre impolitesse, nous ne souhaitions pas décliner nos identités, nous craignions qu'une famille se comporte hypocritement avec nous pour mal agir avec Camille par la suite.

— Nous comprenons parfaitement.

— Pour en revenir à tes affaires, Camille, nous les récupérerons tout à l'heure.

Pendant qu'Aster expliquait au couple les documents qui nécessitaient une signature, je discutai avec Gabriel. Primélia fut longuement évoquée ; je désirais en savoir plus sur l'académie, mais me laissai une marge suffisante de surprise, même si je détestais tout ce que je ne pouvais contrôler. Aster finit par se tourner vers nous et déclara que nous devions regagner le Palais si nous souhaitions revenir ici avant que la nuit ne drape son manteau sur la ville. Il précisa également à ma nouvelle famille d'accueil que nous tâcherions de rentrer avant le dîner.

Lorsque nous pénétrâmes dans le bureau des souverains, Idris, Neve et Nuri nous assaillirent de questions, désirant connaître notre périple dans sa totalité. Je fis un geste de la main à Aster, l'incitant à le raconter à ma place. Je dodelinai de la tête et entendis à peine les exclamations scandalisées lorsqu'Aster cita les propos de la femme ignoble.

Peu après, Neve décréta que je devais retourner chez les Saydren avant que la soirée ne soit trop entamée. Les souverains m'étreignirent et j'eus un pincement au cœur, de devoir les laisser sans avoir appris à mieux les connaître, de quitter le Palais sans avoir passé de temps avec eux. Néanmoins, ils m'assurèrent qu'ils viendraient me rendre visite demain, afin de contrôler que tout se déroulait comme prévu, et je partis d'un pas plus léger. Nuri nous accompagna cette fois-ci, puisque Gabriel, Aster et lui devaient rentrer à Caltricia.

Mon excitation de passer la soirée avec ma nouvelle famille d'accueil dépassait presque mon angoisse. Mes angoisses, devrais-je dire. Mes frayeurs rivalisaient avec ce sentiment de hâte, mais je les enfouis dans un coin de mon cerveau, elles ne pouvaient pas me gâcher la vie, surtout lors d'un jour aussi important que celui-ci.

— Vous tombez à pic, nous sortions les plats du four ! s'exclama Madame Saydren lorsque son époux nous ouvrit la porte.

— Parfait, dans ce cas, sourit Aster. J'ignore quand nos chemins se croiseront de nouveau, Camille, mais notre porte reste toujours ouverte, sache-le.

Je souris à mon tour, touchée par son invitation.

— Le roi et la reine vous rendront visite demain après-midi afin de vérifier que tout se déroule à merveille, ainsi que pour vous éclaircir sur certains points.

— Nous les attendrons ici !

L'accolade d'au-revoir d'Aster fut brève, à l'instar de celle de Nuri. Mais je ne sus comment réagir par rapport à Gabriel et rougis d'embarras. Finalement, je le serrai rapidement dans mes bras. Les silhouettes des deux chevaux s'éloignèrent rapidement et je finis par regagner la chaleur de la maison des Saydren. Pour février, je trouvais la température plus agréable qu'à la maison, mais elle ne permettait tout de même pas de rester pendant des heures à l'extérieur.

— Puisque le repas est prêt, je te propose de commencer par dîner, puis nous te ferons visiter. Comme Téoïs travaille tôt demain, nous nous coucherons sans doute après, d'autant plus que tu dois être fatiguée, je me trompe ?

Je bâillai pour toute réponse et Madame Saydren éclata d'un rire aussi convivial qu'un feu de cheminée au milieu de l'hiver.

— J'ai demandé à ne pas travailler demain, ainsi nous pourrons agir comme tu le souhaites. Visiter Celtida, rester ici, peu importe ! En revanche, Téoïs a une réunion à laquelle il doit absolument assister.

Une vague de sympathie déferla dans mon cœur, Madame Saydren avait pris un jour de congé juste pour moi. J'ignorais s'ils en détenaient beaucoup, mais l'attention m'émut.

Nous nous installâmes autour de la table et je laissai fondre la viande et les légumes sur ma langue. Je fis savoir que je me régalais et demandai de quoi il s'agissait.

— Tu manges des entrecôtes de zayilon accompagnées d'oclipayas marinées, Camille.

Nous terminâmes le repas silencieusement, avant de visiter la demeure. La chambre que j'occuperai était moderne et éclairée chaleureusement. Je déballai rapidement mes affaires et m'endormis d'un bloc, exténuée par tous les bouleversements de la journée. Une journée qui restera très longtemps gravée au fer chaud dans ma mémoire.

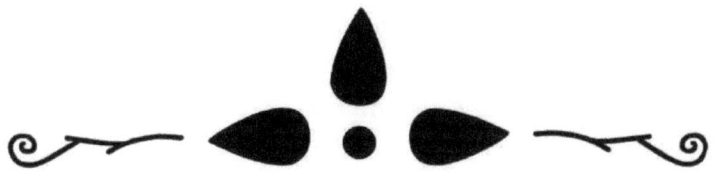

Chapitre 9

— Papa ! Maman ! Regardez, ce matin j'ai réussi à marcher sur les mains !

— C'est très bien, ma chérie, mais prends garde, tu pourrais te blesser !

— Mais non, je fais super attention, promis !

Je basculai sur les poignets et, doucement, commençai à avancer, déplaçant le poids de mon corps de manière à conserver mon équilibre. Le sang me montait à la tête, mais je continuais à me trémousser à l'envers, tandis que mes parents m'applaudissaient et rigolaient de mon aisance. Puis je sautai sur mes pieds et leur adressai un salut, comme je l'avais vu au théâtre lors d'une sortie avec l'école. Déséquilibrée par mon changement soudain de sens, je m'appuyai contre le mur avec un grand sourire, percé de trous laissés par mes dents tombées il y avait peu.

Papa me félicita encore une fois et Maman vint s'accroupir devant moi, me tendant un verre d'eau, avant de me serrer dans ses bras. Je l'étreignis de mes petits bras fins et Papa nous rejoignit. Tous deux avaient les yeux brillants, *comme moi quand je me cognais le coude dans un coin, et que je retenais mes larmes, mais je ne comprenais pas pourquoi. Ils n'avaient aucune raison de pleurer maintenant, nous étions joyeux tous les trois, non ?*

Je levai de grands yeux interrogatifs vers eux, et Papa m'ébouriffa les cheveux avant de m'embrasser sur le front, ce qui me convainquit que je m'étais trompée. Je râlais devant son geste, mais c'était juste parce que j'avais l'habitude de le faire lorsqu'il me décoiffait. En réalité, j'adorais ça, c'était un geste d'amour, Maman me l'avait dit une fois. Les autres enfants de mon âge ne m'aimaient pas, mais je ne comprenais pas pourquoi, je n'avais rien fait. Mais Papa et Maman, eux, ils m'aimaient, et moi aussi. Alors j'aimais bien quand il passait sa main dans mes cheveux.

Maman les qualifiait souvent de « flamboyants », mes cheveux. L'idée de pouvoir les comparer à du feu me plaisait, je me sentais invincible !

— Camille ?

— Oui ?

— Veux-tu manger un éclair au chocolat ?

— Oui, oui, oui ! C'est trop bon les éclairs, merci Maman !

— Considère-le comme une récompense pour tes prouesses gymnastiques, me répondit-elle en clignant de l'œil.

— On va chez Madame Mercier ?

— Évidemment !

Papa se posta derrière moi et je tendis les bras sur les côtés, comme les épouvantails pour effrayer les oiseaux. Il m'attrapa sous les aisselles, me souleva et me déposa sur ses épaules. Le sourire aux lèvres, je passai mes bras autour de son cou. Maman partit chercher de l'argent tandis que Papa entama un jeu auquel nous avions l'habitude de jouer, tous les deux. Il me demanda ce que je voyais, de là-haut, et je devais lui répondre en fournissant le plus de détails possibles, de la couleur d'une fleur à la texture d'une feuille, en passant par la forme d'un objet. Mais sans jamais nommer l'élément en question. Papa devait le deviner et s'il trouvait, je gagnais le point ! J'adorais y jouer, ça faisait passer le temps !

Je lui décrivis une citrouille de notre potager avec beaucoup de sérieux, en fronçant les sourcils pour me concentrer.

— Le ballon du voisin ? proposa Papa, les yeux clos.

— Mais non, Papa, t'es nul ! C'est trop facile !

— Mmh... Laisse-moi réfléchir ! Le jeu du chien de Madame Mercier ?

— Mais Papa !

Il éclata de rire. Je compris qu'il plaisantait et faisait exprès de dire des mauvaises réponses. Je lui tirai la langue, même s'il ne pouvait pas me voir. Maman revint à ce moment et rigola devant mon visage renfrogné.

— En route, mauvaise troupe !

Pour l'embêter, et parce que je savais que Maman rigolerait encore, je lui tirai les oreilles tour à tour pour lui indiquer la voie à suivre. J'avais raison, le rire clair de Maman résonna dans notre village de campagne. Papa râla contre les petites pestes dans mon genre qui arrachaient les oreilles de leur père, mais c'était comme moi quand il m'ébouriffait les cheveux, il faisait semblant.

On arriva devant la boulangerie et Maman m'acheta mon éclair au chocolat. Papa s'assit à ma gauche sur le banc de la place et Maman à ma droite. Je dégustai mon éclair, et mes moustaches de chocolat augmentèrent tandis que ma pâtisserie, elle, diminuait rapidement. Malheureusement. Papa et Maman rigolèrent devant mon empressement à avaler tout ce sucre.

L'image se brouilla et tout à coup, Papa et Maman n'étaient plus à mes côtés, mais étendus sur le sol jonché de débris. Je me réveillai en sursaut, le visage luisant de sueur. La respiration erratique et le souffle court, je me relevai aussitôt, ma poitrine se soulevant et s'abaissant au rythme de mes inspirations et expirations. Les mains crispées sur mon matelas, j'essayai de me calmer, mais rien n'y faisait, ce retour dans le passé semblait si réel que je sentais encore la présence de mes parents à mes côtés.

Je n'avais pas visité d'anciens souvenirs en rêve depuis mon arrivée à Atalia, mais cette fois-ci était pire que les précédentes. Parce que mes parents n'avaient pas interrompu mon sommeil depuis plusieurs jours et que ce rêve paraissait d'autant plus vrai. Leur manque se faisait sentir plus que jamais. Et parce que j'avais oublié ce souvenir avant cette nuit, cette manière soudaine de me rappeler avait créé une onde de choc en moi. Mes mains tremblaient et les larmes coulaient le long de mes joues.

Comprenant que les battements affolés de mon cœur ne s'apaiseraient pas de sitôt, je me levai et allai ouvrir la fenêtre de ma nouvelle chambre. M'asseyant sur le rebord, je fermai les yeux et laissai le vent frais se glisser sous mes vêtements, rafraîchissant à la fois mon corps et mon esprit. Les larmes poursuivaient leur course le long de mes joues, mais leur flux tarissait peu à peu. Entourant mes genoux de mes bras, je pensai à eux. Ils me manquaient tellement… Jamais personne ne pourrait combler ce trou qu'ils avaient créé en moi le jour où ils partirent.

Ce jour-là, la Mort avait pris un couteau aiguisé dans le tiroir de la cuisine et avait lacéré mon cœur, y laissant une plaie béante et incurable, avant de s'envoler en emportant dans son sillage les vies de Papa et Maman. Je reniflai de manière peu élégante et constatai que mes larmes avaient séché. Les sillons arides sur mes joues et les poches sous mes yeux constituaient les seules traces de leur passage.

Je serrai de plus belle mes genoux contre ma poitrine et contemplai les points lumineux qui se dressaient au-dessus de moi, accrochés dans une obscurité épaisse qui engloutissait la ville. Je me mis à la recherche des deux étoiles les plus brillantes. Mes yeux ne les lâchaient plus, alors je leur parlai à voix basse, leur expliquant que j'avais découvert Atalia, ainsi que tout ce que j'avais vécu depuis mon arrivée. C'était une habitude que j'avais prise depuis qu'ils n'étaient plus physiquement à mes côtés, mais je n'avais pas eu l'occasion de le faire depuis quelques jours. J'avais honte de l'avouer, mais je n'y avais pas spécialement pensé, l'esprit occupé par l'adaptation à ce qui paraissait être ma nouvelle vie.

Un long bâillement suivit mon déversement de pensées et je décidai qu'il était temps pour moi de terminer ma nuit. Je regagnai mon lit et m'endormis d'un bloc, ayant à peine le temps d'implorer mes rêves de ne pas faire apparaître de tels souvenirs pour le reste de la nuit.

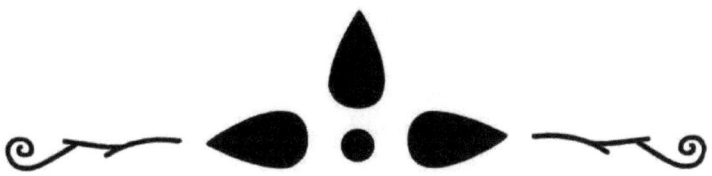

Chapitre 10

Le chant mélodieux d'un oisillon m'éveilla le lendemain matin. J'ouvris ma fenêtre et admirai la nature s'étirer harmonieusement avant de me préparer.

— Bonjour Camille, me salua Holly.

Comme je partagerais leur quotidien, je décidai que je n'avais aucune raison de continuer à les appeler par leur nom de famille.

— Tu t'es levée aux aurores ! As-tu passé une bonne nuit ?

Je déglutis, affichant un masque d'impassibilité.

— Oui, le lit est très confortable.

Je ne mentais qu'à moitié.

— Tant mieux ! Téoïs vient de partir travailler, je préparais le petit-déjeuner.

— Il commence très tôt !

— Effectivement, sa profession exige de lui un lever matinal.

— Quel métier exerce-t-il ?

— Téoïs appartient à l'Assemblée d'Atalia, il représente l'un des douze Dons. Il manie le vent, précisa-t-elle.

— C'est un poste fondamental, répondis-je en sifflant d'admiration.

Bien que j'ignore la majorité du fonctionnement d'Atalia, Gabriel avait évoqué l'Assemblée du royaume et son importance au sein de celui-ci. Voter les lois et conseiller Idris et Neve, peu de personnes pouvaient se targuer de cela !

Holly sourit devant ma réaction et se retourna avant d'apporter le petit-déjeuner.

— Au menu : des sedhiocas accompagnés de marmelade de bacofroise ou de damyssis, au choix.

Je comparai intérieurement les sedhiocas à des pancakes ; leur forme et leur couleur similaires me rappelaient ces gâteaux de l'Autre monde. J'étalai de la marmelade de bacofroise sur un sedhioca doré et le mordis à pleines dents. Je m'extasiais de la douceur du fruit et de la texture des sedhiocas, fondants et moelleux.

— Et toi, quel métier exerces-tu ?

Elle ne se formalisa pas du tutoiement et répondit avec un sourire :

— Je suis Guérisseuse. Je travaille à la Maison des Soins de Zendrati, un village adjacent à Celtida. Peut-être le connais-tu.

Je secouai la tête et elle m'expliqua :

— Chaque Guérisseur a une spécialité qui lui est propre. Organes, muscles, os ou peau. Pour ma part, je m'occuper des patients blessés en surface.

— Tu te spécifies donc dans le secteur épidermique ?

— Tout à fait.

— J'imagine que tu détiens le Don beige ?

— Tous les Guérisseurs sont Beiges, affirma-t-elle.

Holly me proposa de nous promener dans la capitale et j'acquiesçai avec vigueur ; Celtida regorgeait de secrets qu'il me tardait de découvrir. Elle joua le rôle de guide et me montra différents symboles du royaume, tels que la Halle Marchande ; le plus grand marché couvert d'Atalia, réunissant les commerçants pour des réunions mensuelles.

L'immense cascade desservant le Fleuve Scintillant s'imposa à nous grâce à ses éclats lumineux et à l'arc-en-ciel créé par ses reflets pétillants de joie. Le cours d'eau serpentait sous le Pont Chatoyant, construit en cristal grâce à l'assistance de tous les Gris volontaires. Une plaque près de la passerelle indiquait le règne sous lequel celle-ci avait été édifiée. Le roi Aydan, le père d'Idris, avait mené cette action du début à la fin, prêtant lui-même main forte aux Gris. Je reculai pour mieux admirer l'œuvre dont l'élaboration avait duré plus d'une décennie.

— À présent, pour avancer, nous devrons nous faufiler à travers les portants de vêtements, les étals de nourriture, les bijoux exposés et les chaussures réparées par les cordonniers.

Émerveillée par l'ambiance enjouée qui émanait du centre de Celtida, je ne pus souffler un mot en réponse.

— Lorsque l'on plonge dans l'océan de marchands et passants, le bonheur nous encercle de toute part et nous ne pouvons nous en échapper. J'ai presque l'impression de me trouver dans un autre monde, plus merveilleux encore qu'Atalia.

La comparaison de Holly entraîna une moue amusée sur mon visage. Elle l'ignorait encore, mais la probabilité d'un autre monde pourrait bientôt être avérée.

— Une salade froide te convient-elle pour le déjeuner ? Nous pourrions cuisiner des crémurolles pour le dessert, si tu le souhaites, suggéra Holly, une fois de retour à la maison des Saydren.

Ce fut ainsi que nous nous retrouvâmes toutes deux à pâtisser. À cet instant, tandis que nous riions aux éclats parce qu'elle avait appliqué de la farine sur mon nez, rien d'autre ne comptait ni n'existait. Seulement elle et moi.

Quelqu'un frappa à la porte vers la fin de notre repas ; Holly s'empressa de se recoiffer et de lisser sa tunique, mais contrairement à ce qu'elle pensait, ce fut Téoïs qui pénétra dans le salon. Il avait dû parvenir à libérer son après-midi.

— Ah, c'est toi, chéri !

— Déçue ? répondit Téoïs avec malice.

— Tu sais bien que non ! Je ne m'attendais seulement pas à ton retour si tôt dans la journée.

De nouveaux coups contre la porte empêchèrent Téoïs d'expliquer ce changement de programme. Holly se hâta d'ouvrir et d'esquisser une révérence parfaite devant Idris et Neve. Téoïs l'imita et j'oscillai, incapable de prendre une décision quant à la posture à adopter. Je finis par incliner ma tête gauchement, espérant que mon attitude passerait inaperçue.

— Bonjour, Vos Majestés, amorcèrent Téoïs et Holly d'une seule voix.

— Bonjour Madame Saydren, bonjour Monsieur Saydren.

— Vous rencontrer en dehors du travail est un plaisir, enchaîna Neve.

— C'est réciproque, réussit à articuler Téoïs.

— Mon frère vous a sans doute informé de notre venue aujourd'hui. Au fait, où se trouve Camille ?

Idris me chercha des yeux et je m'écartai de la couverture créée par le couple. Contempler les souverains en sachant qu'ils appartenaient à ma famille suscita une onde irréelle en moi. J'étais loin de digérer ce renseignement.

— Bonjour Camille, me sourit le meilleur ami de mon père. Te portes-tu bien ?

— Bonjour, tout va parfaitement.

— Ta soirée s'est-elle bien passé ? s'inquiéta Neve, soucieuse.

— À merveille, merci Neve.

Holly me fixa avec des yeux ronds, stupéfaite de ma manière de m'adresser au roi et à la reine. Téoïs, lui, resta plus discret, seuls ses sourcils arqués témoignaient de sa réflexion profonde. Ils échangèrent un regard compris d'eux seuls et Neve remarqua leur désarroi.

Téoïs et Holly invitèrent les souverains à passer le pas de la porte et Idris leur expliqua une partie de ce qu'il m'avait conté la veille. Il termina par mon retour et omit volontairement de préciser ce qu'il advenait de mes parents. Néanmoins, Téoïs, attentif au moindre détail, se risqua à lui poser la question. Neve répondit à la place de son époux, un voile de tristesse obscurcissant son teint pâle :

— Promettez-vous de n'informer personne de ce qui va suivre ?

— Nous vous l'assurons, déclara le couple d'une seule voix.

— Une… Une tempête a achevé la courbe de leur vie, parvint à murmurer Neve, le cœur lourd, comme chacun de nous.

Les Saydren accusèrent le choc.

— Nos plus sincères condoléances, nous sommes navrés. Nous nous doutions de l'identité de Camille dès hier soir, mais nous la pensions en compagnie de Monsieur et Madame Elakero…

Je souffrais de ces mots vides de sens, la Mort elle-même ne ramènerait pas Papa ou Maman à la vie. Aucune parole ne m'aiderait à aller mieux, Téoïs ne pouvait rien y faire.

— Je n'ose imaginer votre douleur, perdre un être cher est d'une difficulté sans nom, mais deux à la fois… ajouta Holly.

Le murmure plaintif du vent dehors nous accompagna un instant, puis Idris reprit :

— Nous annoncerons leur décès ainsi que le retour de Camille en fin de semaine. En attendant, restez discrets, je vous prie, nous ne souhaitons pas que cela s'ébruite, et encore moins dilapider l'heureuse atmosphère qui plane sur le royaume à l'approche de la Célébration d'Hélios.

La fête nationale d'Atalia avait complètement déserté ma mémoire. J'ignorais en quoi elle consistait, mais me promis de questionner Holly et Téoïs à ce propos un peu plus tard. Peut-être la cérémonie me rendrait-elle le sourire, ne serait-ce qu'un instant…

— Vous pouvez compter sur notre silence, assura Holly.

— Quant à ta future scolarité à Primélia, Camille, j'ai expliqué à Monsieur Siamperic que tu passerais des examens blancs en fin d'année, afin que tu rattrapes le niveau de tes camarades.

Je souris à Idris. Si je parvenais à suivre les cours sans trop de difficultés, je demanderais à ne pas bénéficier de traitement de faveur. Je haïssais déjà tout ce qui pourrait me rendre moins légitime auprès de mes nouveaux compagnons.

— Nous avons un dernier renseignement pour vous : si Camille souhaite rester à l'internat ou venir au Palais un soir, elle le pourra puisqu'elle est externe. Bien sûr, j'espère qu'elle vous avertira.

Téoïs et Holly acquiescèrent sans broncher et je soupirai de soulagement. Je craignais qu'ils se fâchent ou ne soient déçus de moi.

— Nous n'abuserons pas de votre hospitalité plus longtemps, merci à vous. Je suis certaine que tout se passera à merveille pour vous trois, poursuivit Neve, esquissant un sourire doux.

— Bonne soirée, Vos Majestés.

— Merci, bonne soirée à vous, conclut Idris.

Le couple royal quitta la demeure en compagnie des gardes, fidèles à leur poste.

— Tu n'aurais jamais dû perdre tes parents à un si jeune âge, Camille, nous sommes réellement désolés pour toi... me souffla doucement Holly. Nous essaierons de t'épauler de notre mieux afin que tu te sentes entourée malgré tout...

La vie peut se montrer très injuste et cruelle, faillis-je répliquer.

— Merci Holly, mais pour le moment, je ne réussirai pas à en parler à cœur ouvert.

Ma voix se brisa et je laissai mes ongles appliquer une marque sur ma paume tandis que j'aspirais mes émotions, les refoulant au plus profond de moi.

— Nous comprenons, tout est si frais. En tous cas, notre disponibilité ne s'arrête pas à la tombée de la nuit ou au pas de notre porte, viens vers nous lorsque tu en ressens le besoin.

Savoir que je pouvais compter sur quelqu'un enlevait un poids considérable de mes épaules, je n'avais pas ressenti ce sentiment depuis si longtemps que l'étagère de celui-ci devait suffoquer sous la couche de poussière accumulée.

— Nous te sommes aussi redevables, Camille, affirma Holly, lisant dans mes pensées. Tu as réalisé notre plus grand rêve, ajouta-t-elle devant ma mine incompréhensive.

— Puis-je vous poser une question ?

— C'est ce que tu as fait à l'instant, mais oui, tu peux recommencer, me répondit Téoïs, taquin.

Je bégayai et mes joues s'empourprèrent. Je me raclai la gorge et repris plus distinctement :

— Pourquoi devenir famille d'accueil constituait-il votre plus grand rêve ?

Téoïs observa Holly qui opina silencieusement, le visage grave. La tristesse d'un passé enfoui resurgit et se dessina sur leurs traits.

— Il y a cinq ans de cela, un Guérisseur nous a informé que nous aurions des difficultés à avoir un enfant. Nous avons eu beaucoup de mal à digérer l'information puisque nous désirions plus que tout fonder une famille, mais nous y croyions dur. Une trentaine de jours plus tard, ce même Guérisseur nous a annoncé qu'un fœtus s'était formé dans le ventre de Holly. Notre joie n'avait nulle égale, mais quelques semaines plus tard, le médecin nous a appris que nous venions de faire une fausse couche. Nous étions anéantis mais notre volonté ne faiblissait pas. Néanmoins, lorsque la deuxième fausse couche s'est profilée, nous avons compris que nos chances s'amenuisaient peu à peu et filaient entre nos doigts. Nous ne pouvions endurer une nouvelle déception si forte qu'elle nous comprimait le cœur dans un étau, alors nous n'avons plus réessayé.

» Plusieurs fois, nous avons envisagé de postuler pour devenir une famille d'accueil, mais le courage nous manquait. Nous craignions de désenchanter, de perdre cet espoir, non plus florissant, mais fanant à vue d'œil. Il se rétractait et menaçait de se réduire à une souche morte. Finalement, l'an dernier, nous avons tu nos peurs et soumis le formulaire à Primélia. Seulement cette année-là, plus de familles se proposaient que d'élèves et nous n'avons pas été sélectionnés. Le cœur en miettes, nous avons pensé que la vie se liguait contre nous et nous envoyait un signe ; nous ne devions ni avoir d'enfant, ni nous occuper d'un. Alors nous n'avons pas rempli le formulaire pour l'année à venir. Mais tu es arrivée hier et tu as exaucé notre souhait le plus cher. C'est la raison pour laquelle nous te remercions, Camille.

Je marquai un temps d'arrêt, prenant le temps de trouver des mots justes :

— Je suis sincèrement désolée, vos espoirs n'auraient jamais dû être détruits ainsi.

La pression s'abattit sur mes épaules, il fallait que je me montre à la hauteur de leurs espérances. Ils me sourirent et Holly détourna la conversation vers un sujet plus léger et joyeux :

— Demain est la fête nationale d'Atalia, aussi connue sous le nom de « Célébration d'Hélios ». Sais-tu en quoi elle consiste ?

— J'ignore tout d'elle, exceptée son origine.

Téoïs et Holly échangèrent un regard complice et lourd de sous-entendus que je ne saisis pas.

— La Célébration d'Hélios est un jour férié pour tous les Ataliens qui le demandant. Généralement, seuls les marchands ne profitent pas de ce jour de repos puisqu'une grande partie de leurs bénéfices du mois se joue à cette date. Que tu ignores ce que l'on y fait tombe parfaitement, tu auras la surprise ! conclut Holly avec un clin d'œil.

Chapitre 11

Holly frappa à ma porte et je m'extirpai du sommeil avec difficulté. Contrairement à d'habitude, les aurores ne m'avaient pas éveillée, et pourtant je n'avais pas manqué de sommeil cette nuit. Je m'étirai et me levai, enthousiaste quant à la journée à venir.

— Allons-y, la Grande Place nous attend ! s'exclama Téoïs, une fois prêts.

— La Grande Place ? Je pensais que nous resterions dans Celtida, pas que nous nous rendrions à Caltricia…

— Chaque ville suffisamment conséquente pour accueillir un marché hebdomadaire ou journalier contient une Grande Place, m'expliqua Téoïs, fermant la porte d'entrée derrière nous. L'une d'entre elles se situe à Caltricia, mais c'est celle de Celtida que nous foulerons aujourd'hui.

— À l'occasion de la Célébration d'Hélios, les Ataliens se déplacent des quatre coins du royaume pour admirer le travail accompli à Celtida par les marchands et la diversité des produits vendus, poursuivit Holly, tout en se faufilant à travers l'affluence. Même les Elfes de Talix et les Gnomes de

Thollaetera couvrent des distances considérables pour rejoindre notre capitale. Auparavant, les Gobelins de Gramiriel descendaient également de leurs contrées nordiques, mais les relations tendues entre nos deux royaumes ne favorisent plus les échanges. Ses Majestés mettent tous leurs moyens en œuvre afin de trouver une entente pacifique avec le roi gobelin Hielygs, mais celui-ci souhaite à tout prix conquérir la région du nord-est d'Atalia, prétextant que notre royaume ne la requiert pas, que sa taille sans ce territoire suffit largement.

Passionnée par ces conflits géopolitiques, je restai pendue aux lèvres de Holly et clignai des yeux lorsqu'elle reprit après avoir marqué une pause :

— Pardon, je m'égare, ne laissons pas les Gobelins ruiner notre fête nationale, allons plutôt écouter le discours de Sa Majesté !

Nous nous frayâmes lentement un chemin à travers l'amas d'humains, Elfes et Gnomes, assemblé près de l'estrade où Idris prendrait la parole. Quelques coups de coude plus tard, je parvins à m'insérer dans un coin en retrait, donnant sur la scène.

— Chers voisins, chères Ataliennes, chers Ataliens, bienvenue. Je serai le plus bref possible afin de vous laisser déambuler dans les rues de notre capitale et admirer les créations de nos commerçants, toutes origines confondues. Je prendrai à nouveau la parole sur cette place vendredi matin afin de vous annoncer deux nouvelles, mais ne vous tracassez pas, je vous prie. Je souhaite remercier chacun d'entre vous pour sa présence en cette importante journée pour l'histoire de notre royaume et des nations contiguës. Cette année est particulière : nous fêtons les soixante-dix ans du décès de feu le roi Modraï, terreur pour tous. Je ne m'éterniserai pas sur ce sujet, rappelez-vous seulement qu'un homme peut être corrompu et devenir un tyran en moins de temps qu'il ne le faut pour le dire. Dans ces situations, il faut à tout prix rester soudés, nous serons toujours plus forts ensemble.

» Souvenez-vous également de vivre chaque instant que la vie vous offre comme s'il s'agissait du dernier. Dites à vos proches que vous les aimez, l'occasion pour le faire pourrait vite s'échapper.

Pendant une fraction de seconde, son visage s'obscurcit et je sus que sa pensée se dirigeait vers Maman et Papa.

— Je déclare la soixante-dixième saison de la Célébration d'Hélios officiellement ouverte !

Le public acclama le roi et des sifflements heureux surgirent de toutes parts. J'applaudis à mon tour, contaminée par l'enthousiasme des spectateurs. Je rejoignis Téoïs et Holly et nous nous éloignâmes de la multitude d'Ataliens réunis sur la Grande Place.

Les stands éphémères et échoppes encombrées s'étalaient dans chaque rue de la ville. Ceux tenus par des Elfes vendaient principalement des arcs, des flèches et des plastrons en cuir, tandis que ceux appartenant aux Gnomes optaient plutôt pour un amoncellement de plantes et racines permettant de créer des tisanes ou des remèdes contre les douleurs bénignes.

J'appris que les Gnomes entretenaient un lien particulier avec les Beiges et les Verts, ce qui ne m'étonna pas outre mesure si je prêtais attention aux marchandises présentées sur les étals.

Les commerces ataliens, quant à eux, présentaient de la nourriture locale, des œuvres réalisées grâce à l'usage de leurs Dons ou encore des objets futiles, tels qu'une encre visible seulement à une certaine heure de la journée si des charbons ardents l'entouraient ou un papier à lettre qui éclaboussait son destinataire jusqu'à ce qu'il daigne la lire. Les sculptures de bois et de métal m'impressionnaient, la finesse des arcs et la diversité de plantes de guérison m'émerveillaient.

Un Gnome me proposa de goûter une de ses tisanes, et, intriguée, je saisis le breuvage et le portai à mes lèvres, désirant découvrir si les vertus vantées se révélaient véridiques. La tisane m'apporta un calme bienvenu au milieu de cette agitation. Téoïs, ayant remarqué mon arrêt et ma détente après avoir avalé une gorgée de la boisson, demanda au Gnome un lot de dix sachets de cette « Tisane Apaisante ». Il paya les sept zinars requis et me tendit son acquisition. Je bredouillai des remerciements, gênée qu'il dépense de l'argent pour moi.

Nous continuâmes notre promenade dans les rues joyeuses de Celtida. Je détaillai les traits des Elfes et des Gnomes, intéressée par leur apparence étrangère, avant de m'apercevoir de mon impolitesse, à la limite de la scrutation. Le couple acheta différentes spécialités qu'il était difficile de trouver en dehors de la Célébration d'Hélios, comme certaines épices du nord-ouest d'Atalia.

Je tombai alors sur une sculpture en cuivre composée de trois personnes, aux silhouettes familières. Elle représentait mes parents et moi bébé. Le doute n'était pas permis. Le bras de Papa reposait sur l'épaule de Maman qui me portait. Le sculpteur avait réussi à transmettre la profondeur et l'amour du regard de mes parents. Je me figeai aussitôt, serrant les dents pour retenir les larmes qui montaient à une vitesse affolante. Je ne pus que clore les yeux, sachant ce que j'allais devoir affronter.

— *Maman ! Maman ! Je veux faire de la balançoire, tu peux me pousser très très haut, s'il te plaît ?*

— *Une seconde ma chérie, je finis de vérifier quelque chose avec Papa ! J'arrive !*

Du haut de mes sept ans, je souris de toutes les dents qu'il me restait. Les vacances d'été débutaient enfin, et rien ne pouvait me rendre plus heureuse. Finis les devoirs, finis les enfants méchants ! À moi les baignades dans la petite plage en bas de la falaise, les glaces à la vanille et les éclairs au chocolat !

Assise par terre, ma robe blanche étalée autour de moi, j'arrachai des brins d'herbe sans réfléchir. Au bout de plusieurs minutes, je soupirai et appelai de nouveau Maman. Je m'ennuyais ferme, moi !

— *Maman ! Viens !*

— *J'arrive mon cœur !*

Je tendis l'oreille et les chaises raclèrent le sol. Ah ! Enfin ! Papa et Maman franchirent la porte d'entrée et je courus vers eux, attrapai leurs mains et les tirai jusqu'à la balançoire du jardin. Maman m'y installa et me poussa avec délicatesse tandis que j'accélérai par la force de mes jambes. Papa remplit un arrosoir et versa l'eau sur les fleurs de Maman.

— Plus haut ! Plus haut !

Je me cramponnai aux cordes et criai en rigolant, grisée par l'adrénaline que la vitesse me procurait. Je finis par ralentir et Maman me stabilisa. Je sautai dans ses bras une fois au sol et Papa rejoignit notre étreinte.

Le souvenir se coupa à cet instant de bonheur pur et je conservai ma position immobile, ne désirant pas retourner à la réalité, aussi passionnante soit-elle depuis quelques jours. J'inspirai à fond, à tel point que je me demandai si mes poumons n'allaient pas exploser pas dans les secondes à venir. Je savais que toutes les larmes que j'avais emmagasinées risquaient de se répandre sur mes joues, aussi je mordis ma langue jusqu'au sang pour les retenir. Cela fonctionna et je pus ouvrir mes yeux. Le goût de fer envahit ma bouche, mais je ne m'en formalisai pas, au moins mes yeux demeuraient secs.

— Camille, tout va bien ? Tu ne bouges plus depuis une quinzaine de secondes, et nous ne voulions pas te déranger, s'inquiéta Téoïs.

Je clignai plusieurs fois des yeux et me ressaisis, chassant de mon esprit le souvenir que je venais de revivre.

— Oui oui, ça va.

Je m'interrompis une seconde, et repris :

— Ne vous en faites pas, c'est... Ce n'est rien. Petit écart passager, désolée.

Ils me fixèrent encore quelques secondes. Leur sollicitude me toucha. Holly détourna le regard et se dirigea vers le commerçant, sa bourse à la main.

— Je vais prendre cette statuette, s'il vous plaît.

La bouche grand ouverte, je reçus le plus beau présent que l'on puisse me faire. J'étais si touchée et émue par le geste de Téoïs et Holly que je ne parvins pas à articuler un mot pour les remercier. Je me tournai vers eux sans que les mots ne puissent franchir mes lèvres. Ils perçurent l'émotion sur mon visage et m'étreignirent, au milieu de la foule. Moment de paix dans la tempête.

Je serrai fort la statuette contre mon cœur. J'avais eu vent de la célébrité de mes parents dans le royaume, bien que j'ignore pourquoi, mais j'étais loin d'imaginer que des citoyens réaliseraient des sculptures d'eux. Un jour, j'interrogerai Idris et Neve à propos de la raison de leur renommée, mais pour le moment, je n'étais pas prête, tout restait trop frais dans ma tête.

L'après-midi, nous nous éloignâmes des rues les plus fréquentées de la capitale afin d'apprécier les décorations installées en dehors du centre historique. Téoïs et Holly me contèrent l'histoire d'une boutique et l'anecdote à propos de la construction d'une fontaine. Je ne me lassais pas de ces histoires reliées au patrimoine d'Atalia. Essayant d'absorber tout mon environnement, je tombai alors sur une transaction inhabituelle. Deux Elfes échangeaient des produits entre eux et le marchand ne demanda à son client aucun drekk, zinar ou caoc !

— Holly ? Pourquoi cet Elfe ne paye pas son sachet de gâteaux ?

Ma mère d'accueil sourit et sa mine amusée se refléta sur le visage de Téoïs.

— Les Elfes n'utilisent pas la monnaie atalienne, thollaeterienne ou gramirienne lorsqu'ils sont entre eux. Ils favorisent l'échange de biens, plus utile selon eux.

J'acquiesçai, il était certain que de la monnaie seule ne servait à rien. Dans un monde apocalyptique, l'argent ne permettait pas de survivre, contrairement aux ressources.

Chapitre 12

Le soir même, mon esprit s'assombrit d'une brume mauve et je cherchai une explication rationnelle à ce phénomène d'une étrangeté sans précédent. Mon calme m'étonnait, moi qui angoissais presque sans raison. Seule une curiosité puissante se faufila dans chacune de mes veines. Au bout de quelques secondes supplémentaires, ma soif de connaissance fut rassasiée ; il s'agissait d'une Transmission. Le nom de Neve apparut clairement au sein de ce brouillard mauve, comme repoussé et chassé par un simple prénom. Instinctivement, je devinai comment accepter la Transmission et la voix de Neve, légèrement brouillée par des pensées parasites, envahit mon crâne.

— *Bonjour Camille. Tu vas bien ?*

— *Bonjour Neve, parfaitement, merci, et v... Toi ?* me repris-je aussitôt.

Je n'avais toujours pas complètement assimilé mes nouveaux liens de parenté, cette famille dont j'ignorais tout. Le fait de m'adresser à des souverains compliquait d'autant plus ma tâche, tout paraissait trop abstrait pour moi, comme si je vivais un rêve singulier menaçant de s'interrompre à chaque instant.

— *Très bien. Nous désirions te proposer une activité, mais nous comprendrions si tu n'acceptais pas. Voudrais-tu…*

Elle s'interrompit, comme hésitante, et je gardai le silence, sentant que celui-ci l'inciterait davantage à parler que n'importe quel mot. Neve se racla la gorge.

— *Voudrais-tu nous retrouver, samedi, afin que nous apprenions à mieux nous connaître ? Nous espérions pouvoir rattraper le temps perdu, au moins en partie.*

Une flopée de pensées joyeuses emplit mon esprit à cette idée. Moi qui espérais une famille depuis toujours, rien ne me comblerait plus que ce projet. Je n'en avais jamais tant voulu que depuis un an. Je ne cessais de me demander comment ma famille m'aurait accompagnée, accueillie et aidée à survivre à leur perte.

— *Je comprends que tu ne sois pas prête ou que tu ne veuilles pas, Camille, ne t'inquiète pas, nous avions envisagé cette possibilité*, dit Neve d'une voix triste.

L'éblouissement causé par mes pensées radieuses se dissipa et si j'avais pu cligner plusieurs fois des yeux en signe d'étonnement, nul doute que je l'aurais fait. Neve se méprenait sur la raison de mon silence. Craignant qu'elle ne coupe la Transmission, je me hâtai de reprendre la parole :

— *Non, non, désolée, j'étais perdue dans mes pensées, mais je suis évidemment partante !*

Je ressentis son soulagement même à travers la Transmission.

— Bien. Très bien ! Dans ce cas, nous viendrons te chercher chez les Saydren samedi matin !

***

Je tirai sur ma tunique pour l'ajuster et frottai mes sourcils, signe de mon angoisse. Non pas que je pensais que notre première journée tous les trois allait mal se dérouler, seulement cette fichue anxiété constante entravait une fois de plus mon esprit. Je patientai déjà depuis une demi-heure. Je m'étais levée à l'aube par habitude, mais aussi parce que Neve ne m'avait pas donné d'horaire précis.

Finalement, les souverains ne tardèrent pas et frappèrent deux coups secs contre la porte d'entrée. Je m'empressai d'ouvrir et après quelques banalités échangées avec Téoïs et Holly, nous partîmes. Je savais que Téoïs avait l'habitude de côtoyer Idris et Neve pour le domaine du travail, par conséquent, il n'était pas à l'aise à l'idée de les voir en dehors. J'imaginais que ce sentiment s'atténuerait avec le temps. De toute manière, pour le moment, pour moi aussi la fonction d'Idris et Neve restait plus forte que notre lien de sang. Je ne les connaissais pas assez.

Neve tapota la croupe de son cheval, m'indiquant de prendre place derrière elle et de m'accrocher à sa taille. Je m'installai comme je pus. Pour une fois, aucun garde n'accompagnait le roi et la reine. Je leur demandai où nous nous rendions. Idris me fit un clin d'œil avec malice :

— Tu verras ! Mais je pense que ça te plaira.

Je souris ; j'adorais les surprises. Même si c'était une forme de torture à cause de ma curiosité maladive. Les chevaux se mirent en route et le froid de février s'insinua sous mes vêtements. Contrairement aux jours précédents, le soleil restait dissimulé derrière d'épais nuages et ne réchauffait pas Celtida. Je frissonnais, mais j'ignorais qui de l'excitation ou de la fraîcheur se manifestait. Une pointe d'angoisse venait s'ajouter à ce mélange contradictoire. Mes émotions et sentiments me fatiguaient déjà.

Trois heures et quart plus tard, nous franchîmes un col montagneux, bordé de rocs pointus et hostiles. Nous descendîmes des chevaux et marchâmes jusqu'à un plateau élevé.

— Bienvenue dans les Montagnes Éclatantes, Camille !

Mes lèvres s'étirèrent et mes yeux s'humidifièrent. Non pas à cause du froid, maintenant mordant à cause de l'altitude, mais parce que le paysage qui s'offrait à moi dépassait tout ce que j'avais pu admirer auparavant. C'était la première fois que mes pieds touchaient la roche dure du sol montagneux, la première fois que je contemplai les formes abruptes et enneigées des montagnes. La fine épaisseur de poudre blanche qui, à cette altitude, résistait encore à la fonte, crissait sous mes pas. Je n'avais jamais atteint une telle hauteur, et pourtant, les sommets s'élevaient loin dans le ciel, à une altitude vertigineuse.

— C'est... splendide !

Je leur confiai que je n'avais jamais eu l'occasion de fouler une montagne avant aujourd'hui.

— C'est vrai ?

— Oui, nous habitions loin et n'avions pas suffisamment d'argent pour nous y rendre.

— Combien d'heures représentait un trajet de votre maison aux montagnes ? demanda Idris, la tête inclinée sur le côté.

— Le cheval n'est pas un moyen de transport commun dans l'autre monde. Mais à cheval, je pense que nous en aurions pour une dizaine de jours.

Idris émit un sifflement de stupeur et je souris, poursuivant mon observation des alentours. Neve tendit un torchon à Idris, qui l'ouvrit et en sortit des bâtonnets rose fuchsia. Il se dirigea vers Zéphyr, son cheval brun, aussi royal que lui, et Tempête, le cheval noir de jais de Neve. Le roi se pencha vers Zéphyr et lui murmura des mots doux en grattant ses oreilles. C'était la seconde fois que j'étais témoin de l'affection que portait Idris à son cheval, et cela me touchait toujours autant. Mes pas me portèrent jusqu'à lui et il me proposa un bâtonnet. Je rejoignis Tempête et copiai les mouvements d'Idris, craignant une maladresse. J'adorais les animaux, et les chevaux particulièrement, mais n'en ayant jamais réellement côtoyé, je ne voulais pas risquer de le blesser.

Nous entamâmes le déjeuner et je me réjouis de découvrir de nouvelles spécialités ataliennes. Au menu : des lasagnes de teckalope, poisson que j'avais adoré chez les Eire. Comme attendu, je ne fus pas déçue, le goût des lasagnes, même froides me fit longtemps saliver.

— Alors, Camille, quels sont tes loisirs au quotidien ?

Je mis plusieurs secondes à réfléchir, je n'avais pas une passion qui me transcendait le cœur et me donnait envie d'arrêter le temps pour ne jamais retrouver la réalité. J'adorais l'Histoire, mais je doutais que les matières scolaires comptent.

— J'aime bien la lecture et les animaux, mais je n'ai pas de véritable activité que je pourrais exercer toute ma vie sans jamais m'en lasser.

Ma réponse m'attristait, comment voulais-je être heureuse si je n'avais pas de passion pour me faire vibrer le cœur, pour me changer les idées lors des mauvais jours et embellir les journées presque parfaites ? C'était comme ne pas avoir de but ultime, un rêve si fort que notre conviction de ne pouvoir quitter ce monde sans l'avoir réalisé surpassait tout le reste. Or, je n'avais aucun des deux.

— Ce n'est pas grave, Camille, tu as toute la vie devant toi pour trouver un divertissement qui te motivera à te lever chaque matin, murmura Neve, passant son bras autour de mon épaule et m'attirant vers elle.

Je me raidis, surprise, et elle se retira aussitôt, un rictus gêné sur les lèvres.

— Désolée, c'était un réflexe, je ne voulais pas t'imposer un contact physique.

Je balbutiai, les joues rouges :

— Non, au contraire, je... J'ai toujours aimé les étreintes de mes parents, et... Vous partagez leur sang, vous constituez ma seule famille. Donc ça ne me dérange pas, au contraire. D'autant plus que je n'ai pas connu d'amour familial depuis plus d'un an.

Je venais de me livrer plus en quelques secondes que depuis le début de la matinée et je le regrettais déjà.

— Nous sommes réellement navrés que tu aies dû subir cette souffrance seule, Camille. Tes parents étaient des personnes formidables et aucun de vous ne méritait cette épreuve. Sache que tu pourras toujours venir nous parler, le fait que nous les ayons intimement connus t'aidera peut-être à te libérer, et nous à mieux comprendre ta douleur, dit Neve avec sérieux.

Je les remerciai d'un regard et Idris prit la parole, détournant le sujet :

— J'ignore si tu le sais, mais Evanna et Seren étaient très célèbres et appréciés dans le royaume.

Avant qu'il ne puisse poursuivre, je l'interrompis :

— Je suis au courant, oui, Téoïs et Holly m'en ont vaguement parlé, mais je ne suis pas encore prête à en savoir plus, j'ai peur que ça ouvre de nouvelles blessures ou en infecte d'anciennes. Je ne suis pas prête à connaître la vie de Papa et Maman avant et savoir que tout ce qu'ils m'ont raconté pour me protéger n'est rien d'autre qu'un tissu de mensonges, je ne veux pas encore perdre l'image que je connais d'eux.

Idris et Neve hochèrent la tête, compréhensifs, et j'en profitai pour revenir sur le thème précédent :

— Et vous, qu'aimez-vous dans votre vie quotidienne ?

— Tu l'as sans doute remarqué, mais j'ai un lien très particulier avec les chevaux. Depuis petit, Zéphyr fait partie de ma vie, et d'aussi loin que je me souvienne, je l'ai toujours chéri. J'adorais galoper dans les jardins du Palais en sa compagnie. Ainsi, comme mes parents étaient très souvent occupés dans leur rôle de souverains, Zéphyr constituait mon unique compagnon.

— Quant à moi, j'aime beaucoup la botanique, étudier les plantes et leurs effets. J'ai aidé à planter la plupart des fleurs des jardins du Palais. Dans une autre vie, si je n'avais pas été reine, j'aurais tenu une petite boutique lumineuse et emplie de verdure.

Étrangement, cette vision de Neve au milieu de plantes ne m'étonnait pas et introduisit au contraire un sentiment de familiarité ; je m'imaginais parfaitement Neve caresser les feuilles et prendre soin des végétaux. La passion de Maman pour les fleurs venait certainement de celle de sa sœur, qui détenait le Don permettant de les manier à sa guise.

Tout l'après-midi, nous discutâmes, apprenant à nous connaître mieux. Nos similarités augmentaient à mesure que le temps s'enfuyait. Notre relation se créait peu à peu, chacun ajoutait sa pierre à l'édifice, et en fin de journée, j'avais cette impression tenace que nous nous connaissions depuis toujours, qu'ils avaient toujours fait partie de ma vie. Ce qui, d'une certaine manière, était le cas.

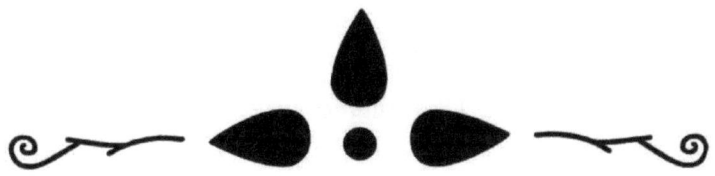

Chapitre 13

Je m'éveillai le lundi matin angoissée comme je l'avais rarement été. Je revêtis en vitesse l'uniforme de l'académie ; un pantalon bleu indigo, une chemise blanche et un pull indigo également, le logo de Primélia cousu au niveau du poumon droit.

— Tu me sembles bien anxieuse, Camille, amorça Holly, un sourire compatissant aux lèvres.

— Bois une des tisanes de la Célébration d'Hélios, peut-être que ça t'aidera, me proposa Téoïs.

Il me prépara une tasse du breuvage que j'avalai difficilement, en dépit de sa douceur. Si elle me détendit légèrement, la sérénité ne m'habitait toujours pas. Je ne parvins à manger qu'un sedhioca, et ce, en mastiquant chaque bouchée avec une lenteur extrême. Holly me tendit un sac, un rouleau de parchemin, une plume et un encrier et je montai sur la croupe de Balios, derrière Téoïs. Le cheval partit au petit trot et son cavalier me déposa devant le portail de Primélia.

Les élèves s'agglutinaient devant, bien trop nombreux à mon goût. J'admirai la façade de l'académie, édifiée en pierres blanc cassé. Une plante grimpante recouvrait une partie de sa surface et les grandes fenêtres surmontées d'arches agrémentaient le bâtiment d'une touche pittoresque. Le parc verdoyant et les arbres parfaitement ordonnés en bordure de celui-ci reflétaient un labeur rigoureux.

— Ne serait-ce pas Gabriel au loin, qui t'adresse un signe de la main ?

Je plissai les yeux et discernai des silhouettes semblables à celles de Gabriel et Nuri. Je souhaitai une bonne journée à Téoïs, qui me rappela d'attendre Holly en fin de journée, puisque l'itinéraire du retour restait flou dans mon esprit. Je me frayai un chemin et rejoignis Gabriel et Nuri, les deux seuls grains de sables reconnaissables parmi ce désert d'élèves. Je saluai mes compagnons et entremêlai mes doigts, désireuse de lutter contre le besoin constant de frotter mes sourcils.

— As-tu découvert une partie de Celtida grâce à la Célébration d'Hélios ?

— Oui, c'est très mignon ! Je suis même allée dans les Montagnes Éclatantes avec Idris et Neve.

Gabriel regarda soudain l'heure et remarqua que les cours débutaient d'ici une dizaine de minutes. Comme il avait proposé de m'accompagner jusqu'au bureau du proviseur avant d'aller étudier, nous quittâmes Nuri.

Si l'extérieur de l'académie m'avait impressionnée, quelle ne fut pas ma surprise en pénétrant dans le bâtiment principal ! Les pierres régnaient en maître, se courbant afin de former escaliers et alcôves, habitées par des sculptures en or. Gabriel m'entraîna dans une première volée de marches, puis une deuxième, une troisième et une quatrième, avant de traverser un long couloir. Je soufflai bruyamment à l'arrivée, peu habituée à tant d'étages. Une plaque dorée surplombait la porte en chêne clair devant laquelle nous nous étions arrêtés.

M. Eliah Siamperic, proviseur de Primélia.

Gabriel frappa lorsqu'il obtint mon autorisation.

— Entrez.

— Bonjour Monsieur, voici Camille Elakero.

Je tiltai à la mention de mon nom de famille, toujours peu familier.

— Bonjour Monsieur, ajoutai-je, intimidée devant l'attitude de l'homme qui dégageait une certaine force et incitait au respect.

Sa large carrure, combinée à l'alignement parfait de ses épais sourcils bruns, me laissaient impressionnée et coite.

— Bonjour à vous deux. Gabriel, je ne te retiens pas plus longtemps, je ne voudrais pas te mettre en retard. Camille te rejoindra pour le cours d'Histoire atalienne. Je règle d'abord les derniers détails de son inscription avec elle et lui fais visiter Primélia.

Gabriel opina et m'adressa un regard compatissant ; il comprenait que rester en compagnie d'inconnus m'angoissait.

Le principal se tourna vers moi et m'interrogea à propos de ma date de naissance, mes Dons, mon domicile actuel, les Dons de Téoïs et Holly et autres renseignements qui permettaient de compléter mon dossier. Il me tendit ensuite mon emploi du temps et m'expliqua son aménagement. Puisque je détenais cinq Dons, je consacrerais moins d'heures par cours de Dons que mes camarades. Chaque jour de la semaine serait destiné à l'étude pratique ou théorique de l'un d'entre eux. Quant aux autres matières, elles se prénommaient « Histoire d'Atalia & de sa civilisation », « Ressources sur la vie & développement personnel », « Étude des monnaies », « Faune, flore & anatomie atalienne », « Découverte de Talix » ; ce dernier thème présent également pour les nations de Gramiriel et Thollaetera. Rien que les noms m'enthousiasmaient, j'espérais ne pas me perdre dans mon retard monstrueux.

Je sortis de mes pensées lorsque le courant d'air de la porte entrouverte souffla sur mon visage. Nous nous dirigeâmes vers le parc et Monsieur Siamperic m'indiqua les différents bâtiments ; celui destiné aux expériences de laboratoire, celui de l'internat, celui de la restauration et, enfin, l'édifice principal.

Quatre réfectoires permettaient de se nourrir ; celui du personnel de l'académie, celui de l'internat et les deux derniers étaient réservés à l'usage des élèves. Je fus impressionnée : chez moi, le collège ne pouvait accueillir qu'un réfectoire en raison de sa petite taille. L'édifice principal concentrait les salles de classe ainsi que l'administration au dernier étage et l'infirmerie au rez-de-chaussée. Monsieur Siamperic m'entraîna dans un dédale de couloirs et frappa à l'une des portes. Un homme, la quarantaine, ouvrit la porte et le principal prit la parole :

— Puis-je vous souffler un mot ?

L'enseignant accepta sans ciller et s'excusa auprès de ses élèves avant de nous rejoindre en dehors de la pièce.

— Monsieur Cinderstar, je vous présente Camille Elakero. Camille, voici ton professeur d'Histoire atalienne.

Je murmurai un timide « Bonjour » et il me sourit.

— Je vais te remettre aux bons soins de mon collègue, Camille.

— Merci, répondis-je, même si je redoutais ce qui se produirait d'ici peu.

À savoir sentir tous les regards rivés sur moi.

Monsieur Siamperic reprit le chemin de son bureau et j'essuyai mes mains moites sur ma tunique. Mon professeur me pria de pénétrer dans la salle à sa suite, afin de rendre l'évènement le moins embarrassant possible. Il m'adressa un regard désolé avant de m'indiquer l'estrade de manière à me présenter à mes nouveaux camarades. Je me liquéfiai sur place et dus user de toute ma bonne volonté afin de ne pas fuir cette classe sans un regard en arrière. L'envie de frotter mes sourcils me démangeait et je luttai de mon mieux contre elle.

— Chers élèves, je vous présente Camille Elakero, que vous connaissez au moins de nom. Vous ne l'ignorez pas, le roi a annoncé son retour vendredi dernier.

Mon esprit ralentit une seconde, le temps que je comprenne ce que mon professeur annonçait. Le discours d'Idris de vendredi matin m'était sorti de l'esprit, puisque je n'y avais pas assisté, de crainte que les Ataliens m'assaillent de questions et me scrutent sans gêne.

— J'espère que vous l'accueillerez comme il se doit. Camille, sois la bienvenue. Tu peux t'asseoir, conclut-il en englobant l'assemblée d'un mouvement du bras.

Si l'intervention de Monsieur Cinderstar partait d'une bonne intention et du souhait que je m'intègre parmi ma promotion, elle n'aidait en rien ma peur des projecteurs. Je marmonnai un vague « bonjour » à la classe et me dirigeai tête baissée vers la place, heureusement libre, près de Gabriel. J'ignorais s'il l'avait laissée inoccupée volontairement ou si personne ne s'était installé à ses côtés. Mais je n'en avais que faire, je restais en terrain connu. Monsieur Cinderstar reprit son cours là où il l'avait interrompu et Gabriel me chuchota :

— Ça va ? Tout s'est bien passé ?

— J'aurais aimé que mon entrée en classe soit plus discrète, c'était très malaisant…

— J'admets que je n'aurais pas apprécié non plus. Mais je parlais de ton premier aperçu de Primélia.

— Pardon, je n'avais pas compris ! Très bien, Monsieur Siamperic m'a posé les quelques questions manquantes à la finalisation de mon inscription, puis il m'a fourni mon emploi du temps et nous avons brièvement visité l'académie.

— Parfait ! Je t'expliquerai plus en détail le programme de chaque matière tout à l'heure, mais pour le moment, nous ferions mieux d'écouter le cours, surtout toi…

J'acquiesçai et me tus. Gabriel avait raison : les autres disposaient d'une avance incommensurable sur moi et je ne risquais pas de la rattraper si je ne me concentrais pas sur les paroles de Monsieur Cinderstar. De temps à autre, Gabriel s'inquiétait de savoir si je comprenais et m'expliquait le cas échéant. La chance s'installait de mon côté ; j'arrivais au commencement d'un chapitre, ce qui réduisait considérablement l'écart entre mes nouveaux camarades et moi. Monsieur Cinderstar interrogea parfois des élèves et j'appris ainsi le nom de plusieurs de mes compagnons, dont Kallyk, Onyx, Lyn et Seth. N'ayant pas l'habitude des plumes, je tachai mon parchemin de pâtés noirs. Il me faudrait un entraînement d'ici peu si je souhaitais des cours lisibles.

À la fin du cours, Gabriel me conduisit jusqu'à la prochaine salle, celle de Découverte de Talix. Il s'agissait de l'une des matières qui m'attirait le plus, surtout depuis que j'avais rencontré des Elfes à l'occasion de la Célébration d'Hélios. Je m'installai de nouveau aux côtés de Gabriel et Madame Arundel, une femme d'une certain âge, m'interpella avec amabilité :

— Bonjour, tu es Camille Elakero, n'est-ce pas ?

Je sursautai, surprise par son intervention.

— Bonjour. Tout à fait, répondis-je, grimaçant intérieurement devant le supplice de me retrouver une fois de plus au centre de l'attention.

— Enchantée de te rencontrer, jeune fille. Connais-tu les grandes lignes de mon cours ?

— Pas réellement, désolée, je sais seulement qu'il porte sur les Elfes de Talix...

Mal à l'aise, je me tortillai sur ma chaise. Je détestais ignorer ce que tout le monde maîtrisait à la perfection. Un point faible de plus à exploiter, voilà ce que cela représentait pour moi. Je n'en avais certainement pas besoin. Remarquant mon trouble, la professeure me rassura :

— Il n'y a aucun problème, Camille, tu n'es présente que depuis dix jours. Durant les heures que tu passeras en ma compagnie, nous étudierons les coutumes, les fêtes, le régime politique, le mode de vie et l'architecture des Elfes. J'ai dû oublier certains thèmes, mais voici une idée globale des sujets que nous aborderons. Le programme énoncé concerne également les Gnomes et les Gobelins, mais tu t'intéresseras à ces civilisations avec mes collègues.

Je la remerciai et elle entama la séance du jour. Malgré ma soif d'apprendre, Madame Arundel prononça tant de termes et notions inconnus que la montagne de travail qui m'attendait me décourageait déjà. Je n'avais pourtant pas pour habitude d'abandonner si rapidement. Fort heureusement, cette occupation promettait de se révéler très intéressante. L'unique partie que je compris se rapportait à l'absence de monnaie elfique et leur préférence pour le troc lors de transactions entre eux.

Lorsque la cloche retentit, mon cerveau s'était transformé en bouillie à cause de ma concentration fournie lors de mes deux premiers cours à Primélia. Bien que détenant l'attention constante d'une élève soucieuse de ses notes, jamais je n'avais écouté aussi soigneusement. Gabriel m'informa que je rencontrerai ses amis d'ici quelques minutes, et que ceux-ci nous attendront dans le réfectoire. De nombreux élèves patientaient déjà à l'extérieur dans une file interminable.

— La taille de la queue diminue-t-elle en fonction des jours ? demandai-je, effarée.

— Non, mais ne t'en fais pas, d'ici cinq minutes, elle aura réduit de moitié.

Sa réponse me soulagea et je questionnai Gabriel à propos de la durée de la pause chaque midi.

— Nous disposons d'une heure quinze de liberté.

— Les horaires sont-ils chaque jour identiques ?

— Oui, nous débutons toujours à huit heures trente, déjeunons à midi quinze et terminons notre journée à seize heures.

La surprise manqua de décrocher ma mâchoire ; mon emploi du temps n'avait pas connu une telle souplesse depuis des années ! Je poursuivis mon interrogatoire, avide de tout connaître à propos du fonctionnement de l'académie.

— Vos professeurs vous chargent-ils beaucoup au niveau du travail personnel ?

Gabriel secoua la tête.

— Ils ne nous donnent jamais de devoirs à réaliser chez nous, ils savent que nous ne sommes pas tous logés à la même enseigne. Certains rentrent tard, d'autres s'occupent des tâches ménagères, d'autres encore ne disposent pas d'un endroit calme pour travailler. Nous devons uniquement réviser pour nos évaluations, et éventuellement terminer une activité collective, mais dans ce cas, nous pouvons choisir de rester une heure de plus à Primélia afin de nous organiser au calme et en autonomie.

Il semblait que les Ataliens se souciaient plus de l'égalité et du bien-être de chacun que l'Autre monde… Perdue dans mes pensées, concernant mon ancien système scolaire, je ne pris pas la peine de répondre et remarquai que nous avions pénétré dans l'enceinte du réfectoire après plusieurs minutes. Trois personnes nous devançaient encore, mais ne tardèrent pas à être servies. Gabriel passa devant moi, à ma demande, et un cuisinier remplit son assiette. Ignorant les différents plats et indécise, je décidai de le copier. Gabriel s'installa à une table ronde, où quatre adolescents déjeunaient déjà. Sans doute ses amis.

Chapitre 14

— Camille, je te présente Kallyk, Hayden, Tay et Lyn, m'informa Gabriel en me montrant tour à tour ses amis. Tay et Lyn sont jumeaux, si tu n'avais pas fait le lien.

— Gabriel a donc choisi une jolie fille à qui faire la cour, se moqua le dénommé Kallyk, m'adressant un clin d'œil.

Mes joues chauffèrent si fort qu'à cet instant, elles pourraient servir de plaques de cuisson. Enfin, l'équivalent atalien. Je maudis mon corps d'afficher ainsi mes réactions épidermiques. Gabriel fusilla son ami du regard et lui frappa l'épaule.

— Kallyk, ne commence pas ! s'exclama l'unique fille, Lyn, levant les yeux au ciel.

Elle soupira bruyamment et se tourna vers moi, exaspérée :

— Désolée de cette intervention masculine, Camille. Ils sont tout le temps comme ça…

Je ris, les pommettes toujours brûlantes.

— L'ennui n'existe pas, c'est l'avantage !

— Lyn, on aimerait bien parler à Camille, nous aussi !

— Pour une fois que Lyn adresse la parole à une fille de son âge, laissons-la profiter ! rigola Tay.

— Y-a-t-il un jour où tu ne prendras pas le parti de ta sœur ? râla Kallyk.

— Ne sois pas jaloux Kallyk, elle est plus intéressante que toi, accepte-le, répliqua le concerné avec malice. Lyn t'a piqué la vedette ?

— Je ne suis jaloux de personne, n'insinue pas de telles sottises, se renfrogna Kallyk.

Je ris devant sa mine boudeuse, espérant intégrer ce groupe d'amis où tout semblait si parfait et insouciant. La dernière fois, ça ne s'est pas très bien terminé... La voix dans mon esprit et mes pensées perfides me rappelaient sarcastiquement mon harcèlement. Mon cœur saigna. À présent, mon rire sonnait faux et j'ignorai si je devais tenir compte de sa remarque. J'étouffai le son de mon hilarité et plaquai un sourire forcé sur mon visage.

— On te croit, intervint Gabriel, se mordant la lèvre inférieure afin de retenir un éclat de rire.

— Ne t'y mets pas non plus ! Je pensais qu'en tant que meilleur ami, tu me soutiendrais !

Gabriel se contenta de hausser les épaules avec un sourire. Je remarquai que Hayden n'était pas intervenu une seule fois, sans doute préférait-il étudier d'abord mon comportement afin de chercher à savoir si j'étais digne de confiance. Ou peut-être que sa réserve le réfrénait. Le repas se poursuivit, comblé de discussions animées et enjouées. Au bout d'un certain temps, j'ôtai mon manteau de timidité et revêtis une veste plus sociale et moins apeurée, malgré les pensées qui me hantaient.

— Le roi a annoncé ton retour, mais comment exactement Gabriel t'a-t-il trouvée ? m'interrogea Hayden, intrigué.

— Je me suis… écrasée sur lui, répondis-je, cherchant les mots adéquats.

— Tu es tombée du ciel ? Génial ! s'exclama Lyn, écarquillant les yeux.

— Génial, génial, tout dépend du point de vue…

Je grimaçai en pensant à la douleur aiguë qui m'avait traversé lors de mon violent atterrissage.

— Mais que s'est-il passé ?

— Un cyclone m'a transportée en son sein et m'a *délicatement* déposée sur Gabriel.

— Puisque tu es tombée du ciel, on peut dire que Gabriel a eu un coup de foudre, enchaîna Kallyk.

Mon rire mourut dans ma gorge avant de s'épanouir. La vision de mes parents au sol par ce soir orageux me brûla les rétines et un bouclier m'entoura. Il atténuait les sons et j'entendis à peine les rires de mes camarades. Je forçai mon cerveau à briser cette protection et revenir à la réalité, ou tous me trouveraient étrange et ne voudraient plus m'adresser la parole. Une douche froide noya les dernières réminiscences s'imposant à mon esprit. Je me contraignis à rire à mon tour, avant de détourner la conversation en abrégeant ce timbre discordant :

— Vous connaissez-vous depuis l'école précédant Primélia ?

— Non, Tay et moi habitions à la frontière de Talix et Thollaetera. En revanche, Gabriel, Kallyk et Hayden formaient déjà un trio à notre entrée à l'académie, m'expliqua Lyn. Ils ont eu de la chance de se trouver dans la même classe lors de notre première année. Quant à Tay et moi, nous avions spécifiquement demandé à être ensemble. Nous nous sommes ainsi rapidement rapprochés.

— Vous n'avez pas été séparés une seule fois en trois ans ? questionnai-je, ébahie par leur chance.

— Nous ne pouvons pas changer de camarades, notre classe reste identique du début à la fin de la scolarité. C'est pareil pour les professeurs. Heureusement, nous apprécions tout le monde.

— Exceptée une personne, compléta Kallyk.

Je m'apprêtais à les interroger sur l'identité de la fille en question, mais il soupira bruyamment.

— Et apparemment, il est impossible de l'évoquer sans qu'elle vienne nous embêter.

Je tournai la tête et suivis le regard de Kallyk, pointé vers trois filles se dirigeant vers nous, leurs plateaux à la main.

— Tu es donc la nouvelle...

Celle du centre me scruta et me regarda de haut en bas, scannant mon corps. Je restai coite devant la beauté de son visage, complètement anéantie par son air hautain. N'attendant pas ma réponse pour poursuivre, elle se présenta avec dédain :

— Moi, c'est Onyx. Comme la pierre précieuse. Je suis certaine que nous nous entendrons à merveille.

Ignorant si elle parlait ironiquement ou non, je restai dubitative :

— Mmh.

Gabriel et ses amis avaient forcément une raison valable de ne pas l'apprécier. Et puis, sa manière de m'adresser la parole et de me reluquer ne m'inspiraient pas. Le réfectoire empestait son sentiment de supériorité. Elle soupira, haussa les sourcils, me toisa une dernière fois et tourna les talons, rapidement suivie par ses deux amies.

— Heureusement que tu as exprimé tes réticences à te rapprocher d'elle Camille, autrement je crains qu'elle t'aurait prise sous sa coupe, sourit Kallyk. Je pense qu'elle a un sérieux problème de confiance en elle, ce qui induit un besoin de contrôle sur tout son entourage.

— Tu aurais été entraînée malgré toi dans un engrenage infernal, Onyx aurait essayé d'emplir ton crâne de fausses informations, jusqu'à ce que tout ce qu'il reste de toi soit une coquille vide en accord avec elle.

— Je ne supporte pas ceux qui se croient meilleurs que le monde entier et attirent l'attention sur eux à n'importe quel prix.

Il est hors de question que le schéma se reproduise, pensai-je. Nouvelle vie, nouvel entourage. Je ne devais pas laisser mon passé empiéter sur mon présent.

— Comme personne ne lui tient tête, elle poursuit sa tyrannie.

— Vous ne vous opposez pas à elle ?

— Nous nous contentons de l'ignorer, elle ne mérite pas que nous lui accordions l'importance qu'elle se donne. Elle sait que ses piques ne nous atteindront pas et ne se fatigue plus à essayer.

— Et puis, nous ne tenons pas que ce qui a mal tourné la dernière fois se reproduise, compléta Tay.

Je l'interrogeai sur l'évènement, curieuse.

— Comment dire… commença Kallyk en se massant la nuque, l'air gêné. Je passais une journée horrible, rien ne suivait l'ordre voulu des choses et Onyx me tapait sur les nerfs. J'ai complètement craqué et ma main a heurté sa joue. Rien ne constituera jamais une excuse suffisante, mais je tenais malgré tout à t'expliquer le contexte.

— Si elle agissait comme aujourd'hui, je ne doute pas qu'elle le méritait.

— Personne ne mérite d'être frappé, peu importe le degré de cruauté ou de rudesse. Sa méchanceté n'était pas une raison valable.

Comprenant que je n'avais aucune chance de diminuer la culpabilité de Kallyk, je préférai changer de sujet :

— Pourquoi agit-elle ainsi ? Est-elle aussi désagréable avec tout le monde ?

— La sympathie n'est pas sa qualité première et elle ne risque pas de l'être avec toi. Elle ne l'admettra jamais devant nous, mais je crois qu'elle envie notre groupe depuis longtemps. Lorsqu'elle t'a vue nous adresser la parole, son sang n'a fait qu'un tour et elle a décidé de te pourrir la vie, m'expliqua Gabriel.

— N'avez-vous jamais essayé d'apprendre à la connaître ?

— Au contraire ! Durant le premier semestre de la première année, nous formions un groupe tous les six, mais Onyx a rapidement adopté un comportement déplaisant et mesquin, elle lançait des remarques acerbes très régulièrement, à visée démoralisatrice. Des remarques qui avaient tendance à la mettre en valeur tout en nous rabaissant. Nous lui avons parlé de ce problème et lui avons demandé de changer son comportement, mais la situation a rapidement dégénéré et nous avons choisi de ne plus lui adresser la parole. C'était une douleur atroce de perdre cette amie, mais elle n'avait plus rien de la Onyx que nous connaissions.

Je désirai m'étendre sur la problématique, mais Hayden détourna le sujet de la conversation, pressentant le malaise de Kallyk.

— Prêts pour le contrôle ?

— Quel contrôle ? s'affola justement le concerné.

Lyn pouffa.

— Celui sur les Gnomes, idiot !

— Ah, celui-là ! Je compte sur ma mémoire auditive pour le réussir ! De toute manière, je prédis qu'il sera d'une facilité déconcertante, et vous regretterez d'avoir autant révisé pour si peu !

— On parie ? proposa Lyn, la main tendue.

— Dix zinars ! J'aurais plus de 60 % !

— Adjugé !

Puis, avisant les sourires amusés de ses amis, Kallyk reprit :

— L'avenir me donnera raison, vous verrez ! Tu t'en mordras les doigts, Lyn Embersky.

Mes nouveaux camarades me firent découvrir leur coin préféré de l'espace ombragé des jardins de Primélia. Tay m'apprit le fonctionnement des cours : ceux concernant les matières communes à tous se déroulaient le matin et en début d'après-midi, puis suivait une heure quinze de cours de Don pour clôturer la journée.

Lors du cours sur les Gnomes de Thollaetera, je m'assis entre Gabriel et Lyn, mais ne restai pas longtemps à ma place puisqu'une fois les sujets de l'évaluation distribués à mes camarades, la professeure requit ma présence à son bureau. Je m'avançai vers elle, espérant qu'elle m'explique sa matière.

— Bonjour Camille, je suis Madame Stellapik, se présenta-t-elle dans un filet de voix afin de ne pas briser la concentration extrême des élèves, fronts plissés et plumes grattant le parchemin.

— Enchantée, Madame.

Elle me sourit et poursuivit :

— Madame Arundel a dû t'exposer les différents axes étudiés pour nos civilisations respectives. Coutumes, traditions, fêtes, architecture et système politique sont au programme. En ce moment, nous nous focalisons sur le gouvernement sous toutes ses formes, ainsi que les différentes institutions politiques et juridiques chargées de faire régner la paix dans le pays. Nous avions brièvement évoqué certains de ces points il y a deux ans, mais de nombreux éléments sont nouveaux, ou largement approfondis. Pour te résumer la situation, Thollaetera est une monarchie parlementaire, comme ici à Atalia. C'est la raison pour laquelle on nomme également cette nation « Royaume de Thollaetera », bien que le nom soit moins commun. La reine Fladlis dirige en ce moment le pays, appuyée par un conseil composé de huit membres, représentant chacun une contrée. Chacun des Gnomes de ce conseil a été élu à la majorité absolue par les habitants de leur région. Ce conseil sert à voter les nouvelles lois et toute amélioration à la vie des résidents du territoire. Si tu le souhaites, je te fournirai avant le début de chaque thème un livre comportant les bases requises à la compréhension du sujet ou un résumé du cours des années précédentes. Cela te convient-il ?

— Parfaitement, merci beaucoup !

La bienveillance de la professeure était l'égale de mille fleurs égayant un jardin, elle embellissait sa matière déjà attrayante. Madame Stellapik annonça à ses élèves :

— Plus que cinq minutes, pensez à vous relire ! Je t'apporterai un résumé des connaissances déjà acquises par tes camarades sur le thème après-demain, Camille.

À la fin du cours, une fois que tout le monde eut déposé sa copie sur le bureau, Gabriel me rejoignit, suivi de Lyn, Tay, Kallyk et Hayden.

— Alors ce contrôle ? m'enquis-je.

— Une catastrophe, je regrette d'avoir prétendu le contraire tout à l'heure ! répondit Kallyk, faisant la moue. Je suis certain de m'être attiré les foudres de la nature en vantant mes talents !

— Talents inexistants, si je me fie à tes dires ! rigola Lyn, fière de voir Kallyk reconnaître qu'elle avait raison.

Son rire cristallin me contamina ; ils se chamaillaient sans arrêt. Kallyk marmonna qu'elle aurait tort la prochaine fois pendant que Lyn continuait de crier victoire.

— Quels Dons détiens-tu, Camille ? m'interrogea Tay, afin de déterminer si mon cours de l'après-midi se déroulerait en compagnie de l'un d'entre eux.

Des sifflements admiratifs suivirent ma réponse et Lyn et Kallyk arrêtèrent même de se taquiner afin d'en apprendre plus.

— Tu possèdes cinq Dons ? Mais c'est du jamais vu ! s'exclama Lyn.

— Ne parle pas si fort ! Je ne souhaite pas que tout Primélia fasse courir des rumeurs sur moi, je suis bien assez au centre de l'attention comme cela, nul besoin d'ajouter de nouveaux prétextes ! m'inquiétai-je, jetant des coups d'œil affolés aux alentours afin de vérifier que personne n'avait entendu.

— Pardon, chuchota-t-elle. Comment est-ce possible ? Tu en es sûre ?

— Si je me fie aux paroles du Testeur, oui.

— Je confirme que Camille a cinq Dons, expliqua Gabriel. J'étais là, ajouta-t-il en guise d'explication.

— Vous vous êtes tenus la main ! devina Kallyk. Vous ne perdez pas de temps tous les deux ! Je parie que d'ici quelques mois, vos lèvres remplaceront vos paumes ! railla-t-il.

Mes joues et celles de Gabriel prirent une teinte cramoisie et Lyn fusilla son ami du regard.

— Excuse-le Camille, il n'est pas avare en blagues déplacées.

Je rougis de plus belle et, tandis que Kallyk éclatait de rire, fier de lui, Tay prit la parole afin de revenir au sujet originel :

— Cet après-midi, tu seras soit avec Hayden, soit avec Kallyk, soit avec moi.

Je sortis mon emploi du temps et vérifiai la matière qui inaugurerait mon premier cours de Don.

— Sommes-nous en semaine paire ? demandai-je, ignorant qui de Kallyk ou Hayden m'aiderait aujourd'hui.

Tay réfléchit et répondit :

— Non, semaine impaire.

— Alors j'ai cours d'Herborisation avec Kallyk.

Le concerné leva le poing en signe de victoire et Hayden leva les yeux au ciel, fatigué par le comportement de son ami.

— Du calme mon vieux, la semaine prochaine, c'est moi qui accompagnerais Camille.

— Certes, mais en attendant, c'est ma présence qui va embellir sa journée !

Kallyk me laissa à peine le temps d'entendre Lyn s'exclamer « L'enlaidir, oui ! » et me tira par le bras.

— Suis-moi, Camille, ça va être le meilleur cours de la journée, tu vas voir !

Gabriel s'écria que nous nous retrouverions tous devant le portail en fin de journée et Kallyk m'entraîna à travers les couloirs.

Chapitre 15

— Ralentis Kallyk, je n'en peux plus ! protestai-je, essoufflée par les quatre volées de marches.

— Allez Camille, on est presque arrivés !

Je montai le dernier escalier biscornu et m'arrêtai le temps de retrouver une respiration régulière. Kallyk me présenta au professeur, un sexagénaire aux cheveux clairsemés.

— Bonjour Kallyk, bonjour Camille.

Il inclina la tête et ses lèvres s'étirèrent en un sourire éclatant.

— Kallyk, tu peux rejoindre ta place, ta camarade te rejoindra dans une minute.

— D'accord Monsieur ! Je garde une place pour toi, Camille, m'annonça-t-il en clignant de l'œil.

Je levai les yeux au ciel et Monsieur Mistreaver nous observa pensivement. Je ne compris pas le sens de ce regard et, embarrassée, m'exprimai :

— J'ignore si Monsieur Siamperic vous a informé que je ne suivrai pas vos cours trois fois par semaine, puisque...

— Ne t'en fais pas, mon supérieur m'a informé pour tes cinq Dons et pour l'emploi du temps différent du modèle habituel. S'il accepte, Kallyk t'informera de nos avancées pour chaque cours raté. Autrement, je m'en chargerai.

Je hochai la tête et il poursuivit :

— As-tu déclenché ton Don ?

— Pas encore.

— D'accord. Nous consacrons un créneau par semaine afin d'apprendre à reconnaître et appréhender les caractéristiques des plantes. Quant à l'heure de pratique, nous nous rendons dans la Serre, que mes collègues et moi entretenons et où de nouvelle plantes poussent régulièrement grâce au soin apporté par les élèves. Nous veillons à nous assurer qu'elles restent en bonne santé et nous cherchons des traitements efficaces pour soigner les infirmes. De même, nous nous occupons de la préparation des remèdes. Le tout en apprenant à manier son Don avec soin et parcimonie.

Impressionnée, je pressai Monsieur Mistreaver sur le sujet :

— Avez-vous déjà découvert des traitements contre certaines maladies ?

— Bien sûr ! La majorité des médicaments ont été imaginés par d'anciens élèves de Primélia, qui avaient eux-mêmes dépisté les patients. Tu verras, dans la Serre, une dizaine de plaques témoignent des avancées scientifiques majeures réalisées par de brillants élèves de l'académie.

— Quelle fierté doivent représenter de telles médailles !

Le professeur sourit devant mon enthousiasme et je l'interrogeai :

— Nous rendons-nous dans la Serre ou étudions-nous les plantes de manière théorique aujourd'hui ?

— Nous restons ici. Aller jusqu'à la Serre prend trop de temps, nous nous retrouvons là-bas lorsque nous pratiquons. Tu peux rejoindre Kallyk à présent, ainsi je pourrais expliquer le déroulement du cours à l'ensemble de la classe.

J'acquiesçai et traversai l'amphithéâtre afin de m'asseoir à côté de Kallyk.

— Aujourd'hui, nous étudierons deux plantes extrêmement rares ; la Mimbleclis Smifrelda et la Tigliane. Vous vous répartirez par duos et je vous attribuerai l'une de ces plantes. Vous ne l'ignorez pas, l'objectif de ce jeu est d'inscrire le plus de renseignements possibles sur ces végétaux dans le temps imparti. Les seules limites imposées sont les murs de cette classe ! Le duo vainqueur de chaque plante gagnera... Vous verrez cela en temps et en heure ! s'exclama-t-il, nous adressant un clin d'œil malicieux.

La classe maugréa, déçue. Leur comportement enfantin provoqua un sourire sur mon visage, miroitant celui de Monsieur Mistreaver.

— Par où commençons-nous ? interrogeai-je Kallyk lorsque le professeur nous eut attribué la Mimbleclis Smifrelda.

— Suis-moi.

Il me guida à travers la salle et m'expliqua :

— Monsieur Mistreaver adore ces jeux, qu'il trouve plus ludiques que de simples cours magistraux.

— Il a bien raison !

— Ce n'est pas pour rien qu'il est mon professeur préféré ! s'esclaffa Kallyk. Ah, j'ai trouvé ce que je cherchais !

Il extirpa d'une étagère lourde de livres un ouvrage en très mauvais état, presque en loques. Il me mit alors en garde :

— Je te préviens Camille, je compte gagner. Je ne suis jamais détrôné et ça ne risque pas de commencer aujourd'hui ! Nous devons être le meilleur duo, toutes plantes confondues.

Étudiant sa mine sérieuse, je pensais que ce qu'il s'apprêtait à me dire serait d'une très grande importance, mais seule la victoire l'intéressait.

— Très bien capitaine, que dois-je faire ? ironisai-je, attendant ses directives.

— Nous allons décortiquer ce bouquin, aussi appelé le secret de ma réussite. Il est tellement en lambeaux que personne n'essaie de découvrir sa personnalité, mais il ne faut jamais se fier aux apparences, je l'ai appris à mes dépens.

Jusqu'ici, pour chaque plante que j'ai eue à répertorier, ce livre m'a apporté tout le nécessaire pour gagner les concours de Monsieur Mistreaver. Après l'avoir épluché, il nous suffira de grappiller quelques informations à droite et à gauche, et le tour sera joué !

Je tournai les pages avec délicatesse, en quête de notre Mimbleclis Smifrelda. Une fois la plante dénichée, nous notâmes tous les renseignements nécessaires à notre triomphe. Pendant que l'un complétait nos notes, l'autre feuilletait l'ouvrage ou un manuel supplémentaire sur les plantes du continent.

— Penses-tu que nous ayons réussi ? demandai-je lorsque nous nous dirigeâmes vers le portail après le retentissement de la dernière sonnerie.

— Honnêtement ? Nous avons fait de notre mieux et nous gagnerons cette compétition, j'en suis certain. Mais il faudra attendre l'annonce officielle de Monsieur Mistreaver pour nous en assurer.

Prendre goût à une compétition remontait à si longtemps que je dus dépoussiérer les tiroirs de ma mémoire pour retrouver le moment en question. Il s'agissait d'un souvenir lointain en compagnie de mes parents. Les feuilles virevoltaient dans l'air frais qui caressait nos visages et rosissait nos joues. Papa avait parié qu'il me battrait à la course, alors je l'avais défié et lui avais prouvé le contraire. Je pâlis à ce souvenir et tâchai de ne rien laisser paraître.

— Tu m'écoutes ? m'interpella Kallyk.

Je clignai des yeux, perdue.

— Pardon, tu disais ?

— Que si nous ne gagnons pas, je ne me mettrai plus en équipe avec toi.

Mon sourire s'affaissa et Kallyk donna un coup de coude au creux de mes côtes.

— Je rigole, Camille ! À présent que j'ai trouvé une coéquipière, je ne compte pas la lâcher !

Mes lèvres s'étirèrent de nouveau mais ce rictus n'était que façade, destiné à tromper les inconnus. Mon stratagème fonctionna à merveille, Kallyk ne me posa pas de question et je pus changer de sujet en toute tranquillité.

— Quel type de récompense les gagnants reçoivent-ils ?

— Il peut s'agir d'une spécialité locale, culinaire ou non. Parfois, nous remportons même une graine de la plante étudiée. Mais Monsieur Mistreaver a précisé que le prix différerait de d'habitude, donc je l'ignore.

Nous rejoignîmes Gabriel et Hayden, et Kallyk s'étonna :

— Lyn et Tay ne sont pas là ?

— Ils sont déjà partis, ils fêtaient l'anniversaire de leur mère d'accueil ce soir, lui expliqua Hayden.

— C'est vrai, j'oublie toujours que l'anniversaire de Kenna est le vingt-sept février !

À peine Kallyk eut-il le temps de terminer sa phrase que j'aperçus Holly au loin.

— Voilà ma mère d'accueil, bonne soirée à vous trois !

— À demain Camille, nous nous retrouverons devant le portail !

Je quittai mes nouveaux camarades et bavardai avec Holly durant le trajet qui constituerait bientôt mon quotidien. Une fois chez les Saydren, je cuisinais avec Holly une viande en sauce, accompagnée d'étranges légumes bleu saphir et orange citrouille. Durant le dîner, je racontai ma journée à Téoïs et Holly et à la fin de mon monologue, je bâillai si longtemps que mes parents d'accueil m'envoyèrent tout de suite au lit.

En me changeant, je regardai les matières qui composeraient ma journée de demain. À la vue du royaume de Gramiriel, les paroles d'Idris et de Téoïs lors de la Célébration d'Hélios me revinrent en mémoire. J'ignorais tout de ce royaume, mais j'espérais comprendre rapidement son passé et les enjeux géopolitiques qui l'entouraient. Je craignais que Holly ait minimisé la situation entre nos nations pour me rassurer, mais je ne pouvais rien faire pour y remédier. Ce fut sur cette dernière pensée que je m'endormis, éreintée par ma première journée dans ma nouvelle école.

Chapitre 16

Le lendemain, je rejoignis Gabriel et ses amis devant le portail. Étant la dernière du groupe, nous nous dirigeâmes vers la salle de classe.

— Camille ! me salua Lyn. Comment vas-tu ?

Je bâillai en guise de réponse et la professeure de Faune, Flore et Anatomie atalienne nous pria d'entrer sans attendre.

— Bonjour à tous, tonna-t-elle sèchement. Mademoiselle Elakero étant de retour, j'espère qu'elle sera à la hauteur de mes espérances et au moins aussi douée que ses parents.

Son ton me fit froid dans le dos, j'ignorais ce que j'avais fait de mal. Elle ne me parlait même pas de front, s'adressant à moi à la troisième personne. Je déglutis avec peine et affichai un visage neutre de toute émotion.

— J'espère que vous avez d'ores et déjà rattrapé votre retard, parce que je ne perdrai pas mon temps à tout vous réexpliquer. Et croyez-moi, je ne tolérerai aucun bavardage durant mon cours, peu importe le sujet.

Elle avait changé de personne, m'interpellant directement, mais j'avais la confirmation qu'elle ne me portait pas dans son cœur, loin de là. Onyx, deux rangs devant moi, se retourna et m'adressa un sourire suffisant. Un goût amer subsista sur ma langue. Le cours s'étira tant que l'élastique du temps manqua de craquer à plusieurs reprises sous la pression de l'ennui et de l'incompréhension. Comment espérais-je comprendre si je n'avais pas le droit de parler pour poser des questions ? Lorsque la cloche retentit enfin, je sortis parmi les premières, ce qui ne m'arrivait jamais.

— Qu'ai-je fait ? Qu'ai-je fait pour que Madame Daylash me déteste tant ? m'exclamai-je une fois que nous nous étions éloignés.

— Toi ? Absolument rien. Elle jalouse la célébrité de chaque Atalien renommé depuis la nuit des temps, celle de tes parents y compris, qu'elle pense imméritée. Comme tu es le fruit de cette union et que tu es au centre de l'attention de tous les citoyens depuis dix jours, elle doit se sentir délaissée et ses vieux démons remontent à la surface, m'expliqua Gabriel.

— Crois-moi, je préférerais largement ne pas m'y trouver, grommelai-je.

— Je sais Camille, je t'exposais *son* point de vue. Sa jalousie reste de toute manière injustifiée, elle occupe un poste fondamental au sein de la société atalienne et tu n'y es pour rien dans cette affaire.

Une fois de plus, on abordait la renommée de Papa et Maman, mais je ne désirais pas plus que ces derniers jours connaître de quoi il retournait. Tous les souvenirs de mes parents se mélangeaient dans mon esprit et les anciens comme les plus récents resurgissaient, ne me laissant que peu de répit. J'étais toujours plongée dans mes pensées lorsque nous pénétrâmes dans la salle d'Étude des monnaies. Je m'installai à côté de Gabriel, avant de virer cramoisie en réalisant que j'avais probablement dérobé la place d'un de ses amis.

Ce sont tes amis aussi, répliqua ma voix avec sarcasme.

Sauf que je ne les connaissais nullement, je les avais rencontrés la veille et ignorais tout de leurs passions, de leurs proches, de leur vie. Même Gabriel, qui représentait la figure la plus proche de moi depuis le départ, restait un inconnu sur de nombreux points. J'imaginais que j'aurais le temps d'en apprendre plus sur eux à présent que je paraissais m'être intégrée à leur groupe. Je secouai la tête pour remettre mes idées en place et questionnai Gabriel à propos de la place, afin de savoir si ma présence le dérangeait. Il m'assura que non et mon soulagement se fit ressentir.

Madame Fallowgrove me présenta à la classe et mes joues se colorèrent de nouveau. Mon désir de rester dans l'ombre ne serait donc jamais assouvi ? Mon désespoir dut s'afficher sur mon visage puisque la professeure changea de sujet, expliquant le programme du jour. Je dirigeai toute mon attention vers le cours, mais me trouvai désemparée devant toutes les notions évoquées. Évidemment, je n'en maîtrisais aucune et ces grosses lacunes rendirent le cours très difficile à suivre et à comprendre.

À la fin de l'heure et quart, je massai mes tempes dans un soupir. Mes migraines avaient largement empiré à cause de cette matière et je redoutai d'ores et déjà tous les efforts que j'allais devoir fournir, les heures de sommeil sacrifiées pour parvenir à rattraper tout mon retard.

Quoi que, les Ataliens n'ayant presque pas de devoirs, je gagnerais du temps.

Presque en traînant des pieds, je suivis Gabriel et ses amis jusqu'à la salle de Découverte de Gramiriel. Tay s'arrêta et se plaça à mon niveau.

— Tout va bien, Camille ? Tu m'as l'air bien pâle.

Je grommelai un « oui » non convaincu et il fronça les sourcils d'inquiétude.

— C'est à cause de l'Étude des monnaies ?

Je hochai la tête et il poursuivit :

— Veux-tu que je t'accompagne à l'infirmerie ? Je suis sûr que Monsieur Tyloparm pourrait arranger cela en un rien de temps !

— C'est bon, ne t'en fais pas, ça va passer. Merci Tay.

Durant le cours consacré à Gramiriel, ma migraine s'adoucit considérablement. L'heure passa plus vite que prévu, mais l'humeur maussade de Madame Frialyns dilapida mon enthousiasme à l'égard de cette matière.

Dans la file d'attente pour le déjeuner, quelqu'un me bouscula violemment et je serais tombée si Hayden n'avait pas retenu mon bras d'une poigne ferme. Je lui adressai un regard reconnaissant et me retournai, désirant trouver le fauteur de troubles. Onyx me fit face, un grand sourire plaqué sur son visage horriblement parfait.

— Tu aurais pu faire attention, grommelai-je.

Je m'en voulus aussitôt, devinant que son action avait été calculée avec minutie.

— Désolée Camille, je ne t'avais pas vue, minauda-t-elle en clignant frénétiquement des yeux, se moquant ouvertement de moi et faisant comme si son objectif était de m'attendrir.

Je la fusillai du regard avant de me détourner. Cependant, Onyx ne m'en laissa pas le temps et retint ma manche, m'obligeant à la regarder dans les yeux.

— Qu'est-ce qu'il y a ? Tu n'as plus rien à répondre ? Tu ferais mieux de te réfugier dans les jupes de ta mère pour y pleurer !

Elle s'arrêta, fit mine de réfléchir et reprit :

— Ah non, pardon, j'avais oublié qu'elle était morte ! Va voir ton père dans ce cas. Oh, excuse-moi, lui non plus n'est plus en vie ! ricana-t-elle après une seconde pause.

Je sentis le sang affluer sur mon visage et mes yeux me brûler. J'avais eu vent de sa cruauté, mais aborder mes parents pour me rappeler leur décès de la pire des manières était un coup bas. Je serrai les dents pour retenir mes larmes, mais cela ne suffit pas alors je plaquai ma langue sur mon palais, appuyant le plus fort possible en priant pour ne pas craquer devant tout le monde. Je sentais le poids de nombreux regards sur mon visage et il était hors de question que je paraisse faible devant tout le monde.

L'absence de sons alourdissait tant l'atmosphère que j'étais presque certaine de pouvoir le cueillir au creux de mes mains. Je tentais de rester calme, mais tout dans cette situation me rappelait mon harcèlement. Le silence s'éternisa, et je sentis une main se poser sur mon bras. Je me tournai vers la source de ce contact en espérant que les projecteurs sous lesquels on m'avait placée cessent de diriger leur lumière vers moi. J'entendis Onyx prendre la parole une dernière fois avec dédain, s'adressant à ses deux amies, postées non loin de là :

— Allons-y, il n'y a plus rien d'intéressant, ici ! Quel spectacle pitoyable elle offre, à rester plantée comme ça !

— C'est toi qui es pitoyable, Onyx. Avoir recours à de telles extrémités pour que l'on te remarque constitue la meilleure preuve possible de ta méchanceté, cracha Kallyk, dégoûté.

Lyn me tira de nouveau le bras et écarta les siens pour m'étreindre. Je ne pus me résoudre à lui rendre cette embrassade pourtant si douce ; toute force m'avait quittée.

Les bras de Lyn autour de moi étaient porteurs d'une si grande signification que j'en fus bouleversée et laissai une larme rouler le long de ma pommette, alors que j'avais réussi à me contenir jusqu'ici.

Mais cette étreinte témoignait que cette fois-ci, j'avais du soutien et des amis pour m'aider. Jamais quiconque n'avait trouvé assez de courage pour empêcher mes anciens compagnons de classe de me frapper, ou m'affirmer que leurs paroles blessantes étaient fausses. Encore moins pour s'opposer à eux.

Gabriel nous entraîna à l'écart et je balbutiai :

— Mais… Et le déjeuner ? Vous devez avoir faim !

Si Onyx avait coupé mon appétit, ce n'était certainement pas le cas des autres.

— Nous pouvons largement patienter quelques minutes, le temps que tu reprennes ton souffle et digères les paroles abominables d'Onyx, affirma Tay.

L'arc de la bienveillance décocha une flèche dans mon cœur et je fus certaine d'avoir enfin trouvé de vrais amis. Ma respiration s'apaisa mais les ricanements et l'acidité d'Onyx restèrent ancrés dans ma peau. Je me relevai en agrippant la main tendue de Hayden et nous nous mîmes de nouveau dans la queue. Je m'en voulais d'avoir retardé leur déjeuner, mais tous m'assurèrent qu'ils préféraient de loin que j'aille bien qu'un déjeuner cinq minutes plus tôt.

Même si les paroles d'Onyx me hantèrent, le reste de la journée se déroula rapidement. Je retrouvai Madame Arundel et rencontrai un nouveau professeur, celui de Transmission, cours où je ne connaissais personne, ou du moins personne avec qui j'avais déjà parlé. Holly m'attendait à la sortie des cours et nous nous racontâmes nos journées respectives sur le chemin du retour. J'omis toutefois le passage avec Onyx. Je narrai ensuite les cours découverts à Téoïs qui nous fit ensuite part des composantes de son emploi du temps. C'était un rituel que nous avions instauré afin de s'assurer de notre bonne humeur. Dans le cas contraire, nous essayions de mettre des mots sur les émotions nous traversant.

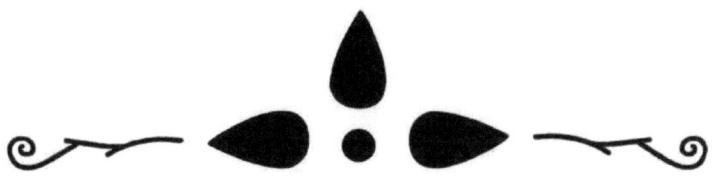

Chapitre 17

— Bonjour Camille ! amorça Madame Stellapik lors du cours sur les Gnomes le lendemain. Comme promis, je t'ai préparé un résumé des années précédentes. Les sept premières feuilles sont un condensé de l'Histoire de Thollaetera depuis mille ans, et les cinq restantes t'expliquent plus en détail les fêtes des Gnomes, leur traditions, coutumes, ainsi que les relations entretenues avec notre royaume, avec Talix et avec Gramiriel. Je n'ai pas pu raccourcir plus que cela, autrement il t'aurait manqué des passages cruciaux.

Je la remerciai et elle annonça à la classe qu'elle s'apprêtait à leur rendre leurs contrôles, plutôt réussis. Lyn et Kallyk échangèrent un regard compétitif. Je souris, pressée de savoir qui des deux emporterait les dix zinars pariés. Madame Stellapik tendit le parchemin de Kallyk au concerné, qui se mordit la lèvre, avant d'afficher une moue dégoûtée. Lyn brandit un poing, victorieuse, et Kallyk poussa à regret l'argent qu'il avait mis en jeu vers son amie. Je retins un rire devant la déception du perdant.

Le soir même, dès que j'eus un moment libre, je me consacrai à la lecture et l'apprentissage de l'Histoire de

Thollaetera. Au fil des pages et des morceaux du passé qui s'évaporaient devant mes yeux, je retrouvai mon amour pour cette multitude d'évènements révolus et antérieurs à ma naissance. Je renouai avec cette partie de moi qui me caractérisait tant ; la vie de personnages illustres recollait les fragments de mon cœur endommagé.

Les jours qui suivirent, m'habituant peu à peu à mon nouveau mode de vie, je prêtai davantage attention aux relations amicales unissant mes camarades de classe. Je constatai que Sélénée, une élève dont j'appris le nom grâce à Lyn, ne discutait jamais avec personne et paraissait renfermée sur elle-même. Je décidai d'aller lui proposer de déjeuner avec moi afin de m'assurer qu'elle ne vive pas un calvaire semblable au mien.

— Salut, tu es Sélénée, c'est bien cela ?

Ma question rhétorique avait uniquement pour but d'engager la conversation.

— En effet. Et tu es la célèbre Camille, dont le nom a effleuré toutes les lèvres.

Elle m'offrit un demi-sourire : l'ombre de sa timidité masquait l'éclat de sa joie. Je frottai mon sourcil à l'entente de cette dernière note et abordai la visée de cette discussion impromptue :

— Puis-je me joindre à toi pour le déjeuner ? Si la place n'est pas prise, évidemment ! ajoutai-je, redoutant un éventuel rejet, une potentielle erreur d'observation.

— Tu es sûre ? Pardon, je veux dire que non, la place n'est pas réservée, sens-toi libre de t'asseoir ou non ! rectifia-t-elle sans attendre.

Je ressentis son affolement et voulus détendre Sélénée en souriant :

— Je ne te l'aurais pas proposé dans le cas contraire.

Néanmoins, mes paroles eurent l'effet opposé à celui que je cherchais. Je regrettai de ne pas avoir la possibilité de retourner dans le passé lorsqu'elle rougit et bégaya :

— Oh, suis-je bête ! Pardon Camille ! Installe-toi.

Je pris place en face d'elle et puisai au fond de mes entrailles le courage de faire le premier pas, sachant que je me trouvais devant quelqu'un qui semblait moins à l'aise encore que moi concernant les rapports sociaux :

— Quelle matière préfères-tu étudier à Primélia ?

Elle hésita, comme si elle craignait de livrer une information personnelle à une inconnue, et ainsi de lui donner le pouvoir de retourner cette arme contre elle. Son combat intérieur s'afficha sur son visage. Mon cœur s'émietta, nul doute qu'elle avait vécu une situation qui avait laissé des séquelles.

— La Faune, la Flore et l'anatomie atalienne me passionne, mais les cours de Dons également, et en particulier celui sur la Guérison.

— Tu es Beige ?

— Et Bleue, oui. Les notions apprises en Guérison sont si intéressantes ! reprit-elle.

Ses yeux pétillaient de joie et j'amorçai un sourire, mais elle s'interrompit :

— Désolée, je dois t'ennuyer…

Je la contredis, lui affirmant que l'entendre parler de ce qui lui plaisait me rendait heureuse, mais le charme était rompu et elle se renferma sur elle-même.

— Et toi ? Avec l'aperçu que tu as eu la semaine dernière, que préfères-tu ?

— Je n'ai pas encore suffisamment eu le temps d'en juger, mais ce qui est certain, c'est que la Faune et la Flore n'en fait pas partie. Madame Daylash me déteste !

Me rendant compte de l'absurdité de mes propos, je rectifiai :

— Si Madame Daylash ne l'enseignait pas, peut-être que cette matière me plairait.

Un silence agréable se glissa entre nous, toutes deux plongées dans nos pensées.

— Au quotidien, une activité me plaît par-dessus tout : observer les astres et les étoiles, affirma Sélénée avec un mince sourire, après avoir inspiré longuement.

— Tu en connais beaucoup, sur l'astronomie ? demandai-je, intriguée.

— Plutôt, oui, répondit-elle en rougissant. Je connais le nom de la majorité des constellations visibles à l'œil nu.

— Je suis impressionnée. J'ignore si j'aurais la patience de chercher à toutes les différencier pour ensuite les mémoriser.

Sélénée haussa les épaules.

— Le temps consacré à une passion file sans qu'on le remarque. Le ciel constitue le remède à tous mes maux.

Voir ses yeux noirs parsemés de poussières lumineuses apporta des filaments de bonheur dans mon cœur sombre. Avec ce que j'avais appris sur Gabriel et ses amis la semaine passée, Sélénée s'entendrait parfaitement avec Tay. L'intéressée ouvrit la bouche pour relancer la conversation mais Kallyk posa son plateau sur notre table et nous annonça, d'un ton pompeux :

— Je suis navré de vous interrompre, mesdames, mais nous reprenons dans moins de sept minutes, donc je vous suggère d'arrêter votre conversation si vous désirez être à l'heure pour la Découverte de Thollaetera.

Je levai les yeux au ciel devant ses vaines tentatives de paraître gentilhomme et Sélénée rit, avant de rougir.

— Veux-tu manger avec Gabriel, Lyn, Tay, Kallyk, Hayden et moi demain midi ?

— Merci Camille, c'était agréable de déjeuner avec toi, répondit-elle en esquivant mon regard et ma question.

Je décidai de ne pas la brusquer pour le moment et fis mine de ne pas avoir prêté attention à sa réponse. Elle devait avoir de bonnes raisons d'agir ainsi et je comprenais la complexité de ses sentiments. Mais si mon raisonnement s'avérait juste et qu'elle craignait de s'imposer, alors elle nécessitait peut-être un coup de pied dans le derrière et j'étais prête à me charger de cette mission. Parce qu'il était hors de question que je la laisse patauger dans le filet inextricable de la solitude, qui l'attirerait au fond du gouffre de la douleur et lui donnerait cette impression terrible de ne pas mériter l'amour et ce sentiment destructeur que son absence ne coûterait à personne.

Si moi-même j'essayais à grand peine de remonter à la surface, les vaguelettes des hauteurs ne se montraient pas pour l'instant.

En revanche, j'avais le pouvoir d'aider Sélénée, rien qu'un peu, à sortir de cette situation en lui montrant que l'importance de sa présence. J'avais conscience des mots rassurants que j'aimerais entendre, et me doutai que des paroles et actions similaires agiraient positivement sur Sélénée.

***

Si la plupart des cours filaient à une vitesse ahurissante, celui de Découverte des Gobelins n'en faisait définitivement pas partie. Madame Frialyns avait un caractère grincheux, certainement dû aux tensions régnant entre son royaume de sang et son royaume de cœur. En revanche, à la différence de Madame Daylash, elle ne s'acharnait pas sur moi. Son antipathie s'appliquait à tous les élèves, ce qui la rendait nettement plus agréable. Le midi, je me dirigeai vers la table où nous nous asseyions habituellement et fronçai les sourcils en remarquant l'absence de Sélénée, bien que peu étonnée. Je posai mon plateau et annonçai que je revenais.

— Viens manger avec nous Sélénée, je te l'ai dit, tu es la bienvenue.

Elle se tortilla, gênée et finit par murmurer, le regard fuyant :

— Je ne tiens pas à m'imposer. Tous se connaissent depuis trois ans, je serai de trop.

— C'est moi qui te propose, en aucun cas tu risques de nous déranger. Et je ne les connais que depuis la semaine dernière. S'ils m'ont si bien accueillie, je n'ai aucun doute sur le fait qu'ils t'accueilleront aussi de la même manière.

Sélénée consentit à me suivre. Tay se décala vers la droite afin qu'elle puisse s'installer entre nous et tous la bombardèrent de questions, à commencer par Lyn et Kallyk.

— D'où viens-tu ?

— Quels sont tes Dons ?

— Quelle discipline préfères-tu étudier ?

— Apprécies-tu Madame Daylash ?

— Et Monsieur Cinderstar ?

Sélénée se ratatina sur sa chaise, cherchant à disparaître, aussi je pris soin de tous les fusiller du regard.

— Laissez-lui le temps de respirer !

— C'est exactement ce que Maman a dit à Mia lorsque tu es arrivée, rit Gabriel.

— C'est vrai, admis-je avec un sourire. À la différence près que l'attitude de Mia était mignonne. Vous ressemblez à des oiseaux fondant sur leur proie, se battant pour obtenir le moindre morceau de sa chair.

— Tout va bien Camille, je ne m'attendais pas à une telle expressivité de leur part.

— Excuse-nous Sélénée, notre curiosité a pris le pas sur notre politesse et notre morale, sourit Lyn.

La conversation se mit une seconde en pause, que Kallyk mit à profit pour risquer, après un bref coup d'œil dans ma direction :

— Quels Dons détiens-tu ?

Je secouai la tête et mon soupir lui répondit. Néanmoins, je ne pus dissimuler l'amusement qui fleurissait sur mon visage.

— Tu n'es pas possible.

— C'est pour ça que tu m'aimes, affirma-t-il avec un clin d'œil.

— Mais bien sûr, ironisai-je.

Lyn fronça imperceptiblement les sourcils et mon instinct me souffla de ne pas me pencher sur cette voie glissante.

— Vous pouvez interroger Sélénée, mais je doute qu'elle apprécie de devoir répondre à des milliers de questions.

— Merci pour ton autorisation, Camille, railla Lyn.

Le soulagement m'envahit en constatant sa bonne humeur, si bien que je doutais de ce que j'avais vu. J'ignorai ce qui l'avait froissée.

Kallyk et Lyn rassasièrent leur curiosité et j'appris par ce biais que Sélénée habitait dans le centre de Celtida, ce qui lui permettait de dormir chaque soir chez elle. Elle nous informa également que sa grande sœur ne venait pas régulièrement à son domicile puisqu'elle habitait à Talix.

— J'ignorais que des Ataliens résidaient à Talix, je pensais que vous ne vous mélangiez pas entre différents peuples, que vous pratiquiez simplement du commerce et entreteniez des relations diplomatiques.

— Cela fonctionne dans les deux sens, des Ataliens logent dans les royaumes alentour, mais des Gnomes et Elfes demeurent aussi à Atalia, m'expliqua Hayden. En revanche, au vu des tensions qui règnent entre nos royaumes en ce moment, je doute que les Gobelins soient légion.

Je réalisai alors que dans l'autre monde, des dizaines de nationalités différentes cohabitaient dans chaque pays sans que cela pose problème. La fin de notre pause déjeuner se rapprochait à grands pas et Sélénée crut utile de nous remercier de l'avoir accueillie.

— Ce fut un grand plaisir, reviens quand tu veux, Sélénée ! s'exclama Tay, les joues rouges.

Sélénée sourit et ses joues rosirent, miroitant celles de notre ami. Je sentais une alchimie naître entre eux, nul doute qu'ils se plaisaient. Je croisai le regard de Lyn et compris qu'elle était parvenue à la même conclusion. Je me mordis la joue pour ne pas réagir, mais trop tard, son rire clair fit écho au mien. Les autres, qui n'avaient rien remarqué, s'échangèrent des paroles emplies d'incompréhension, avant d'être contaminés par notre joie et de se joindre à nous.

Ce fut le cœur plus léger que nous retournâmes travailler. Lyn me tira par le bras afin de m'écarter des autres et me souffla avec malice :

— Je te parie que ces deux-là finiront ensemble avant la fin de notre scolarité !

— C'est certain !

***

Je suivis Hayden pour notre dernier cours de la journée ; Pyrokinésie. J'étais excitée, je m'apprêtais découvrir cette matière sous un nouvel angle ; pratique plutôt que théorique. Certes, je ne manierais pas le feu puisque Madame Shadowbrook m'avait d'ores et déjà indiqué que je serais une simple spectatrice pour aujourd'hui, mais j'avais hâte de constater l'étendue de la puissance de mes camarades et de ma professeure.

Lors des prochains cours, je pourrais m'exercer en compagnie d'un élève qui avait déjà déclenché son Don. J'espérais égoïstement que Hayden n'avait pas de binôme attitré afin que nous puissions travailler ensemble. Cependant, là n'était pas le sujet du jour, mon prochain cours pratique serait dans deux semaines, j'aurais tout le temps de le demander à mon nouvel ami.

Nous revêtîmes les combinaisons anti-inflammables à la demande de Madame Shadowbrook tandis qu'elle se lançait dans les explications de la tâche des élèves de troisième année pour ce cours. La professeure me désigna une place à ses côtés, afin que je puisse bénéficier de ses commentaires et remarques. Les élèves se mirent au travail et des flammes prirent forme devant mes yeux, plus ou moins éclatantes, sombres ou tremblotantes. Bouche bée devant ce spectacle dansant et fascinant, mon regard suivait avec avidité ce feu se trémoussant au gré des pulsions déterminées des élèves.

— Captivant, n'est-ce pas ?

Incapable de prononcer le moindre mot, je hochai la tête sans tourner mon visage vers elle. À ne pas méprendre avec de l'impolitesse. Je ne pouvais simplement pas détacher mes yeux de toutes ces flammes répandant des ombres inquiétantes mais si attrayantes le long des murs.

— Je ne crois pas te l'avoir expliqué lors du cours précédent, mais aucun Orange ne peut souffrir de ses propres flammes. En revanche, il peut être blessé par celles des autres. C'est la raison pour laquelle nous avons tous enfilé ces combinaisons noires.

Je réfléchis à ces paroles porteuses de sens et me rendis compte que je ne m'étais pas le moins du monde souciée par l'idée que mes camarades pouvaient se brûler avec leur Don tant ça me paraissait évident. Autrement, personne n'aurait utilisé son Don depuis des siècles et des siècles. En revanche, je n'avais pas non plus pensé qu'ils pouvaient être blessés par leurs compagnons. Je nous pensais invincibles à tout type de flammes, et peu importait qui en était le détenteur. J'imaginais que les combinaisons servaient à rafraîchir notre corps, afin qu'il ne conserve pas trop longtemps la chaleur créée par les flammes de tout le monde.

— Si nous utilisons notre Don avec une certaine intensité trop souvent, des cicatrices se dessineront sur nos mains.

Madame Shadowbrook retira ses gants noirs et tendit ses bras vers moi. La lumière tremblante des flammes me permit de prendre conscience des traits clairs qui sculptaient sa peau.

Une question me turlupina :

— Dans ce cas, cette propriété fonctionne-t-elle également pour les Dons bleu, vert et blanc ?

— Tout à fait, nos congénères pouvant manier l'eau, les plantes et l'air se trouvent dans la même situation que nous. Leur Don ne peut les blesser mais celui des autres, oui. Il peut aussi marquer leur peau au bout d'un certain temps.

Je la remerciai de sa réponse et repris ma contemplation des flammes façonnées par mes camarades.

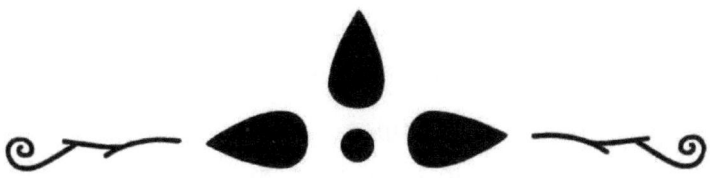

Chapitre 18

Je dévalai les marches en vue de profiter de la présence de mes parents d'accueil, un peu plus disponibles aujourd'hui que le reste de la semaine. Leur travail prenait la grande majorité de leur temps et je n'avais pas eu suffisamment d'occasions pour apprendre à les connaître. Je désirais donc y remédier tant que nous avions tous les trois le temps pour. Comme l'aube s'éveillait à peine, la fatigue brouillait ma vision et je faillis rater une marche, manquant de chuter jusqu'en bas de l'escalier. Holly s'exprima dès que j'entrai dans son champ de vision :

— Camille ! Téoïs et moi avons eu une idée ! Si tu es d'accord, nous pourrions satisfaire notre curiosité à ton égard, et inversement.

Un sourire éclaira mon visage encore endormi ; même sans nous être concertés, nous avions eu des pensées identiques.

— Viens t'asseoir sur le fauteuil, nous t'expliquerons les règles de notre jeu. Enfin, j'ignore si on peut l'appeler ainsi, mais tu as compris l'idée.

Je pris place en face d'eux et posai mon menton sur mes mains, elles-mêmes sur mes genoux.

— Nous avons pensé à une série de questions-réponses, où nous répondons chacun notre tour. Si une question dérange ou est trop intime, il suffit de choisir de la passer. Ça te va ?

Je hochai la tête, espérant tout de même qu'ils ne mentionneraient pas mes parents. Je n'avais ni envie de parler d'eux, ni de partager ces souvenirs avec quiconque pour le moment.

— Je commence, déclarai-je. Pourquoi avez-vous voulu pratiquer votre métier ?

— Pour moi, ça a toujours été une vocation, j'ai toujours su que je voulais soigner des patients.

— Quant à moi, je voulais exercer une profession qui concerne le royaume, sa politique, ainsi que travailler de temps à autre avec des Elfes, Gnomes et Gobelins. Représentant de l'Assemblée d'Atalia a coulé de source, m'expliqua à son tour Téoïs.

— D'accord ! À vous !

Téoïs et Holly échangèrent un regard afin de déterminer qui poserait la question. Finalement, Holly prit la parole :

— Quelle a été ta première réaction en atterrissant à Atalia ?

— Après avoir frôlé la crise cardiaque, m'être écrasée sur Gabriel et grincé des dents de douleur, tu veux dire ? répondis-je en rigolant. Je crois que j'étais perplexe, je ne comprenais pas ce qui m'était arrivé. Avez-vous tous les deux vécu votre scolarité à Primélia ?

Un « oui » et un « non » me répondirent simultanément. Surprise, je fronçai les sourcils et Holly éclata de rire. Téoïs et moi nous joignîmes à elle et ma mère d'accueil m'expliqua :

— Durant ma première année, j'ai étudié à l'Académie de Vilceya, puis mes parents m'ont inscrite à Primélia.

— Quels sentiments te procure la connaissance soudaine de l'existence d'un oncle et une tante ? enchaîna Téoïs.

— J'ai d'abord été abasourdie, Papa et Maman m'avaient toujours dit qu'ils étaient seuls dans leur fratrie, et que leurs parents étaient décédés. De ce que je sais, c'est toujours vrai pour Papa. Mais une fois la première surprise assimilée, j'étais heureuse de découvrir qu'il me restait une famille.

Ma voix se brisa sur ces derniers mots, les évoquer provoquait une douleur insoutenable dans mon thorax, comme s'il s'agissait d'une souffrance physique et non émotionnelle. Téoïs esquissa un mouvement vers moi avant de se raviser, il devait ignorer si j'accepterais un contact physique. À la place, il m'adressa un sourire triste et affirma :

— Seren et Evanna resteront toujours ta famille. Je suis certain qu'ils sont très fiers de toi. J'ai travaillé avec eux, tu sais ? Je les côtoyais régulièrement, et de ce que j'ai aperçu d'eux, je peux dire que c'étaient sans conteste des Ataliens dévorés par la passion de leur métier et les nouveautés découvertes au quotidien. Mais j'imagine que tu devais être très heureuse, pour le roi et la reine, reprit-il un instant plus tard.

J'acquiesçai, reconnaissante qu'il change de sujet et ne s'apitoie pas sur mon sort. Parce que je haïssais la pitié. Sous n'importe quelle forme.

— Quelle est votre boisson préférée ? enchaînai-je sur un thème plus léger.

— Le Tonique. De damyssis particulièrement. Mais les deux revigorent mes patients, qui m'adressent ensuite un sourire qui vaut tout les Dons du monde, donc je ne devrais pas faire de favoritisme, sourit Holly.

— J'hésite, répondit quant à lui Téoïs. Le Torrent de nuages, parce que j'ai l'impression d'avaler de l'air. Le Paradis d'étoiles, parce que je me sens dans le ciel. Dans les deux cas, les boissons me permettent de ressentir une connexion particulière avec mon Don, de créer un lien avec l'air, que nous ne pouvons retenir avec un simple filet. Et toi ?

— La Merveilleuse de pécan et le Torrent de nuages se disputent la première place ! Mais je penche tout de même sur le Torrent. Votre plus grand rêve ?

Aussitôt, je mordis ma lèvre, culpabilisant de revenir sur une pente glissante. Je n'avais pas pensé aux précédentes confidences du couple à propos des fausses couches. Mais mes parents d'accueil ne m'en tinrent pas rigueur ; Téoïs cligna de l'œil et répondit :

— À présent que tu l'as réalisé, je dirais poursuivre ma carrière jusqu'au bout, et visiter davantage les terres alentour. Et puis, dès que tu auras déclenché ta Téléportation, tu pourras nous emmener n'importe où en quelques secondes ! plaisanta-t-il.

Je lui donnai une tape sur la cuisse et secouai la tête en souriant.

— Vous garder à mes côtés pour toujours, et visiter les capitales de Talix, Thollaetera et Gramiriel, affirma de son côté Holly.

Mes yeux s'embuèrent, je connaissais ma mère d'accueil depuis moins de deux semaines, mais elle semblait déjà m'avoir adoptée pour toujours.

— Ta matière préférée dans l'Autre monde ?

— L'Histoire, assénai-je sans hésiter.

— Vous étudiez aussi le passé de votre pays ?

Je hochai la tête et expliquai ma préférence :

— Connaître comment nous en sommes arrivés au présent me passionne. Tous les éléments, même ceux qui paraissent les plus infimes et insignifiants, revêtent une importance qui peut facilement faire basculer le cours de l'Histoire. Apprendre les complots fomentés par nos ancêtres pour faire chuter un empire, étudier les révolutions, découvrir les conquêtes, se désoler devant les conditions de vie des populations et comprendre les engrenages qui mènent à une guerre ou un conflit m'animent. D'une certaine manière, le passé a toujours résonné en moi. Peut-être parce que c'était une manière d'échapper au présent et à la réalité, un moyen de plonger dans la vie de personnages célèbres pour ne plus penser à la mienne.

Ma tirade, au départ enflammée par la fièvre qui m'habitait, avait faibli et se clôtura dans un souffle. Je me frottai les sourcils, persuadée d'en avoir trop révélé sur moi. Une pensée perverse profita de ma faille, s'insinua dans mon esprit et m'obligea à me questionner sur la confiance que je pouvais accorder à Téoïs et Holly et l'amour que je pouvais porter à leur égard. Je haïssais cette faiblesse passagère. Mes parents d'accueil avaient agi avec amour depuis la seconde où ils avaient posé leurs yeux sur moi, je n'avais pas le droit de douter d'eux ainsi.

Malgré tous mes efforts pour contrer cette pensée, un « Et si… ? » subsista en moi, ancré si profondément que je ne pouvais espérer l'éjecter de mon esprit maintenant. Mon cœur meurtri n'avait pas encore récupéré de toutes les blessures qu'on lui avait infligées. Le temps n'avait pas réussi à soigner les plus profondes et une plaie pouvait vite s'infecter, aussi mince soit-elle.

Néanmoins, Téoïs et Holly se contentèrent de hocher la tête.

— Désires-tu nous parler de… Ce qui rendait ta vie si difficile ?

Je le voulais. Je voulais leur expliquer la souffrance, les coups, les blessures internes comme externes qu'avaient causé mes camarades. Je voulais qu'ils comprennent toute la douleur que j'endurais au quotidien, les traces de la somme de ces évènements, marqués au fer rouge dans ma peau.

Mais ma langue s'était changée en plomb et je ne parvenais pas à la délier. Et si un seul mot – « harcèlement » – suffisait à englober une grande partie de mon vécu, il ne suffirait jamais à faire part de toute la violence, toute la souffrance, toutes les pensées, tous les doutes qui m'assaillaient jour et nuit. Ils ne rendraient jamais compte de la solitude ressentie perpétuellement, malgré l'amour infaillible de mes parents, de la confiance en soi qui filait entre mes doigts, des nuits passées à pleurer de gros sanglots en étouffant les sons dans l'oreiller. Ni de la difficulté de faire chaque soir bonne figure devant mes parents pour qu'ils ne s'inquiètent pas. Encore moins de croiser chaque matin mon reflet dans le miroir et me haïr chaque jour un peu plus, pour ma faiblesse de ne pas savoir résister, pour les mots par lesquels ils me définissaient, qui repassaient en boucle dans mon esprit jusqu'au moment où je les savais vrais, pour les cernes qui s'emmagasinaient sous mes yeux et la douleur qui me rongeait constamment de l'intérieur. Jamais un seul mot ne serait assez complet pour décrire tout ce que je ressentais.

Mon silence devait se prolonger depuis un certain temps puisque Holly reprit la parole :

— Ne t'en fais pas Camille, tu n'as aucun devoir à nous en faire part. Nous attendrons autant que tu le souhaites, et si tu ne nous en fais jamais part, nous ne t'en voudrons pas.

Je hochai la tête presque mécaniquement et Téoïs se pencha vers moi :

— Veux-tu que nous nous arrêtions là pour aujourd'hui ? Tu pourrais aller te reposer si tu le souhaites.

J'acquiesçai avec gratitude et soulagement, puis remontai dans ma chambre, où je m'enfouis sous ma couette, bien que la journée commence à peine. Parce que ce simple geste m'apportait un réconfort, si minime soit-il.

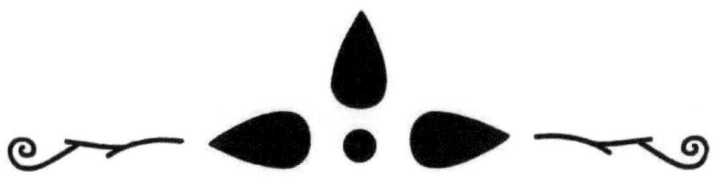

Chapitre 19

Les semaines s'envolaient et mon intégration à cette nouvelle vie, elle, s'enracinait au fond de mes entrailles. Seuls mes parents me manquaient dans l'Autre monde, et une sphère de douleur se logeait régulièrement dans mon estomac, répandant peu à peu son venin.

Comment peux-tu te regarder dans le miroir sans penser à ta lâcheté de les avoir abandonnés ainsi ? susurrait cette voix infecte, polluant mon esprit des pensées négatives que j'essayais à tout prix d'oublier.

Chaque fois, une main osseuse s'emparait de mon cœur et l'arrachait de ma poitrine ensanglantée. Cette sensation terrible se renouvelait plusieurs fois par semaine, et je me sentais presque soulagée de constater que ce ne soit pas tous les jours. Mon esprit trouvait enfin un semblant de paix, loin de mes anciens camarades. Parallèlement, mon corps se délestait de l'anxiété qui me rongeait. Quel sentiment étrange que celui de ne plus faire, à intervalles fixes, des crises d'angoisse !

Les examens blancs approchaient à grands battements d'ailes et les professeurs abordaient les dernières leçons essentielles à notre réussite. Le temps passé à réviser ne se comptait plus en minutes ou en heures, mais en jours. Ayant toujours été première de ma classe, je ne pouvais imaginer obtenir les pires résultats. Ainsi, pour combler mes lacunes, je travaillais à chaque temps libre, ne laissant que peu de répit à mon esprit épuisé. Une journée complète à dormir ne serait pas suffisante pour retrouver mon énergie. Tandis que nous gravissions l'escalier biscornu menant à la salle d'Herborisation, je songeais au repos qui m'attendait d'ici quelques semaines et faillis rater les exclamations enjouées de Kallyk.

— Monsieur Mistreaver va enfin nous révéler quels sont les duos gagnants pour notre travail sur la Mimbleclis Smifrelda et la Tigliane !

— Tu as développé une obsession pour ce concours ! répondis-je, tant amusée qu'impatiente à l'idée de l'annonce des vainqueurs.

Kallyk ouvrit la bouche pour répliquer et se justifier, mais ne put poursuivre puisque notre professeur nous pria de nous installer à nos places.

— Bonjour à toutes et à tous. Je vous en ai informé lors de notre dernier cours : aujourd'hui, je vais procéder à la remise des lots visant à récompenser les meilleurs travaux. Pour cette session, les deux duos victorieux se verront remettre une graine de la plante étudiée, une peinture grandeur nature la représentant et un lot de produits fabriqués à partir de son essence. Il peut s'agir d'un remède, d'un sachet de tisane, d'une crème... Peut-être êtes-vous déçus, mais je vous assure que chaque kit a coûté plus de trente-cinq drekks.

La classe poussa des sifflements impressionnés, les yeux pétillants et le cœur rempli d'espoir. Monsieur Mistreaver nous laissa rêver quelques instants, puis reprit la parole :

— Le binôme remportant le prix du meilleur travail sur la Tigliane est composé d'Angelina et Lilio !

Nous applaudîmes à tout rompre et les heureux élus s'étreignirent, fiers. Monsieur Mistreaver les félicita et enchaîna :

— Quant au second duo, représentant également le meilleur binôme, toutes plantes confondues, il est constitué de...

Kallyk serra ma main jusqu'au blanchissement de mes jointures. Je grimaçai de douleur, mais l'adrénaline lui voila les yeux, il ne se concentrait plus que sur la voix de notre enseignant. J'en vins à me demander s'il s'agissait de l'évènement du siècle.

— Kallyk et Camille ! Bravo à eux !

Nous avions gagné. Je n'en revenais pas. Pour mon premier cours.

Kallyk, fou de joie, avait bondi de sa chaise à l'instant même où Monsieur Mistreaver avait prononcé son nom. Il tapa dans mes mains et s'écria :

— Je t'avais dit que je gagnais chaque concours !

— Je n'attends que de voir ta première défaite, dans ce cas, rétorquai-je avec un sourire en coin.

— Qui t'a assuré que ça arriverait ?

— Personne. En revanche, je suis certaine qu'il y a une première fois à tout.

— Je vous serai redevable, Mademoiselle Elakero, de ne pas détériorer l'atmosphère paisible régnant en moi et de ne pas contrarier mon humeur lumineuse.

J'éclatai de rire devant son attitude faussement soutenue et Kallyk se joignit à moi. Monsieur Mistreaver nous remit les prix ; je laissai la peinture à Kallyk, qui lorgnait dessus, et le cours se conclut dans la bonne ambiance habituelle.

Je souhaitai une agréable soirée à mes amis, puis quittai l'académie. Empruntant le chemin habituel, l'impression d'être suivie me colla à la peau. Je ne pouvais me défaire de ce sentiment d'engluement et tordais mon cou à chaque pas, vérifiant l'absence d'Ataliens dans mon dos. Cette route était presque toujours déserte, ce qui accentuait le caractère étrange et effrayant de cette sensation. Ma tunique, enduite de sueurs froides, adhérait à mon dos et me procurait un inconfort supplémentaire.

Mon regard survola les maisons sur ma gauche et s'arrêta tout près d'une figure mouvante. Vêtue de sombre et d'une cagoule, son allure ne me rassurait pas du tout sur ses intentions. Les battements de mon cœur accélérèrent et chantèrent à un rythme dissonant et irrégulier.

Je pris la décision de changer mon itinéraire, afin de vérifier qu'il ne s'agissait pas d'une pure coïncidence. Mais l'inconnu me suivait toujours à une certaine distance. J'augmentai la cadence, sentant mes mains moitir de peur. Je désirai plus que tout le semer, mais n'osai jeter de coup d'œil derrière moi.

Enfin, la maison apparut sous mes yeux. Je franchis en courant les derniers pas me séparant de sa protection, sautai par-dessus le portillon et appuyai ma main sur le capteur digital, invoquant sa vitesse de reconnaissance. Je pénétrai dans le vestibule et claquai la porte sans un regard en arrière. Le souffle court et le cœur palpitant, je gravis les escaliers quatre à quatre, souhaitant m'assurer que l'étranger ne force pas la porte. L'observant de la fenêtre de ma chambre, où il ne pouvait m'apercevoir, je le vis posté devant le portillon, immobile. Il semblait étudier la demeure des Saydren sous toutes ses coutures. Je frottai mes sourcils, craignant qu'il cherche à me faire du mal par n'importe quel moyen. Il finit par se détourner et repartit.

Mon cœur s'apaisa et je retrouvai une respiration non laborieuse.

Tu as de la chance, Téoïs et Holly ne t'ont pas vue dans cet état pitoyable, railla la voix.

Depuis le début de ma scolarité dans l'autre monde, elle m'insufflait des pensées qui malmenaient le peu de confiance en moi que je parvenais à sauvegarder malgré toutes les remarques. Et bien sûr, comme je la savais dangereuse, je me mis à réfléchir à la réaction qu'auraient eu mes parents d'accueil. Que penseraient-ils de moi en me voyant fuir devant un danger que j'avais probablement inventé ? Se seraient-ils moqués devant mon comportement enfantin ?

Non, cela ne leur ressemblait pas.

Pourtant, je devais envisager la possibilité qu'ils m'aient manipulée, qu'ils se soient servis de moi comme tous les autres, avec l'unique objectif de me laisser à terre, de me meurtrir si fort que je ne réussirais pas à m'en relever. Chacun de mes « amis » avait fini par me trahir et se ranger aux côtés de mes harceleurs. Aucun n'avait constitué d'exception, pourquoi dérogeraient-ils à la règle ? Pourquoi n'agiraient-ils pas de la même manière ?

J'ignorais si je pensais encore à Téoïs et Holly ou à mes amis, tout se mélangeait dans ma tête et le flou brouillait mon esprit. Gabriel et les autres pouvaient aussi bien me berner. Je me doutais que tout était trop calme. Rien n'avait troublé la surface lisse du fleuve de ma vie depuis mon arrivée. Ils créaient un sentiment de sécurité en moi pour mieux me poignarder dans le dos lorsque j'aurais baissé ma garde. Cette perspective entraîna un vertige qui m'obligea à m'appuyer contre le mur de ma chambre.

Les larmes perlèrent sur mes paupières et glissèrent sur mon visage. Elles coulaient à flot et je ne comptais pas les arrêter, je cherchais à me libérer de ce surplus d'émotions. Je n'aurais de toute manière eu aucun moyen de stopper ce flux d'émotions négatives. Plus je pleurais, plus mon corps se soulageait de la tension qui le crispait depuis ma sortie de Primélia. Mes sanglots tarirent et je séchai leurs traces sur mes joues. Je ne voulais pas que Téoïs et Holly me voient dans cet état de vulnérabilité, me posent des questions qui m'obligeraient à tout raconter et utilisent cette faiblesse pour la retourner contre moi dans un second temps.

La voix devait jubiler ; elle avait atteint son objectif. Je remettais en question la confiance que j'avais accordée à mes parents d'accueil, à mes amis, et même à Idris et Neve. Je regrettais de m'être déjà tant attachée à eux. Je redoutais que leur départ me brise. L'histoire se répétait inlassablement, j'ouvrais mon cœur, l'emplissais d'amour extérieur et le retrouvais vide lorsqu'on l'abandonnait sur le bas-côté. Et si mes nouveaux proches n'avaient pas encore fui, c'était parce qu'ils n'avaient pas encore pris conscience de leur erreur.

Un claquement sourd me sortit de mes sombres pensées et j'eus un instant de flottement. Étaient-ce Holly et Téoïs qui rentraient ou l'inconnu qui avait forcé l'accès à la maison ? Gabriel m'avait affirmé que leur système de sécurité était infaillible, mais une marge de doute s'installa dans mon esprit. Je me précipitai vers ma fenêtre et soupirai de soulagement lorsque j'aperçus la silhouette avenante de Holly.

Ce soir-là, le sommeil tarda à pointer le bout de son nez. Je cherchais à déterminer pourquoi cet étranger m'avait suivie, mais ne trouvai aucune raison valable.

Avant que ma mémoire ne fasse ressurgir ma première conversation avec Gabriel.

Mon esprit torturé imagina les pires scénarios : et s'il s'agissait du groupe qui voulait éliminer mes parents ? Rien ne m'assurait qu'ils ne désiraient pas accomplir leur tâche initiale en m'éliminant pour se venger d'avoir raté Papa et

Maman. Mon cerveau divagua ensuite sur l'attachement que je portais à mes amis, ma famille et mes parents d'accueil. En quelques semaines, tous avaient abattu la barrière de protection que j'avais érigée pendant des années. L'épuisement finit par m'emporter dans une nuit emplie de cauchemars, tous pires les uns que les autres.

***

Le lendemain, des cernes démesurés ornaient mon visage. J'eus à peine la force de rire aux plaisanteries de Kallyk, pourtant amusantes. Lyn me prit à part en fin de journée et déclara :

— Les autres n'ont peut-être rien remarqué, mais je vois bien que tu ne vas pas bien. Que se passe-t-il ?

— Rien ! affirmai-je, détournant toutefois les yeux trop rapidement pour paraître crédible.

Je m'accablai de reproches, sachant qu'elle ne lâcherait pas le morceau.

— Je te promets de ne pas le répéter au reste du groupe, si c'est ce que tu souhaites, reprit-elle d'une voix plus douce. Tu peux me faire confiance, tu le sais ?

La mention de la confiance entraîna ma confidence. Les mots se déversèrent et je ne pus lutter contre leur coulée. J'ignorais si je devais m'en remettre au jugement de Lyn, ne la connaissant que depuis quelques semaines, mais je ne pus m'en empêcher, j'avais ce besoin tiraillant de faire part de mes pensées à quelqu'un.

Je lui expliquai tout, sauf ma mésaventure d'hier avec l'homme encagoulé. Je lui racontai comment mes anciens « amis » avaient pris soin de mon cœur, comment ma scolarité n'avait été qu'un enchaînement d'horreurs sans nom, je lui racontai les problèmes de confiance en moi que cela avait engendré, ma méfiance envers n'importe qui, la peur de l'abandon qui me rongeait, la pression sur mes épaules parce que je craignais de décevoir Téoïs et Holly, qu'ils changent finalement d'avis et décident qu'ils ne veulent plus de moi, le manque de mes parents et le vide créé en moi par l'absence des piliers de ma vie, les paroles d'Onyx qui me rappelait mes harceleurs et mon inquiétude d'être dernière de notre promotion.

Je réussis à tout annoncer d'une voix presque détachée, sans pleurer, mais lorsque Lyn s'assombrit et qu'elle me prit dans ses bras, mes yeux piquèrent. Son étreinte me revigora plus que je ne le pensais possible et nous nous écartâmes au bout de plusieurs minutes :

— Waouh... Tu ne mérites pas de vivre avec ce poids constant de souffrance sur tes épaules, Camille. Tu es certainement l'adolescente la plus douce que je connaisse, je suis désolée que tu aies vécu tant à un si jeune âge. J'étais bien sûr au courant pour le décès de tes parents, mais jamais je n'aurais imaginé que tes blessures soient si profondes. Tu as donné ton cœur à tes camarades, et ils te l'ont rendu déchiré et dégoulinant de méchanceté... Je n'ose pas imaginer ta douleur... En revanche, ce dont je suis certaine, c'est qu'aucun d'entre nous ne te fera jamais subir le même sort. Je connais Kallyk, Gabriel et Hayden depuis trois ans, Tay depuis ma naissance, et je puis t'assurer qu'ils sont tous absolument dignes de confiance. Quant à Sélénée, je pense qu'elle est la dernière personne à pouvoir tailler des meurtrissures en toi. Concernant tes parents d'accueil, je comprends ton appréhension, j'ai ressenti la même peur avant d'emménager à Primélia, mais n'oublie pas que tu as réalisé leur rêve, Camille. Je sais que c'est justement ce qui t'effraie, et peut-être que tu n'es pas comme ils auraient pu l'imaginer, mais ce n'est pas parce que tu es différente de leurs attentes qu'ils éprouveront de la déception à ton égard ! Et par rapport à Onyx, ne la laisse pas t'atteindre, elle ne gagnera pas ce combat, je te le promets. Nous te viendrons en aide.

Lyn ancra son regard dans le mien avant de poursuivre :

— Je n'ai aucun doute sur le fait que tu rattraperas rapidement ton retard scolaire. Mais même si tu termines dernière de notre promotion, n'oublie pas que nous avons quinze ans de vie à Atalia derrière nous, que nous avons eu le temps d'assimiler beaucoup plus de connaissances que tu n'as pu le faire en quelques semaines, malgré ta meilleure volonté. Je sais que tu es sérieuse, donc je doute que tes résultats s'avéreront médiocres, mais dans le cas où ça arriverait, je serai là pour te rappeler que ce n'est pas grave. Enfin, nous t'aimons à ta juste valeur, pour qui tu es, et nous n'avons aucune intention de t'éjecter de notre vie à présent que tu y es entrée.

Touchée par sa bienveillance, je ne sus que répondre. Ses mots résonnaient en moi. Je n'avais jamais eu d'amie aussi attentionnée. Je compris à cet instant que j'avais déniché une perle rare, et que je devais la conserver précieusement auprès de moi. Si mes doutes subsistaient, la réponse de Lyn en avait toutefois dissipé un grand nombre. Lui parler m'avait soulagée. Mes lèvres s'étirèrent le long de mes joues et Lyn conclut en m'adressant un clin d'œil :

— Tu es plus belle quand tu souris !

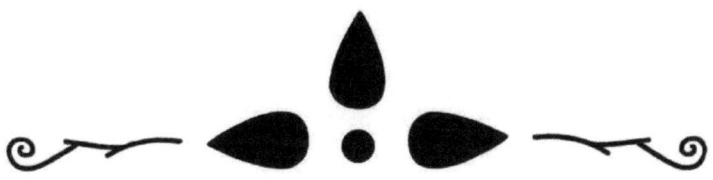

Chapitre 20

À la sortie des cours, j'avais surveillé mes arrières à des intervalles si rétrécis que j'étais certaine d'avoir passé plus de temps retournée qu'à vérifier que je ne marchais pas dans du crottin de cheval. Je craignais que l'inconnu récidive sa filature de la veille, voire qu'il passe à l'étape supérieure.

Je révisai mes cours pour détourner mes pensées de la veille et me concentrai sur l'Histoire d'Atalia afin d'y puiser du réconfort. J'avais demandé à Monsieur Cinderstar des recommandations de livres qui me permettraient d'approfondir mes connaissances sur le règne d'Aristeia Norisey, qui, depuis ma première lecture de L'Histoire d'Atalia, m'avait conquise. Mon professeur m'avait gentiment prêté l'un de ses bouquins ; *Aristeia Norisey, l'espoir lumineux d'Atalia*, que je dévorais avidement. Je l'avais déjà lu entièrement deux fois en quelques jours, mais cette fois-ci, ma lecture avait pour visée la mémorisation d'autant de renseignements que possible.

Que c'était grisant de replonger dans les méandres du passé ! D'autant plus que celui d'Atalia restait pour le moment recouvert d'un voile obscur. Je reposai le livre de

Monsieur Cinderstar en sentant mes yeux piquer de fatigue et m'enfonçai dans le fauteuil de ma chambre. Je n'allais pas faire une sieste, parce que je savais que je ne parviendrais pas à m'endormir à la nuit tombée. Je ne désirais pas non plus descendre maintenant, dénuée d'envie de parler. J'avais besoin de profiter d'un rare moment seule.

Depuis mon arrivée à Atalia, j'avais énormément conversé, que ce soit afin d'interroger mon entourage à propos du fonctionnement du royaume et d'en apprendre plus sur Idris et Neve, mes amis, ou encore Téoïs et Holly. Mais la fatigue accumulée me priait de prendre plus d'instants pour moi et moi seule. Ce n'était pas que je n'aimais pas la compagnie, loin de là, j'avais seulement besoin de récupérer. Alors je laissai mes pensées divaguer.

Autrefois, je n'appréciais pas particulièrement la solitude, tout ce qu'elle impliquait et signifiait pour ma personne. Mais l'an passé, je m'y étais habituée et elle ne me dérangeait plus outre mesure. J'avais tant passé de temps avec moi-même qu'elle était devenue un refuge nécessaire à ma survie. Néanmoins, lorsque certaines pensées reprenaient le dessus, la solitude pouvait vite m'étouffer et se métamorphoser en piège inextirpable. Comme à cet instant. Une pensée à propos de mes parents avait surgi, et j'avais beau me débattre, je savais que j'allais revivre un nouveau morceau de mon passé. De la sueur coula le long de ma nuque dans une langueur insoutenable et je me préparai au pire.

Les guirlandes dorées chatoyaient dans la lumière étincelante du soleil couchant. J'étreignis Maman et Papa avec force. La surprise pour mon anniversaire était au-delà de mes espérances. Je savais qu'un bon dîner nous attendait et je savais aussi ce que ça leur avait coûté. Malgré mes quatorze ans à peine soufflés, je n'ignorais pas que l'argent ne coulait pas à flots. Maman s'occupait de tondre les pelouses et de jardiner pour la mairie d'une ville proche et Papa était serveur dans un petit restaurant sombre où les clients n'abondaient pas. Malgré tout, nous avions assez pour vivre et mes parents faisaient tout pour me rendre heureuse. Je ne l'étais pas réellement, je crois, mais ça n'avait aucun rapport avec le salaire de mes parents.

Je m'intéressais de nouveau au décor de notre jardin et m'émerveillai devant la splendeur du lieu. Chaque année, Papa et Maman m'organisaient une surprise pour mon anniversaire. Chaque année, ils paraissaient plus tristes que l'an passé. J'imaginais que voir son enfant grandir rendait mélancolique.

— Ça te plaît, mon cœur ?

— C'est parfait, merci beaucoup !

— Alors, ça fait quoi d'avoir quatorze ans ?

Je fis mine de réfléchir et répondis en rigolant :

— Je me sens de plus en plus vieille, j'ai peur de vous rattraper !

Maman leva les yeux au ciel tandis que Papa me pinçait la hanche. Je sursautai, ce qui accentua mon éclat de rire. Ils me rejoignirent au bout de quelques secondes mais leurs sourires n'atteignirent pas leurs yeux. Cette fois-ci, je m'inquiétai pour de bon :

— Qu'y a-t-il ? L'un de vous a perdu son travail ?

Le regard perdu dans le vague de Maman se posa sur moi, étonné.

— Non, pourquoi cela mon cœur ?

— Vous avez toujours l'air triste le dix-sept septembre, et cette année encore plus que d'habitude.

— C'est te voir grandir qui nous attriste, tu n'es plus le bébé que l'on connaissait, sourit Maman.

— Excuse-nous, ma chérie, nous ne devrions pas être si émus, nous nous rappelons seulement de chacun de tes anniversaires dans le moindre détail et ta croissance nous chagrine. Nous sommes si fiers de la presque jeune femme que tu deviens, tu es si forte et nous regrettons que tu aies dû subir tant à l'école, que tu aies dû grandir si vite dans de telles conditions.

Mes yeux s'embuèrent et je me blottis dans les bras de Papa, comme quand j'étais petite. Maman se joignit à nous et nous restâmes dans cette position un long moment. Le clapotis des vagues contre la falaise en contrebas me berçait. Un son apaisant, de ceux qui nous faisaient oublier une dure journée.

Je conservai les yeux clos, désirant graver dans mon esprit cette image de mes parents contre moi. Cette sensation fugace d'étreinte devait rester en moi pour toujours. Mes joues ruisselèrent de larmes en sentant les fantômes de Papa et Maman quitter mon corps. Un léger courant d'air me caressa les cheveux et je redoublai de sanglots silencieux ; c'était un signe de Maman, je le savais.

Titubant comme si je venais de boire des litres d'alcool, je me précipitai vers ma fenêtre afin de la fermer, ou le courant d'air disparaîtrait pour toujours avec tous les autres. Je m'assis à mon bureau et, avant d'en oublier les détails, transcrivis ce souvenir sur une feuille vierge. Je m'adressai à Papa et à Maman, je leur racontai ce dernier anniversaire que nous avions vécu tous les trois. J'avais besoin de leur parler, qu'ils m'assurent qu'ils s'en rappellent parfaitement. Peut-être étais-je en train de perdre la tête, à espérer le moindre signe d'eux, en sachant ce qu'il s'était passé il y avait plus d'un an, mais je ne pouvais cesser de m'accrocher au mince espoir qu'ils m'envoient un message.

Alors je grattais le papier parcheminé de ma plume, inscrivant mot après mot, gravant émotion après émotion. Jusqu'à ne ressentir plus qu'un vide en moi, une mince mélancolie éraflant mon cœur.

***

Le week-end suivant, je me rendis au marché de Celtida avec Téoïs. Il devait faire les courses pour la semaine à venir, j'avais envie de l'aider et de me dégourdir les jambes. En outre, je pourrais ainsi découvrir de nouveaux étals et quartiers. De quoi allier l'utile à l'agréable !

Comme lorsque j'avais découvert tout ce que l'on vendait lors de la Célébration d'Hélios, je m'émerveillai devant la joyeuse mêlée des passants qui cherchaient à se faufiler parmi la foule, devant les commerçants qui scandaient leurs produits frais et les douces mélodies produites par un instrument en bois un peu plus loin. Je me laissai happer par cette atmosphère chaleureuse, le cœur léger. Je n'aimais pas beaucoup les foules, je les trouvais oppressantes, mais aujourd'hui, j'étais presque excitée d'en faire partie. Je faillis perdre Téoïs, qui attrapa mon bras pour me retenir.

— Nous allons pouvoir nous séparer. Tu te rappelles des différents étals où tu dois te rendre pour trouver des bacofroises, des damyssis et des herbes médicinales ?

Je hochai distraitement la tête, pressée de m'engouffrer dans les confins du marché de la capitale atalienne. Téoïs déposa une poignée de pièces clinquantes dans ma paume et m'adressa un clin d'œil avant de disparaître dans la foule, m'indiquant l'heure et le lieu où nous nous rejoindrions. Je pris une bouffée d'air frais et partis à la recherche des produits que je devais acheter.

Comptant les pièces, je constatai que Téoïs m'avait laissé plus que nécessaire. Je n'étais pas calée sur le coût de chaque marchandise atalienne, mais mon père d'accueil m'avait informé du prix moyen des produits que je rapporterais. Mon embarras en comprenant que le couple m'incitait à m'acheter un objet qui me fasse plaisir fut rapidement remplacé par une vague d'amour à leur égard. Ils me connaissaient encore peu, mais faisaient déjà tout pour que je me sente bien, que je me sente chez moi.

Je me faufilai parmi les étals colorés et acquis les herbes pour Holly, ainsi que les fruits pour la cuisine. Une fois mes devoirs accomplis, je me promenai sans objectif précis, me laissant entraîner par les passants. Mes pas me guidèrent jusqu'à une échoppe gnome, si je m'en tenais à son propriétaire ; pas très grand mais trapu, la peau verdâtre et les mains agiles. Je dus poser mon regard sur lui un peu trop longtemps, intriguée, puisqu'il m'arrêta d'un grand sourire :

— Bonjour mademoiselle, que puis-je pour vous ? J'ai des racines de Fulivias pour adoucir les migraines, des sachets de Tisane Apaisante si jamais vous angoissez régulièrement, de la poudre de Tigliane pour ajouter une touche enchantée à vos mets ou encore des feuilles de Pluthofinn dont le parfum vous aidera à dormir en cas d'insomnies fréquentes.

Intéressée, je l'interrompis :

— Permettent-elles un sommeil sans rêves ou cauchemars ?

— Évidemment, jeune demoiselle !

Je réfléchis quelques instants : je n'ignorais pas les conséquences néfastes que pouvait apporter un somnifère. Néanmoins, j'étais si désespérée que j'acceptai sans plus attendre. Je n'étais pas encore prête à revoir en rêve tous mes souvenirs en compagnie de Papa et Maman, je préférais les bloquer le temps de souffrir moins. J'arrêterais dès que possible, mais je n'étais pas en mesure d'y faire face pour l'instant.

— Je vais prendre quelques feuilles de Pluthofinn dans ce cas, s'il vous plaît !

— Bien sûr ! Elles se vendent par dizaine, je vous en mets combien ?

— Dix suffiront pour le moment, merci.

Le Gnome emballa les dix feuilles dans un sachet et me les tendit en souriant :

— Ça fera douze zinars !

Je déposai les pièces percées d'un triangle dans sa main et récupérai mon achat, me promettant de rembourser Téoïs et Holly le plus rapidement possible. Je déambulai encore quelques minutes, puis demandai l'Arbre pétrifié à un Atalien ; la statue où je devais retrouver Téoïs.

Elle portait ce nom en honneur de la fin du règne d'Esmeray. On racontait qu'au moment de son assassinat par les Ataliens, tous les arbres s'étaient figés durant quelques secondes, comme s'ils prenaient conscience de l'importance de cet acte et des répercussions positives qu'il engendrerait. C'était un symbole très puissant. Pas autant que la Célébration d'Hélios bien sûr, mais tout de même très célèbre dans le royaume.

Frissonnante, je resserrai les pans de ma veste autour de moi et croisai les bras afin de conserver ma chaleur corporelle. Si avril était plus clément à Atalia que dans l'autre monde, notre proximité avec la mer amenait de temps à autre des vents glaciaux qui se propageaient jusqu'au centre de la ville. Même éloignés du Fleuve Scintillant, nous ressentions parfois les effets de ces courants marins de l'ouest. En revanche, le soleil ne nous abandonnait jamais. J'avais pensé qu'il se cacherait un jour sur deux, mais je m'étais trompée sur toute la ligne.

Téoïs me rejoignit peu après et nous rentrâmes en discutant joyeusement. Il observa un instant mon sachet de Pluthofinn mais ne fit aucun commentaire. Sans doute ne voulait-il pas se montrer indiscret.

Le soir même, cinq minutes avant de me coucher, j'inspirai sept fois le parfum de la Pluthofinn, comme me l'avait conseillé le Gnome, et m'installai sous ma couette. Le somnifère prit effet presque aussitôt, je me sentais sur un nuage, comme si mon corps était d'ores et déjà endormi.

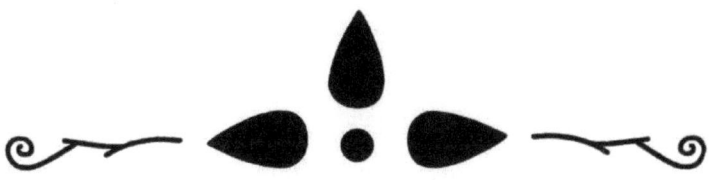

Chapitre 21

Le temps m'échappait, il ne restait déjà plus que deux semaines et demie avant les examens blancs. Mes journées se résumaient à suivre mes cours, réviser le midi avec mes amis et le soir seule. Je n'avais qu'une hâte ; qu'ils soient enfin terminés, que nous puissions profiter du beau temps et nous reposer. Les vrais examens avaient lieu un mois et demi après les entraînements. Nous n'aurons pas énormément de temps de détente, mais c'était toujours mieux que rien. Ces pensées m'accompagnaient tandis que je rentrais de l'académie.

Perdue dans les chemins tortueux de mon esprit, je ne remarquai pas de sitôt la silhouette sombre qui se profilait derrière moi. J'avançai résolument et constatai qu'elle marchait dans mes pas, calquant son allure sur la mienne. Les mains moites, je jetai un coup d'œil à droite et à gauche, en quête d'une allée plus fréquentée, quitte à faire un détour. Je frottai mes sourcils ; les routes qui m'encadraient réduisaient mon espoir à zéro, il n'y avait pas âme qui vive. J'accélérai et soupirai de soulagement en apercevant un croisement au loin. Ma quiétude fut de courte durée et se mua en angoisse profonde lorsque deux nouvelles personnes vêtues en sombre surgirent et restèrent à une distance raisonnable de leur compagnon.

Tel un animal aux abois, je tournai frénétiquement ma tête afin de trouver une issue. Mais j'étais prise au piège, aucune solution ne s'offrait à moi. Dans un dernier élan de désespoir, je me mis à courir, mais ils m'imitèrent. J'accélérai encore, les poumons brûlants et le cœur pulsant si fort que je craignais qu'il implose. Mais malgré tous mes efforts, ils me rattrapèrent en un rien de temps, m'encerclant tels des loups autour de leur proie. La dernière chose que je vis fut un chiffon blanc devant mon visage, puis je sentis mes forces m'abandonner et mon corps s'écraser au sol.

***

Les yeux rougis, je contemplai mon reflet affreux devant le miroir. D'un côté, je me fichais que l'on me voie ainsi, mon apparence ne ramènerait jamais Papa et Maman à la vie, mais de l'autre, il fallait que j'atténue mes cernes et les traces causées par mes larmes, ou on me demanderait pourquoi je pleurais. Je m'effondrerais alors pour de bon, avec aucune chance de me relever. J'appliquai le maquillage de Maman sur mon visage, retenant mes larmes avec difficulté en sentant la présence de mes parents de tous les côtés.

Une fois prête, je récupérai de l'argent sur la commode et sortis de la maison. Je marchai jusqu'à l'arrêt de bus de mon village et m'appuyai contre la vitre du véhicule cahotant.

Une heure plus tard, je descendis et pénétrai dans un magasin de bricolage, où j'achetai des planches ultra résistantes. Je payai et la caissière me jeta un coup d'œil surpris en me voyant seule, mais ne fit aucun commentaire. Je remontai mon col sur mon nez et portai résolument les planches sous mon bras. On m'adressa des regards noirs dans le bus du retour, mais je n'y prêtai guère attention, luttant pour ne pas fondre en larmes.

Les bras en feu, je posai les planches sur le sol et secouai mes mains. Traverser tout le village et monter jusqu'à la maison à pied était loin d'être l'idée du siècle, mais je n'avais pas le choix. Je récupérai des vis ainsi qu'un tournevis et m'attelai à la tâche, bénissant mon père de m'avoir appris à bricoler. À peine ma pensée avait-elle fusé que je me maudis pour avoir songé cela et mordis mon poing afin de ne pas crier. Si Papa et Maman avaient survécu à cette tempête, je n'aurais jamais eu à devoir leur construire un cercueil à cet instant. Et si j'achetais un vrai cercueil, à mon âge, on m'enverrait aussitôt en famille d'accueil, et il n'était pas question que je quitte la maison, jonchée de mes uniques souvenirs heureux.

***

Toute motivation d'étudier ayant un jour existé m'avait quittée depuis un bon moment, mais je m'installai tout de même à la table de la dépendance. Lasse, j'ouvris mon cahier d'Histoire, la seule matière que je supportais encore.

Au bout d'une vingtaine de minutes, je mis ma tête dans le creux de mes bras. Je ne pouvais plus me concentrer, il suffisait d'une seule pensée envers mes parents pour que travailler devienne impossible. Je ne parvenais plus non plus à verser des larmes, je les avais toutes usées au cours des mois précédents.

Le cœur lourd, je me levai. Je me dirigeai vers l'évier de la cuisine – si on pouvait appeler « cuisine » un espace composé d'un évier, d'un micro-ondes et d'un réfrigérateur, le tout dans un coin du salon – et remplis un verre d'eau. Je le bus d'une traite, même si je n'avais pas soif. Un haut-le-cœur me retourna l'estomac. Je courus jusqu'à la salle de bain et recrachai mon déjeuner dans la cuvette. Lorsque plus rien ne sortit, je m'affaissai au sol et appuyai ma tête sur le carrelage froid du mur.

Je me demandais combien de temps je tiendrais encore de la sorte. Toute raison de rester dans ce monde était partie en fumée avec la vie de mes parents. Mais je n'avais pas le courage ni la force de mettre fin à mes jours, alors je subsistais en fantôme. Je ne vivais plus, mais je ne survivais pas non plus. Seul mon corps me maintenait en vie et me hurlait d'ingérer de la nourriture ou de me reposer. Mais mon sommeil était peuplé de multiples cauchemars et d'autant de peurs. Ma fatigue me terrassait chaque jour un peu plus.

Je n'ignorais pas que Maman et Papa me souhaiteraient heureuse, mais je n'avais aucun moyen d'y arriver sans eux. C'était déjà très compliqué lorsqu'ils étaient là, alors maintenant qu'ils ne l'étaient plus, cet objectif était inatteignable. Ils m'apportaient des instants de bonheur, coupés de la réalité, mais à présent, tout avait empiré. Le harcèlement, mes notes en chute libre, mon angoisse, ma santé mentale. Tout.

***

Mes paupières laissèrent place à une lumière blafarde. Ma tunique était trempée de sueur, je collais et je ressentais un besoin urgent de me laver. Je voulus m'étirer, mais mes poignets rencontrèrent une résistance inattendue. Je tirai de nouveau, persuadée que j'étais dans une position inconfortable et que mes bras étaient coincés sous ma couverture. Mais il ne s'agissait pas de cela, je ne pouvais toujours pas bouger. Alors je clignai plusieurs fois des yeux et compris que je ne me trouvai pas à la maison, ni même chez les Saydren. Mes poignets étaient maintenus derrière mon dos par une épaisse corde noire. Je voulus remuer mes chevilles ; pas moyen, une corde identique les attachait à la chaise sur laquelle je me trouvais assise.

Le cœur battant et l'esprit dans les vapes, je réfléchis à la raison de ma présence en ce lieu étranger.

Me remémorant soudainement les évènements qui m'y avaient conduite, je me débattis et essayai de me libérer, réussissant seulement à m'écorcher les doigts. Les cordes entravaient mes poignets et mes chevilles. Je grimaçai.

Observant mon environnement, je constatai qu'une pièce d'un blanc à en faire pâlir les hôpitaux m'entourait. Aucun meuble, aucune décoration. Si mon instinct me soufflait la réalité, cela signifiait que les trois inconnus qui me suivaient tandis que je rentrais de Primélia ne constituaient pas qu'un mauvais rêve.

À cette pensée, la panique viscérale que j'essayais par tous les moyens de refouler au fond de moi s'éveilla et emplit chaque cellule de mon corps. J'essayai d'exercer un brin de contrôle sur ma respiration, en vain. Une voix étouffée s'adressa à moi :

— Ne t'en fais pas, Camille, tu es en sécurité.

Mon corps se raidit à l'entente de cette voix et je me tournai de tous les côtés afin d'avoir une vue plus précise de mon interlocuteur. Dans mon dos, une silhouette se tenait droite sur une chaise identique à la mienne, sans toutefois être condamnée à rester prisonnière. Vêtue d'habits sombres, une capuche recouvrait son visage, dont seul le bout de son nez dépassait.

— En sécurité ? Je pense que vous devriez revoir votre définition.

— Je t'assure que tu es en sécurité, Camille Elakero.

Alors seulement, une flopée de questions se déversèrent de ma bouche :

— Qui êtes-vous ? Comment connaissez-vous mon nom ? Pourquoi suis-je ici ? Depuis combien de temps suis-je là ?

— Tout le monde connaît ton nom depuis que tes parents et toi avez disparu de la circulation. Pour le reste, ce sont des informations que je préfère garder pour moi. Pour le moment, en tous cas.

Son ton placide me rappelait ma position de faiblesse, mais je tentai le diable :

— Libérez-moi.

Mon ravisseur éclata d'un rire froid avant de reprendre son ton flegmatique :

— Joins-toi à nous.

— J'ignore tout de votre identité, de la cause que vous servez et vous venez de m'enlever. Pensez-vous réellement me convaincre ainsi ?

Je haussai un sourcil pour conclure sur l'absurdité de ses propos. Mon cœur battait toujours à un rythme effréné mais je faisais tout mon possible pour ne pas laisser transparaître ma peur. Ne pas voir à quoi l'homme ressemblait me rendait folle ; je n'avais même pas de nom à poser sur cette absence de visage. Apparemment, l'inconnu masqué n'apprécia pas ma réponse à sa requête puisqu'un linge froid, imbibé d'un puissant somnifère, fut plaqué sur ma bouche.

Chapitre 22

En m'éveillant cette fois-ci, je reconnus aussitôt l'endroit où l'on me séquestrait. Mais garder les yeux ouverts me demandait un effort sans préalable et m'infligeait une migraine transcendante, si bien que je dus les refermer sans attendre. De toute manière, observer mon environnement entraînait une surdose de panique. J'en avais toujours conscience, ce qui posait problème puisque savoir où je me trouvais empêchait toute réflexion.

Un bruit sourd coupa mes pensées et me fit sursauter. Ce mouvement brusque entraîna une douleur diffuse dans mes bras et mes jambes, qui me fit grincer des dents. Je ne voulais pas crier afin d'éviter d'alerter mes ravisseurs à propos de mon réveil, alors je préférai mordre ma langue. Mais l'idée de remplacer une douleur par une autre afin de supprimer la première n'était que sottises, parce qu'à présent j'avais non seulement les poignets et les chevilles irrités par la corde, mais le sang se répandait aussi dans ma bouche. Je déglutis pour ne pas conserver ce goût infâme de fer, en vain.

Avec une lenteur extrême, mes paupières laissèrent de nouveau entrer la lumière et je clignai des yeux pour l'absorber. L'engourdissement de mon corps me dérangeait à chaque mouvement, mais je ne pouvais pas m'étirer, alors autant m'y habituer. Je me tordis pour observer derrière moi et constatai avec joie que personne ne veillait sur moi.

Sauf qu'aucune issue ne se présentait. J'ignorais si le somnifère que l'on m'avait administrée faiblissait, mais mon esprit s'éclaircit et je devins lucide sur la difficulté de ma situation. Mes bras et mes jambes étaient ligotés à une chaise, ma taille également. Même si je parvenais à me détacher, je resterais cloîtrée dans une pièce probablement grouillante de gardes chargés de me surveiller. Et quand bien même il n'y aurait personne – ce que je ne croyais pas une seule seconde –, je n'avais aucune idée de l'endroit où je me trouvais. Probablement à des lieues de Celtida, peut-être même dans une des nations adjacentes. Mes proches devaient s'inquiéter de ma disparition. S'ils me cherchaient.

En résumé, je semblais condamnée à mourir ici. Mon cœur se comprima et je tâchai de ramener mon espoir à la surface, de ne pas le laisser se noyer. J'avais besoin de lui pour survivre. Pour la première fois depuis une éternité, je voulais *vivre*. Je commençais tout juste à goûter au bonheur depuis mon arrivée à Atalia, je n'avais pas l'intention de le laisser filer entre mes doigts. Déterminée, je réfléchis à un moyen de m'en sortir. Mais aucun n'avait une chance, aussi minime soit-elle, de fonctionner.

Essayer de dénouer mes liens et fuir en courant ? Personne ne se serait donné le mal de m'enlever pour me laisser sans surveillance à la moindre occasion.

Faire semblant de dormir et abattre ma chaise sur la tête du premier venu ? Encore une fois, je ne pouvais espérer bénéficier de la surveillance d'une seule personne. Sans compter que mon adversaire serait plus rapide et coriace que moi.

Me laisser mourir de faim en espérant que l'on finisse par se lasser de moi et me libérer ? Aucune chance.

Prétendre m'allier à mes mystérieux ravisseurs pour partir dès que possible ? Je n'étais pas certaine de pouvoir persuader quiconque de mon allégeance, à commencer par moi-même.

Je m'affalai, à défaut de pouvoir plonger ma tête entre mes mains. « Affaler » n'était pas le terme le plus approprié, puisque mes mouvements se limitaient à quelques millimètres. On m'enlevait même ce droit. Si je ne trouvais pas rapidement un moyen de m'échapper, je mourrai. Même dans ce monde, certaines personnes souhaitaient me tuer. Un frisson incontrôlable se répandit dans ma colonne vertébrale à cette pensée. Pourquoi devais-je subir un tel destin ? Pourquoi moi ? Ma détermination se mua en désespoir pur, je finirai mes jours croupie dans cette cellule. Si j'avais la chance de vieillir.

Après réflexion, une mort rapide et jeune serait préférable à une torture qui me rendrait hébétée et fripée. J'aurais voulu évacuer le gros de mes émotions moroses, mais à force de pleurer depuis plus d'un an, mes larmes avaient tari.

Je tombai de sommeil, mais mes pensées me maintenaient éveillée, ne me laissant pas un moment de répit.

Étonnamment, mon estomac ne criait pas famine. Probablement un effet secondaire du somnifère. Je bâillai, parce que le sommeil artificiel que l'on m'imposait ne comblait pas les manques de nuits naturelles et réparatrices. Des bruits de pas résonnèrent et je retins mon souffle de peur que l'on débarque dans ma pièce.

L'évidence que l'on vienne pour moi me frappa et j'enfonçai mes ongles dans ma paume. L'un des seuls mouvements que je pouvais faire dans ma position, ironiquement.

— Bonjour Camille, tu vas bien ?

Bien que le souci de mon état – qu'il soit réel ou créé – infuse une confusion extrême en moi, je répondis sarcastiquement :

— Ai-je l'air en forme ?

Mon ravisseur, dont seuls les yeux océan perçaient de la cagoule, leva les yeux au ciel. Il semblait déjà exaspéré par ma présence. Parfait. Si ma compagnie pouvait le faire fuir, je n'aurais pas à le supporter et voir mes peurs devenir réalité.

— Je t'ai apporté à manger, tu devrais montrer ta gratitude.

Mon sourcil se haussa de surprise :

— Vous ne voulez donc pas me laisser mourir de faim ?

La mâchoire de l'homme se serra à travers le fin tissu qui lui recouvrait le visage.

— Je suis venu te proposer une dernière alliance. Ma proposition est ton ultime chance. Si tu refuses, nous t'éliminerons et personne ne verra plus jamais ton joli minois. Compris ?

Je pâlis et déglutis avec difficulté, en proie à une crise intérieure. Comment devais-je agir ? Il fallait absolument que je gagne du temps, mais comment ?

— Acceptes-tu de nous rejoindre ?

Mon souffle accéléra et je fermai les yeux un instant, échappant à l'horreur de mon dilemme.

— Je vais y réfléchir.

Cette réponse comportait un gros risque, mais je n'avais pas trouvé mieux. Mon ravisseur hocha la tête et conclut :

— Tu as trois jours.

J'acquiesçai et il se retourna. Je ne voulais pas rester en sa compagnie une seconde de plus, mais j'avais besoin de lui.

— Comment vais-je manger avec les mains liées ?

Un long soupir l'immobilisa, et il pivota sur ses pieds au prix d'un effort onéreux. Comme il pourrait le faire à un enfant de bas-âge, il me donna la becquée. Un profond dégoût et une honte injustifiée de moi-même accompagnèrent cette action. La nourriture était infâme, mais je ne pipai mot, sachant qu'il ferait la sourde oreille face à mes protestations. Je devrais m'en contenter, en espérant qu'elle ne soit pas empoisonnée. Je n'avais eu que quelques secondes pour me décider, mais je ne pouvais pas continuer sans un repas dans le ventre.

Enfin, mon ravisseur quitta la pièce blafarde. Nous étions au moins d'accord sur un point : nous ne désirions pas de la compagnie de l'autre. Malheureusement pour moi, il sembla se souvenir que je restais éveillée, puisqu'il revint sur ses pas et plaqua un chiffon imbibé de somnifère sur ma bouche et je sombrai dans un sommeil peuplé de souvenirs.

***

— Tu t'es regardée dans le miroir ce matin ? Parce que si je ressemblais à ça, je n'aurais jamais osé sortir !

Les ricanements fusèrent et mes épaules s'affaissèrent. Lorsqu'ils se tournèrent pour admirer une voiture, je m'empressai de contempler mon reflet dans une flaque. Je ne vis rien de repoussant, uniquement deux émeraudes profondément chagrinées. Et lasses. Leur petit jeu durait depuis plus de sept ans et ils rigolaient toujours à chaque remarque à mon encontre. La lame aiguisée de leurs mots chiffonnait mon cœur et persuadait mon cerveau qu'ils avaient raison. Une épave échouée au large de l'océan. C'était ce qui me définissait le mieux.

— Non mais tu penses vraiment pouvoir être aimée un jour ? Ton physique est repoussant et tu ne vas jamais vers personne ! Quoique, sur ce point, tu as raison, tu sais déjà qu'on ne voudra pas de toi !

Les éclats de rire parvinrent à peine à mes oreilles. Depuis la mort de Papa et Maman, mon imperméabilité à leurs méchancetés connaissait des améliorations. Je n'avais plus la force de rien, alors les écouter ? C'était bien au-delà de mes capacités. Néanmoins, même lorsque je ne leur prêtais pas attention, des remarques passées tournaient en boucle dans mon esprit et détruisaient les miettes de confiance en moi. Tel un roseau, je pliai l'échine en espérant qu'ils aient mieux à faire que me briser.

Heureusement, à la fin des cours, personne ne voulait dépenser son temps avec moi. J'allais enfin connaître une paix provisoire. Quelques minutes seulement me séparaient de la maison, où je m'apprêtais à passer la soirée roulée en boule dans mon lit.

Mes camarades avaient un plan différent du mien. J'empruntai au plus vite le chemin menant à la maison. Grossière erreur que de leur tourner le dos. Un choc me fit valdinguer sur les graviers. Je m'écroulai, les mains et les genoux en sang. Une chaude larme roula sur ma joue. Même la dignité qu'il me restait s'était envolée. Tous rigolaient devant la vision de moi étendue au sol, meurtrie non seulement physiquement, mais aussi et surtout émotionnellement. Les blessures intérieures étaient toujours les plus compliquées à soigner. Parce qu'il ne suffisait pas d'appliquer un baume pour les guérir. Le temps ne réparait pas forcément les cœurs.

Épuisée de ma vie et de son ressassement, je me relevai, m'époussetai et luttai pour conserver un visage sec en m'éloignant. Je marchai le plus dignement possible, mais ma *cheville me faisait souffrir ; elle avait dû se tordre sous l'impact. Je dus user de ma volonté la plus pure pour ne pas claudiquer. Mon cœur aussi saignait. J'ignorais pourquoi j'étais encore en vie puisque celle-ci n'en valait nullement la peine. Je devrais les rejoindre.*

***

Vendredi soir. La meilleure soirée de la semaine. Je me hâtai sur le chemin du retour, tant pour échapper à mes camarades que pour rejoindre mes parents. Deux jours sans aller au collège. Je me précipitai dans les bras de mes parents, me lavai les mains et préparai la pâte à pizza avec Maman. Nous la garnîmes de lardons et surtout, des quatre fromages. Je me hâtai de nettoyer les couteaux et récipients et filai aider Papa à couper et peler les fruits pour la salade. Avec joie, j'épluchai pêches, brugnons et bananes. Je coupai les queues des fraises et ajoutai les framboises. Pour le nombre de fruits différents en cette saison, j'aimais l'été. Également parce que je n'avais pas à faire face à ceux de mon âge. Maman avait mis la pizza au four et je profitai du temps de cuisson pour ordonner ma chambre. Nous dégustâmes notre dîner avec un plaisir évident, j'adorais notre routine.

— Camille, tu mélanges les cartes ?

Je pris le paquet des mains de Maman et les battis avant de les distribuer. Nous allions entamer mon moment préféré de la soirée. La rareté de mes victoires n'entachait jamais mon moral. Nous rigolions à chaque manche. Cette fois encore, je perdis les sept parties suivantes, luttant pour réprimer mes bâillements. Parce que si je montrais le moindre signe de fatigue, notre soirée se terminait.

***

Je jetai mon sac à travers la pièce et m'installai à mon bureau, à la recherche de quelques minutes de paix. J'étudiais avec assiduité, privilégiant mes devoirs et révisions à tout le reste. C'était mon seul moyen de me maintenir à la surface, de ne pas sombrer si profondément que plus rien ni personne ne pourrait m'aider à remonter. Malheureusement, j'eus rapidement terminé les exercices donnés par les professeurs. Avec difficulté, je me levai et attrapai un gros livre de géopolitique. Je plongeai dans les problèmes de mon monde pour oublier les miens. Les rouages de la diplomatie et des relations conflictuelles entre les pays se débloquaient sous mes yeux, et j'adorais ça.

Seule une dizaine de minutes de paix me furent accordées avant que les souvenirs de mes parents ne surgissent de nouveau. Je m'arrachai à ma lecture avec regret et m'enfouis dans mon lit, espérant trouver le sommeil. Je devais sans cesse renouveler les moyens de noyer ma peine.

***

Avec amour, je contemplai mes amis assis sur la rive du Lac Amotulys. Je ne le formulai pas explicitement, mais ils contribuaient tant à ce que j'aille mieux. Leur compagnie allégeait ma peine et mes rares difficultés d'adaptation. Je commençais à goûter la joie grâce à eux.

— J'ai une idée ! s'exclama Lyn. La personne qui fait la meilleure estimation de la note de Kallyk au contrôle sur Thollaetera gagne un petit cadeau de la part de chacun d'entre nous, ça vous va ?

— Eh ! s'indigna le concerné. Pourquoi parie-t-on sur moi ?

— Parce que c'est toi qui nous affirmais que tu le réussirais, mais qui l'a finalement raté. Et puis, ta note est la moins prévisible de nous tous. De toute manière, tu es avantagé, tu sais plus ou moins quel pourcentage tu obtiendras, rétorqua Lyn, un sourire malicieux aux lèvres.

Le visage de Kallyk afficha un air déterminé à remporter ce défi.

— Je parie 38 %, annonça d'office Lyn.

Kallyk lui lança un regard noir, auquel elle répondit en lui adressant un clin d'œil et en replaçant une mèche brune derrière son oreille.

— 44 % pour moi ! déclara Hayden.

— Je dirais 53 %, paria Gabriel.

Tay prit à son tour la parole :

— Je pencherais pour 75 %. Et toi, Camille ?

— Je n'ai pas fait ce contrôle, donc c'est compliqué d'en juger, mais je dirais 66 %. Kallyk ?

— 62 %. Lyn, n'envisage même pas de me parler. Je ne pardonnerai pas ton manque de confiance en moi.

Notre amie entoura ses bras autour de Kallyk en rigolant, mais celui-ci la repoussa en boudant. Tout le monde céda aux éclats de rire, même Kallyk.

***

Ma migraine lancinante réduisit mon cerveau en bouillie dès ma première pensée. Je n'ouvris pas les yeux, de peur de l'aggraver, mais j'essayai de démêler mes souvenirs qui formaient des nœuds inextricables dans mon esprit. Mes harceleurs, un vendredi soir avec mes parents, ma lutte contre le chagrin et le début de ma relation avec mes amis. Tristesse, colère, mélancolie et joie s'emparaient de mon corps et en faisaient un pantin sur lequel je n'avais aucun contrôle.

Au moins mon dernier souvenir me laissait moins abattue que je l'aurais été si un autre avait clôt mon sommeil. Finalement, Kallyk avait gagné ce pari-là, ayant obtenu 58 %, à défaut du premier conclus avec Lyn, où il assurait avoir plus de 60 %. Mes pensées s'accrochaient à mes amis et leur amour, qui constituaient un carburant me motivant à sortir d'ici. Il y avait forcément un moyen auquel je n'avais pas encore pensé qui me permettrait de partir ! Je réfléchis, me creusai le cerveau de théories farfelues en sachant qu'un élément manquant était la clé.

En désespoir de cause, je pensai à ma vie à Atalia depuis mon arrivée. À toute la joie que j'avais ressentie. Mes surprises, mes peurs, mon retard sur les autres étudiants. Alors j'eus le déclic tant attendu. Les Dons ! Je devais trouver un moyen de déclencher l'un d'entre eux pour m'enfuir. Je réfléchis aux possibilités qui s'offraient à moi. Feu. Plantes. Métal. Transmission. Téléportation. Le Don orange présentait trop de risques, je craignais de ne pas parvenir à le maîtriser. Il constituerait mon dernier recours. Je ne voyais pas en quoi le Don vert me serait utile dans ma situation actuelle. Le contrôle du métal présentait les mêmes problèmes ; il n'y avait pas une once de fer dans cette pièce. La Transmission était une bonne alternative, mais j'ignorais si je pourrais la débloquer.

J'optai pour la Téléportation, puisque je l'avais déjà déclenchée pour me rendre à Atalia. Essayant de réunir les conditions mentales nécessaires, je me concentrai et cherchai à ressentir le souffle de l'air autour de moi. J'attendis le cyclone, mais rien ne vint me cueillir pour me transporter loin de cette prison terrifiante. Dépitée, je patientai plusieurs minutes avant de réessayer, mais toujours rien. Je cherchai à déclencher un autre de mes Dons, mais aucun ne se montra à moi. Il semblait qu'ils agissent selon leur propre volonté, et que je ne pouvais imposer leur venue.

C'était fini, je mourrai. Je n'avais aucune issue. Ma respiration s'accéléra, j'avais deux jours pour me sauver ou j'étais condamnée. Ma crise de panique approchait à grands pas mais le somnifère m'accueillit au sein de ses bras. Pour une fois, mon esprit embrumé m'apportait un mince éclat de joie. Je ne désirais pas faire face à une nouvelle bouffée de panique maintenant.

Chapitre 23

Une main secoua mon épaule et j'essayai de me tourner de l'autre côté de mon lit, avant de réaliser que je me trouvais à des lieues de ma chambre. Cette pensée refoula toute envie de m'éveiller, mais la paume continuait d'agiter mon épaule. Au prix d'un grand effort, j'ouvris mes paupières. Pour me retrouver face à mon ravisseur. Je sursautai et faillis tomber de ma chaise. Enfin, je faillis tomber en emportant la chaise dans ma chute.

— Nous avons décidé d'arrêter de te faire ingérer le somnifère, afin que tu aies l'esprit clair pour réfléchir à notre proposition.

Pour la première fois, je butai sur ses mots.

— Nous ?

— Croyais-tu réellement que j'étais seul ? Tu es moins futée que je ne le pensais, Camille Elakero, s'amusa-t-il.

— Que vous ayez été plusieurs pour m'enlever ne signifie pas que tous sont vos alliés. Ils peuvent vous avoir aidé un temps, sans toutefois être au courant de tous vos agissements.

— Certes, mais n'as-tu pas compris qui nous étions ?

Mon sang se glaça tandis que mon corps assimilait la réalité.

— Vous êtes… ?

— Le groupe qui cherchait à tuer tes parents ? Connu sous le nom de Cronen ? Oui. Mais je ne suis pas venu te rendre visite à ce propos. Je suis venu pour t'informer que nous arrêtons le somnifère. Réfléchis-bien, il ne te reste plus qu'un jour et demi.

Mon cœur tomba dans ma poitrine, avant de remonter tout aussi rapidement et se précipiter en direction de ma gorge. Je dus retenir un haut-le-cœur et lutter pour ne pas vomir. Mon ravisseur quitta la pièce après m'avoir fait manger à la petite cuillère avec un dégoût visible. Le processus s'était inversé, je ne ressentais plus qu'un chagrin dévorant. J'espérai qu'avoir recouvré des forces m'aiderait à déclencher un Don. Parce que si je n'y parvenais pas aujourd'hui ou demain, je devrais choisir entre rejoindre Cronen et mourir.

Une fois mon ravisseur parti, je réessayai de déclencher un de mes Dons. J'éliminai le orange, le vert ainsi que l'argenté et décidai de commencer par la Transmission.

Comme Nuri me l'avait appris, je fermai les yeux et pensai très fort à Gabriel, le premier nom qui retentit dans mon esprit. Je le répétai dans une litanie presque obsessive, mais n'obtins aucun résultat. Persuadée que je réussirai si je fournissais assez de volonté, je me reposai un peu et réessayai. Des formes apparurent sous mes paupières closes, mais s'évaporèrent dès que je les fixai un peu trop longtemps.

Exaltée, je me remis au travail mais, affaiblie par les précédentes doses de somnifère, je ne réussis qu'à meurtrir mes poignets. Je dodelinais de la tête et décidai de dormir pour récupérer de l'énergie. Comme il restait des substituts de somnifère dans mon organisme, le sommeil m'emporta avec une facilité déconcertante et inhabituelle.

À mon réveil, je n'attendis pas et m'attelai à la tâche. Je tendis mon esprit, en quête de l'Extension spirituelle, et parvins à y entrer. Restant concentrée, j'observai les alentours. Une brume mauve recouvrait la terre, représentant Atalia, mais je m'élevai dans les cieux et dépassai cet étrange brouillard. Je prononçai le nom de Gabriel dans mon esprit mais seul le vide se fit entendre. Je répétai son nom, de plus en plus fort, jusqu'à me percer les tympans. Alors, un clic opéra et sa voix paniquée martela mon crâne :

— *Camille ! Où es-tu ? Tout va bien ? Que s'est-il passé ? Des heures et des heures ont passé sans aucune nouvelle de ta part, et chaque jour, notre espoir de te revoir en vie diminuait...*

Je grimaçai, ses pensées s'entrechoquaient en moi et résonnaient d'une puissance redoutable.

— *Gabriel... Peux-tu penser moins fort, s'il te plaît ?*

— *Je... Pardon, Camille, je n'avais pas réalisé que tu risquais de souffrir. Peux-tu me dire où tu te situes ?*

— *J'ai... Le groupe qui voulait tuer mes parents m'a enlevée et j'ignore tout de mon environnement, exceptée la pièce blanchâtre où je suis enfermée. Peux-tu informer Idris et Neve de ma situation ? Et Téoïs et Holly ?*

Je ne précisai pas pour mes amis, je savais qu'il s'empresserait de leur raconter notre échange. Je voulus masser mes tempes, mais mes cordes ne le permettaient pas.

— Évidemment, Camille. *Nous allons te sortir de là, je te le promets.*

— Gabriel... Je sens que mes forces s'amenuisent déjà, c'est ma première Transmission. Mais faites vite, s'il te plaît, j'ai jusqu'à demain pour les rejoindre ou mourir. Je vais essayer d'écouter mes ravisseurs sans qu'ils s'en aperçoivent, mais j'ignore si je vais réussir à te contacter de nouveau.

— *D'accord, je m'en charge, repose-toi à présent.*

Je coupai la Transmission avec un pincement au cœur. Je n'avais plus assez de force pour la maintenir et le temps pressait. Éreintée par les efforts monstrueux que j'avais fournis, je m'endormis dans une position des plus inconfortables.

***

Les paupières lourdes, je m'éveillai quelques heures plus tard et entendis des voix qui se rapprochaient de moi. Je ne reconnus pas celle de l'homme qui venait régulièrement me parler et m'apporter à manger. Je me pris à espérer que Gabriel avait trouvé un moyen de m'aider à m'enfuir, avant de me rappeler qu'il n'avait pas la moindre idée du lieu où je me trouvais. Je gardai les yeux clos, en essayant de paraître endormie.

— Comment on va faire quand quelqu'un remarquera nos allées et venues ? Le chef nous paye grassement, certes, mais combien de temps on va tenir avant qu'on remarque qu'on entre et sort sans cesse de ce vieux bâtiment tout cassé ?

— Le chef a dit que la fille avait jusqu'à demain pour se décider, et ensuite, soit elle mourra, soit on n'en entendra plus jamais parler !

— Se décider à faire quoi ? Nous ne sommes même pas dans un coin paumé, le village est presque collé à la capitale, je te dis qu'on va nous repérer rapidement, si c'est pas déjà fait !

— Mais tais-toi, bon sang ! La fille peut se réveiller à tout moment ! Et si tu veux ta prime, obéis en silence, tu sais très bien qu'on risque gros si on échoue !

— N'importe quoi, elle est encore sous l'emprise de ce somnifère ! De toute manière, elle ne peut contacter personne, le chef a dit qu'elle n'avait déclenché aucun de ses Dons.

— Et la Téléportation dans tout ça ?

— Tu sais aussi bien que moi qu'elle n'a pas réussi à s'en resservir depuis son arrivée.

— Ce n'est pas une raison, allons en discuter dehors, conclut son collègue.

Les pas s'étouffèrent et je me retins de jubiler. Je n'avais pas d'informations très précises, mais ce que j'avais pu récolter était toujours mieux que rien. Je m'apprêtai à réaliser une Transmission, mais une foulée interrompit net mon idée. Je fis semblant de dormir et la main de mon ravisseur se posa sur mon épaule, avant de me secouer sans ménagement. Je réprimai un frisson de dégoût, mis plusieurs secondes avant de réagir et ouvris des yeux ensommeillés. Je n'avais pas à forcer sur ce point, j'étais épuisée.

— T'es-tu décidée ?

Si j'avais été debout, le sol se serait rapproché à une vitesse extraordinaire. Mais les cordes qui m'enserraient empêchaient toute réaction de ce type. Pour une fois, je devais avouer que leur présence ne me dérangeait pas.

— Je... Il me reste encore du temps.

J'avais l'intention de formuler ma phrase comme une affirmation, mais elle prit la tonalité d'une question.

— Une demi-journée, oui. Ma visite était juste un rappel, fais ton choix rapidement.

Il quitta la pièce sans plus attendre, me laissant avec un cœur palpitant d'angoisse et des mains tremblantes, malgré leurs liens fermes.

Je repris mes esprits en quelques minutes et m'empressai de contacter Gabriel. Privilégier une Transmission à Idris et Neve me semblait être une meilleure idée, mais je craignais de ne pas réussir. Je préférais parler à Gabriel, une valeur plus sûre puisque j'avais déjà réussi à le contacter. Les yeux clos, je pénétrai l'Extension spirituelle, cette brume mauve qui recouvrait Atalia et la plongeait dans un brouillard épais. *Gabriel Eire.* Je n'eus pas à patienter beaucoup cette fois-ci, je réussis du premier coup et un « clic » retentit dans ma boîte crânienne.

— *Camille !*

— *Gabriel, je ne pense pas pouvoir tenir très longtemps, je suis encore affaiblie par leur somnifère. J'ai pu espionner la conversation de deux hommes, il semblerait que je me trouve dans un bâtiment qui sera bientôt désagrégé, lui-même situé dans un village collé à Celtida. Je n'ai rien pu récolter d'autre, mais...*

Je m'interrompis lorsque ma pensée flancha, me donnant l'impression d'avoir le souffle court.

— *Je m'en charge Camille, nous allons faire au plus vite, c'est promis.*

— *Je dois donner ma réponse dans moins d'une demi-journée.*

Mon cœur tressaillit, le prononcer, même si ce n'était que par Transmission, dépeignait la réalité effrayante de mon cauchemar. La peur et l'inquiétude de Gabriel transpercèrent la barrière de ses pensées, érigée pour ne pas m'infliger son angoisse. Leur puissance avait soufflé dessus comme le vent sur une fleur trop fragile, déterrant ses racines malgré sa volonté de survivre. Gabriel m'informa avec un regret évident qu'il devait couper la Transmission pour préparer un plan afin que je quitte ce lieu sinistre.

N'osant espérer de peur de tomber de haut, je fixai le mur blanc face à moi et contins mes larmes ; elles ne m'aideraient pas à avancer, ni à me libérer. Le trou en moi, que ma nouvelle vie à Atalia emplissait depuis peu, se creusait de nouveau, grignotant des parts de moi jusqu'alors épargnées. Je craignais que cette fois-ci, rien ne puisse le combler. Je craignais de rester vide, exempte de tout sentiment heureux à jamais.

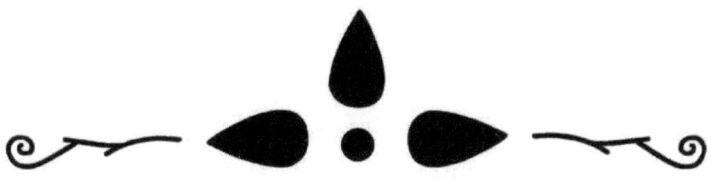

Chapitre 24

J'avais dû m'assoupir puisque la main de mon ravisseur secoua mon épaule et m'éveilla brusquement. Mes paupières s'ouvrirent avant que j'aie le temps de leur ordonner de rester closes et je paniquai. Sa présence signifiait que mon temps de réflexion prenait fin, que j'allais devoir choisir entre une mort imminente et une mort dans plusieurs années. Subsistait aussi la possibilité que les membres de Cronen m'utilisent selon leurs envies, qu'ils détruisent mon humanité, toute joie que j'aie pu un jour ressentir et que de moi ne subsiste qu'une coquille vide.

Le cœur battant la chamade, je me contorsionnai le plus lentement possible, repoussant l'inévitable. Mais ce n'était pas la silhouette habituelle de mon ravisseur qui se dressait devant moi, sinon celles de trois gardes, vêtus d'un uniforme bleu nuit. Je déglutis, essayant d'avaler la boule en travers de ma gorge. Rien n'y fit.

La présence de trois personnes, et non une comme j'en avais l'habitude, me prouvait qu'ils s'assuraient de mettre toutes les chances de leur côté. Des pellicules de sueur s'accumulèrent sur mon front tandis que les trois gardes me détachaient. Les cordes qui me maintenaient libérèrent mes poignets et mes chevilles.

Malgré la gravité de la situation, je poussai un soupir de soulagement en frictionnant mes bras endoloris. Je les secouai, espérant chasser les fourmis dans mes doigts. Après une attente interminable, une femme prit la parole :

— Dépêche-toi, nous n'avons pas de temps à perdre. Le chef ne patientera pas pour l'éternité.

J'essayai de me lever mais vacillai. Un des gardes me maintint debout d'une poigne ferme, n'hésitant pas à enfoncer ses ongles dans ma peau. Le cœur au bord des lèvres, je luttai pour ne pas m'effondrer et réfléchis à toute allure aux options qui s'offraient à moi, à présent que toute chance d'être sauvée s'était évaporée.

Essayer de fuir ne rimerait à rien, sinon à une capture et des conditions de vie plus rudes, et je n'avais certainement pas besoin de cela.

Je reléguai ma crise de panique, si je lâchais, je ne trouverais jamais d'issue. Une migraine transcendante broyait mon crâne et le réduisait en poudre, m'empêchant de me concentrer. Chancelante, tant à cause de mes faiblesses physiques que mentales, je cherchai désespérément une solution, mais aucune ne me traversa l'esprit.

Je me laissai entraîner à droite, puis à gauche, encore à gauche, et finis par perdre le compte des virages dans ce dédale qui ne prenait jamais fin. Mes nouveaux gardes me traînaient presque. Une brise attira mon attention. Cela faisait si longtemps que de l'air frais n'avait pas hérissé mes poils.

Je repris conscience de mes sensations et me débattis avec véhémence. La femme et l'homme qui me tenaient resserrèrent leur prise sur mon poignet et mon dos, et l'homme murmura entre ses dents :

— Veux-tu avancer docilement cinq minutes, petite peste ?

Je me démenai de plus belle mais ne pus bouger plus de quelques centimètres. Enfin – maigre consolation –, nous parvînmes à l'air libre. J'inspirai profondément mais le troisième garde me poussa dans le dos. Je trébuchai et tournai la tête pour lui envoyer un regard chargé de haine. Il ne broncha pas et nous continuâmes à avancer, nous rapprochant à chaque pas un peu plus de la fin de ma vie. Métaphorique ou littérale, en fonction de mon choix. Nous faillîmes percuter d'autres gardes à un tournant. Ils ricanèrent devant mon état pitoyable et l'un d'entre eux nous interpella :

— Eh ! Où vous l'amenez comme ça ?

— Voir le chef, elle doit faire son choix ! ricana la femme à ma gauche.

Je sentis que nous accélérâmes et un autre garde répliqua :

— Mais elle a encore quelques heures devant elle ! Et le chef a dit qu'il viendrait lui-même la chercher, ou aucun de nous n'aurait sa paye !

— Eh bien, il semblerait qu'il ait changé d'avis.

Notre cadence augmenta.

— C'est un piège, ne les laissez pas s'échapper ! vociféra un nouveau. Utilisez vos Dons, mais surtout, ne touchez pas la fille, nous devons l'apporter *vivante*.

Je n'eus pas le temps de comprendre ce qu'il se passait que déjà l'homme à ma gauche me fit basculer sur son épaule, avant de se mettre à courir. Ballottée par ses pas, je sentis mes dernières forces me lâcher. Des éclairs de toutes les couleurs fusaient devant mes yeux, qui souffraient d'une telle luminosité après avoir connu l'obscurité amenée par le somnifère. Nous franchîmes un portail, on me déposa sur mes pieds et une main fraîche me tira de ma torpeur lorsqu'elle attrapa la mienne. La scène fondit au noir. J'eus seulement le temps de sentir un courant d'air frais me soulever dans les airs.

***

— Camille ? Camille, nous sommes au Palais, tout est fini. Camille, tu es saine et sauve.

Je clignai des yeux à la mention d'un nom que je connaissais. Je portai ma main à mon front, le temps que mes yeux s'habituent à leur nouvel environnement. Les contours du bâtiment majestueux se dressèrent devant moi et, avec une lenteur excessive, je pinçai mon avant-bras pour vérifier que je ne me trouvais pas dans le flou de mes espoirs insensés.

Le paysage ne disparut pas. Je vérifiai une deuxième fois, puis une troisième, persuadée de rêver, mais non, le Palais se campa fermement sur ses pieds, ne vacillant pas d'un pouce.

— Tu n'as plus à t'inquiéter Camille, tu es saine et sauve, répéta avec douceur une voix féminine.

Ses mots me firent grimacer, si l'emprise physique de Cronen sur moi semblait avoir disparu, je doutais que mes pensées me laisseraient un jour en paix. Je me redressai maladroitement sur mes coudes pour faire face à mon interlocutrice et fronçai les sourcils en ne la reconnaissant pas. Deux hommes étaient également accroupis à ses côtés, mais aucun de ces visages ne me parla.

— Qui… Qui êtes-vous ?

— Voici Myriam et Billy, m'annonça l'homme à ma droite. Moi, c'est Émile. Nous sommes les gardes royaux qui t'avons sortie de ce bâtiment délabré.

Ce fut le moment où je réalisai que la terrible pièce blanche ne plantait plus ses griffes en moi. Une explosion de joie emplit mon corps et coula dans un torrent qui remplaça mon sang par un liquide que j'imaginais doré, ruisselant et suintant de soulagement.

— Alors… C'est vrai ? Je suis libérée ?

L'homme devant moi – Billy – acquiesça solennellement et je sentis des larmes m'emplir. Je fermai les yeux quelques instants, tant pour exprimer silencieusement ma gratitude que pour conserver ma conviction que mes larmes étaient dorées.

Peut-être que certains trouveraient ça absurde ou stupide, mais je ne briserai cette idée pour rien au monde.

— Merci.

Je me maudis, un « merci » n'aurait jamais la puissance que je souhaitais donner à mes pensées. Mais à cet instant, aucun autre mot ne me vint pour exprimer ma reconnaissance envers ces gardes. Ils comprirent néanmoins et leur sourire s'agrandit. Le silence nous entoura, un silence apaisant et implicite. Je ne les connaissais nullement, mais cette part de mon histoire serait toujours gravée en eux. Après quelques minutes de repos supplémentaires, Myriam, Billy et Émile m'aidèrent à me relever et la femme prit la parole :

— Nous sommes... Profondément désolés pour tout à l'heure, pour notre rudesse et nos mots violents. Nous devions maîtriser notre rôle de ravisseurs à la perfection et ne rien laisser transparaître devant quiconque, ou tout le plan aurait capoté.

Je déglutis et hochai la tête, leur assurant que ce n'était pas grave. Je ne leur en voulais pas le moins du monde, ils avaient agi avec les moyens du bord, mais je doutais que toute cette violence ne grave pas mes futurs cauchemars. Posant mes yeux sur les alentours, je constatai que nous nous trouvions non pas dans les jardins du Palais comme je l'avais supposé, mais dans une rue adjacente. Je changeai rapidement de sujet :

— Pourquoi ne vous êtes vous pas téléportés directement dans le Palais ou ses jardins ? Car vous avez utilisé votre Don noir, n'est-ce pas ?

— Effectivement, nous nous sommes téléportés. Or, il est absolument impossible d'user de son Don noir dans un lieu privé, seules les Téléportations sur la voie publique sont envisageables, m'expliqua Billy.

— C'est aussi pour cela que nous avons dû franchir le portail qui délimitait la propriété en ruine pour partir, poursuivit Émile.

J'acquiesçai et réprimai un bâillement. Je n'avais pas été éveillée si longtemps depuis mon enlèvement et les derniers effets du somnifère s'effaçaient peu à peu ; ma fatigue se faisait ressentir.

— Rejoignons tes proches, je crois savoir qu'ils attendent avec impatience le moment de te revoir, sourit Myriam.

Un frisson d'excitation me parcourut à cette idée, et, aidée par les trois gardes royaux, je me dirigeai vers le Palais, flageolante. Mon esprit divagua et nous parvînmes devant le bureau d'Idris et Neve, pour ma part dans un état second. Myriam frappa.

Chapitre 25

Une voix grave retentit et nous pria d'entrer. Les gardes ouvrirent la porte et Neve se leva avec précipitation, entraînant la chute des feuilles sur lesquelles elle travaillait. Elle courut dans ma direction et m'étreignit délicatement, craignant de me blesser.

— Camille ! Enfin ! Tu vas bien ? Non, évidemment que non, suis-je sotte. Je suis navrée, c'est de notre faute... Nous aurions dû assigner des gardes royaux à ta sécurité... Des jours et des jours que nous ne fermons pas l'œil... Nous avons mobilisé autant de soldats que possible pour te chercher, mais cela n'a mené à rien... Tous ont fouillé le royaume jour et nuit depuis des semaines... En vain... Oh, Camille, si tu n'avais pas déclenché ton Don violet, qui sait ce qu'il te serait arrivé...

Un violent frisson parcourut le corps de Neve, et elle reprit avant que j'aie eu le temps d'ouvrir la bouche :

— Nous avons interrogé tous les civils qui auraient pu te croiser, ceux sur le chemin du retour de Primélia, tous... Sans Gabriel et sans ton Don, nous ne t'aurions peut-être jamais revue... Oh, comme je m'en veux, nous avons failli à notre mission de protection... Pardon Evanna, pardon Seren...

Sa voix se brisa et elle entoura ses bras autour de ma poitrine, me serrant si fort qu'elle laisserait une empreinte d'amour et d'inquiétude sur mon dos. Idris et Neve se rendirent compte de l'ironie de la situation ; moi qui m'apprêtais à rassurer Neve alors que j'étais celle qui nécessitait le plus de réconfort.

La reine s'écarta de moi en se raclant la gorge et Idris m'étreignit à son tour. Il ne se lança pas dans un monologue chargé de panique comme Neve, mais son regard m'infligea autant de peine. Ses iris désespérément sèches brillèrent lorsqu'il les planta dans les miennes et un chagrin profond se dégagea par volutes de son corps. Les cernes sous ses yeux témoignaient des nuits incomplètes, voire manquantes, de ces dernières semaines. Neve se joignit à nous et nous nous accrochâmes les uns aux autres comme à une bouée de sauvetage.

— Nous allons renforcer ta sûreté, Camille. Dorénavant, un garde t'accompagnera lors de tes déplacements.

Je secouai la tête et les regardai avec horreur. Un garde assigné à moi, qui me suivrait comme une ombre et surveillerait chacun de mes mouvements ? Très peu pour moi. Je ne souhaitais ni attirer l'attention, ni monopoliser un soldat royal, qui s'ennuierait ferme en ma compagnie. Leur idée partait d'une intention louable, mais je n'étais personne, je ne méritais pas un garde du Palais. Ni quiconque d'autre.

— Comme tu voudras, Camille, c'est toi qui décides, annonça Idris après une hésitation partagée avec son épouse.

— N'hésite pas à revenir vers nous si jamais tu changes d'avis, affirma Neve.

— S'il te plaît, Camille, ne reste plus seule dans une rue peu animée, ajouta Idris.

Comme si j'en avais la moindre intention, ironisai-je.

— Lorsque tu te sentiras mieux, nous devrons te questionner à propos de ton enlèvement, afin de récolter des renseignements sur tes ravisseurs, enchaîna Idris, assombri par cette perspective.

Il ne voulait pas que je replonge dans ces pensées sinistres, mais les souverains n'avaient pas le choix si nous souhaitions arrêter ce groupe une bonne fois pour toutes. Je hochai la tête, déglutissant avec peine.

— Comment...

Ma voix rauque m'interrompit et je dus me racler la gorge afin de poursuivre :

— Comment m'avez-vous retrouvée ?

— Le bâtiment délabré dans lequel tu étais retenue se trouvait être l'un des seuls en voie de destruction dans les villages alentours. Nous ne démolissons presque jamais d'édifices. Au départ, aucune des douze équipes employées pour te chercher n'a obtenu de résultats concluants. Nous perdions espoir lorsque ta mère d'accueil s'est rappelé qu'un bâtiment allait bientôt être démantelé non loin de son travail, à quelques rues de la Maison des Soins de Zendrati.

Les gardes, partis chercher des Guérisseurs à la demande d'Idris, revinrent à ce moment. Je bâillai tandis que l'on me portait vers une pièce adjacente. La tête dodelinante, j'observai les phrases de l'un des médecins filer à travers la pièce sans les comprendre. La fatigue me faisait délirer. Je réussis juste à saisir une bribe de conversation, expliquant que j'allais être endormie afin d'examiner de potentielles séquelles physiques.

Une odeur doucereuse emplit mes narines et je me raidis en reconnaissant le parfum du somnifère. Mon temps de lutte fut très court car réduit en miettes par mon absence totale d'énergie et l'effet de la plante soporifique. Lorsque ma tête s'effondra sur le côté, je fus emportée dans un sommeil sans rêve ni cauchemar, pour la première fois depuis longtemps.

***

Je m'éveillai et clignai des yeux afin de m'adapter au soleil plongeant. Des rideaux d'un blanc cassé transparent m'entouraient ; j'étais allongée dans un lit à baldaquin. Je me redressai avec peine et passai ma main sur le tissu soyeux, l'écartant pour absorber les dernières lueurs du jour. Des moulures sublimaient le plafond. Je mis un moment avant de reconnaître mon environnement, et lorsque j'y parvins, un visage se dressa devant moi. Je pris peur et faillis m'écrouler au sol.

— Comment te sens-tu, physiquement parlant, Camille ? me questionna le Guérisseur qui m'avait transportée jusqu'à cette pièce.

— Des courbatures tiraillent tout mon corps, j'ai l'impression d'avoir dévalé une montagne en roulant et de ne pas avoir dormi depuis une semaine, annonçai-je amèrement. Pourtant, je n'ai fait que ça.

— C'est normal, ce sont les effets secondaires des somnifères. Tu seras remise sur pieds après deux bonnes nuits de sommeil. Concernant tes courbatures, elles partiront d'ici quelques jours, laisse à ton corps le temps de se remettre des épreuves que tu as vécues.

Je doutai de ses affirmations, mais préférai me taire, ne souhaitant pas l'accabler avec ce nouveau traumatisme.

— Sur le plan physique, tu t'en sors à merveille, seules quelques égratignures marquent tes poignets, ton ventre et tes chevilles, mais rien de grave ou irréversible, tu ne porteras plus aucun vestige d'ici peu. Quant à ta santé mentale, nous ne pouvons évidemment pas en juger. Les semaines à venir risquent d'être compliquées à surmonter, donc si tu en ressens le besoin, n'hésite pas à nous en parler. Je te conseille vivement de ne pas te renfermer sur toi et de trouver un confident, quelqu'un avec qui tu pourras aborder cet enlèvement, ainsi que les émotions qui te traversent. Il ou elle pourra t'aider à poser des mots sur tes blessures et sentiments.

J'acquiesçai, incertaine quant à ma future réaction. J'ignorais si je trouverais la force d'en parler à quiconque.

— Afin de nous assurer que ton état ne s'aggrave pas et que les somnifères arrêtent de faire effet, nous te garderons quelques jours. Je suis navré, tu devras rester allongée pendant ce temps-là, nous ne voulons pas encourir le danger que tu te blesses.

Il s'interrompit un instant pour me laisser assimiler les informations, et reprit :

— Sujet à part, mais tes amis et parents d'accueil ont fortement insisté pour te voir et sont parvenus à négocier une visite, donc ne t'étonne pas si l'un d'entre eux est présent pour ton prochain réveil.

Je souris faiblement.

— Une dernière chose, Camille : tu risques de dormir longtemps et profondément cette nuit. C'est l'un des effets secondaires des somnifères que tes ravisseurs et nous t'avons administré.

Je déglutis avec difficulté, je ne voulais pas les évoquer. Ni maintenant, ni jamais.

Le Guérisseur ferma la porte derrière lui et je luttai contre l'appel irrésistible du sommeil. Je ne pus le repousser plus longtemps, et après un bâillement qui rendit mes yeux larmoyants, je me tournai sur le côté et plongeai de nouveau dans une obscurité obstruée de rêves.

***

— Bien dormi ?

Une voix basse me tira de ma contemplation du soleil, déjà haut dans le ciel. Si mes estimations s'avéraient exactes, j'avais dormi plus de dix-huit heures.

— Très bien, répondis-je en réprimant un bâillement.

Je me tournai vers Gabriel et me rendis compte de mes cheveux en bataille, des poches sous mes yeux et de mes vêtements froissés. Mes joues rosirent, personne ne m'avait jamais vue dans un état si pitoyable. Je balbutiai, voulant m'excuser de mon allure négligée, avant de m'interrompre : je n'allais tout de même pas me soucier de mon apparence désastreuse alors que j'avais été enlevée à ma vie puis brutalement ramenée, que j'avais ingéré quantité de somnifères et que j'avais finalement eu une nuit en sécurité !

De toute manière, Gabriel n'était pas plus frais que moi. Il avait dû veiller sur moi, peut-être relayé par mes amis, mais j'avais la certitude qu'il ne fermait plus l'œil depuis mon retour. Une boule de joie se logea alors au creux de mon ventre et forma un cocon à cette pensée, pourtant morose. Je lui souris et ouvris mes bras avec lenteur, par peur de rencontrer une douleur due aux cordes qui m'enserraient peu de temps auparavant. Son étreinte me réchauffa le cœur, c'était un contact humain rempli d'amour.

— Tu... Tu tiens le coup ? me demanda-t-il en s'écartant finalement de moi.

Je haussai les épaules. Je n'en avais moi-même aucune idée, j'essayais d'y penser le moins possible, mais je savais que toutes les émotions négatives présentes dans mon corps et mon esprit me submergeraient dans un futur proche.

— Nous aurions dû...

— Arrête, le coupai-je. Ne dis pas ça. Il est trop tard, mais surtout, ce n'est pas de votre faute. J'aurais pu vous avertir que j'avais déjà été suivie. Mais à présent, le mal est fait.

— Tu as déjà été suivie ? s'écria Gabriel avec stupeur.

Je mordis ma lèvre, je venais de gaffer et j'étais certaine de ne pas apprécier les minutes à venir. Je lui lançai un regard meurtrier et il baissa d'un ton :

— Mais pourquoi ne pas nous en avoir informés ? Nous nous serions relayés pour te raccompagner Camille, tu le sais bien.

Je détournai le regard, incapable de soutenir cette tristesse mêlée à une certitude pure. Je culpabilisai d'avoir écouté la voix dans mon esprit.

— Je t'en prie Camille, réponds-moi, ajouta-t-il d'une voix douce en prenant mon menton en coupe afin que je relève les yeux vers lui.

— Je... Vous auriez pensé que je devenais folle, vous n'auriez plus voulu me parler...

Mes yeux demeurèrent vides de toute larme, mais l'émotion, elle, était palpable au ton que j'employais.

— Et puis, je n'ai été suivie qu'une fois. Deux si l'on compte celle où...

— Une fois est déjà une de trop, Camille. Nous n'aurions jamais cessé de t'adresser la parole pour des faits sur lesquels tu n'as aucun contrôle.

Mon cœur dégela en partie, et, constatant que je ne formulais pas de réponse, Gabriel déclara qu'il m'accompagnerait tous les jours, matin et soir s'il le fallait, si telle était la condition pour que ma sûreté soit assurée.

— Tu n'as pas besoin, je peux…

Ce fut à son tour de m'interrompre :

— Tu ne comprends pas, Camille, soupira-t-il en passant sa main dans ses cheveux noirs. Je me suis fait un sang d'encre en ton absence, je ne parvenais plus à aligner deux pensées cohérentes. Te savoir en danger mortel à chaque minute de la journée était la pire expérience de ma vie, et il est hors de question que cela se reproduise. Rien qu'imaginer la souffrance que tu devais endurer m'apportait des nausées. J'ai supplié Nuri de te contacter, mais ni lui ni aucun des Violets missionnés par Sa Majesté n'a jamais réussi à te joindre. Un message d'erreur s'affichait et nous ne pouvions rien faire pour le contrer. Nous avons tout essayé, c'était du jamais vu !

Perplexe, je repoussai l'élucidation de ce mystère à plus tard. Il reprit un instant son souffle et ancra son regard azur dans le mien :

— Donc non, je ne suis pas obligé. Mais cela ne signifie pas que je vais m'empêcher de le faire. Même si je ne serai pas d'une grande aide si tes ravisseurs réessaient de s'en prendre à toi, tu ne seras plus seule, Camille. Nous affronterons cette épreuve à deux, et nous nous en sortirons ensemble.

Sa tirade m'affectait bien plus que je ne le laissais paraître. Je pouvais compter sur les doigts de la main le nombre de fois où l'on m'avait adressé des paroles empreintes d'une telle gentillesse, d'une telle inquiétude pour mon sort.

— Merci Gabriel, murmurai-je, espérant transmettre toute ma reconnaissance à travers ces deux mots simples.

Un sourire éclaira son visage ; il avait compris les non-dits et sous-entendus. Je bâillai, n'ayant connu que peu de nuits réparatrices ces derniers jours.

— Repose-toi Camille, tu en as besoin. Je veille sur toi. Et même si ce n'est pas moi à ton réveil, il y aura quelqu'un, je te le promets.

***

Onze jours plus tard, on m'annonça enfin que j'avais l'autorisation de retourner chez mes parents d'accueil dans un premier temps, puis à Primélia si ma condition ne s'aggravait pas. Aucune autre blessure n'avait été détectée. J'embrassai Idris et Neve, leur promettant de leur rendre visite aussi régulièrement que possible. Je rejoignis Téoïs et Holly à l'entrée du Palais et les priai de ne surtout pas me prendre en pitié et d'éviter autant que possible les sujets sensibles.

— Quelle joie de quitter enfin cette pièce sans âme ! soupirai-je une fois le pas de la maison franchi. Non pas que le Palais soit inconfortable, mais j'ai rapidement remarqué que cette chambre n'avait pas accueilli de présence humaine depuis un certain temps... Entre l'odeur de renfermé et les murs trop lisses, je ne me sentais pas chez moi !

Je me mordis la lèvre en prenant conscience de mes mots, je venais de considérer la maison des Saydren comme mon « chez-moi ». Mais étonnamment, ce constat n'entraîna pas un pincement au cœur, mais plutôt un soulagement intense. Après tant de temps à me sentir étrangère dans ma propre maison, j'en avais enfin trouvé une nouvelle, une vraie. Pas juste quatre murs pour m'abriter, non, une *famille*. Aimante. Elle ne remplacerait certes jamais mes parents, mais j'avais le pressentiment que Téoïs et Holly seraient toujours derrière moi pour m'encourager et me soutenir dans les moments les plus durs.

— Pour fêter ton retour, j'ai préparé des crémurolles, exactement comme tu les aimes ! annonça Holly, agissant comme si elle n'avait pas lu mes réflexions sur mon visage.

Depuis petite, on m'avait dit que mes émotions se lisaient comme un livre ouvert. Après plusieurs remarques de ce genre, prononcées par ceux qui ne voulaient que mon malheur, j'avais décidé de ne plus rien laisser transparaître. Je réussissais avec plus ou moins de peine, jusqu'à mon arrivée à Atalia, qui avait tout bouleversé.

Je gratifiai Holly d'un grand sourire. Mes papilles savaient que jamais je ne pourrai me lasser de ces sucreries, avec cette touche qui les rendait si spéciales : la saveur d'Atalia.

Nous nous installâmes dans un silence religieux autour de la table. Ma mère d'accueil remplit mon assiette de crémurolles, avant de me tendre le récipient contenant le sirop de damyssis, coulant et regorgeant de douceur. Holly avait maîtrisé à la perfection la cuisson de ces gourmandises qui fondaient sous ma langue. Mon bonheur s'étira sur mes lèvres et, du coin de l'œil, mes parents d'accueil se détendirent.

Mon sourire vacilla en remarquant leur posture, où tout indiquait que leur inquiétude à mon propos n'avait pas tari et qu'ils craignaient que jamais je ne retrouve un état de sérénité semblable à celui qui m'habitait depuis mon arrivée dans le royaume.

Au moment de me coucher, Téoïs m'assura, tout en me prenant dans ses bras :

— Si jamais tu entends un bruit étrange, si jamais tu fais un cauchemar, si jamais tu ne parviens pas à dormir, tu es la bienvenue dans notre chambre Camille, peu importe l'heure, qu'il fasse encore jour ou que la nuit soit bien entamée. Nous resterons à ta disposition.

Comme une étreinte rendrait mieux mes remerciements que mille mots, je le serrai à mon tour dans mes bras.

Pour la première fois depuis longtemps, je ne parvins pas à m'endormir aussitôt dans mon lit. J'imaginais que j'avais trop sommeillé ces derniers jours. Je me tournai et retournai sur mon matelas, cherchant à me remémorer la date d'aujourd'hui, marquant enfin mon retour à la vie normale.

Je réalisai alors que les examens blancs de l'académie avaient lieu dans deux jours. Deux jours. Je n'avais pas commencé à réviser. Le risque que des résultats catastrophiques surviennent augmentait à chaque minute que je ne passais pas à travailler. Ne réussissant toujours pas à trouver le sommeil, je décidai de commencer dès maintenant. Comme j'accumulais un retard sans précédent sur mes camarades, il fallait que je m'y mette le plus tôt possible, même si mon exténuement devait avoir raison de moi. Le gros avantage restait l'intérêt que je portais pour les matières étudiées à Atalia, bien plus plaisantes que celles de l'autre monde.

Durant de longues heures, je pris connaissance des cours ratés à cause de l'incident − que je ne voulais pas nommer. Gabriel avait eu la gentillesse de m'aider à rattraper, alors, bien que ce programme diffère de celui que j'avais pris soin d'imaginer pour mon retour chez les Saydren, je m'y tins, et révisai de longues heures durant, avant de m'endormir de fatigue.

À l'aube, mon corps me tira de ma nuit. Sans perdre plus de temps, je me remis à mes cours, m'octroyant pour seules pauses le déjeuner et le dîner. Je me concentrai sur l'Histoire d'Atalia et la Découverte de Talix, puisqu'il s'agissait des matières sur lesquelles il me faudrait réfléchir et disserter le lendemain.

Monsieur Cinderstar nous avait informé, quelques semaines auparavant, que nos examens blancs porteraient principalement sur les trois derniers chapitres étudiés, mais qu'il conservait tout de même une partie pour le reste du programme, travaillé en début d'année scolaire. J'angoissais à ce propos, n'ayant pu assister aux cours que sur un seul autre chapitre. Certes, notre professeur m'avait fourni un résumé complet de chaque chapitre approfondi lorsque je n'étais pas là, mais, même si je les avais tous appris par cœur, je redoutais les questions posées et craignais de ne pas savoir y répondre.

J'avais conscience de la futilité de mon angoisse, à côté de ce que je venais de vivre, mais je ne pouvais m'en empêcher, ce trait de caractère ne voulait pas disparaître, malgré tous mes efforts pour réduire à néant cette anxiété sourde.

Quant à la Découverte de Talix, je me savais en grande difficulté sur ces sujets, alors même que Madame Arundel nous avait expliqué que notre rédaction concernerait uniquement les deux derniers thèmes, que j'avais suivis. J'avais déjà beaucoup de mal à comprendre le fonctionnement d'Atalia, alors le royaume elfique ! Cette épreuve risquait d'être prometteuse…

Holly m'interrompit en passant sa tête par l'entrebâillement de la porte afin de savoir si j'avais besoin de quelque chose et me laissa à mes révisions de dernière minute, m'assurant que Téoïs et elle seraient fiers de moi, quels que soient mes résultats.

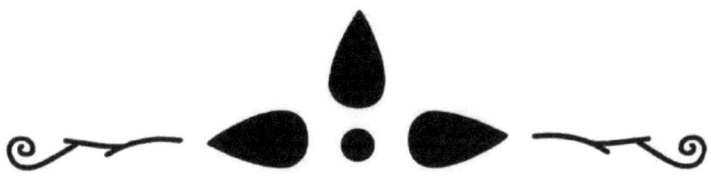

Chapitre 26

— Bon courage, Camille, m'encouragea Holly devant l'enceinte de l'académie. Aristeia est derrière toi. Et n'oublie pas que je viens te chercher ce soir.

Je lui rendis un sourire nerveux, touchée par la foi qu'elle plaçait en moi. En revanche, l'expression typique d'Atalia parvint à me changer les pensées, c'était la première fois que j'entendais une telle phrase, habitant pourtant dans le royaume depuis deux mois et demi.

Pénétrant dans le parc de l'école en compagnie de Gabriel et Kallyk, arrivés peu de temps après moi, je ne remarquai pas tout de suite les nombreux visages qui se tournaient sur mon passage pour me dévisager. Je sentis néanmoins le poids de leurs regards emplis de pitié. Mon enlèvement avait dû fuiter. Comprenant mon malaise, Kallyk et Gabriel m'entraînèrent dans les escaliers en criant aux élèves qu'il n'y avait rien à voir. Je les suivis jusqu'au quatrième étage et nous nous arrêtâmes devant la porte du bureau du proviseur, où je devais passer avant que les examens ne débutent.

Je pus enfin respirer. Kallyk frappa et nous pénétrâmes dans la pièce, mes amis restant en retrait. D'une même voix, nous nous exprimâmes :

— Bonjour Monsieur Siamperic.

Cela fit sourire le principal, qui nous salua en retour.

— Devons-nous quitter la pièce ? questionna Kallyk, avec son efficacité habituelle.

— Ne vous en faites pas, je voulais seulement poser une question à Camille : es-tu certaine de vouloir composer pour tes examens ? Tu es parfaitement légitime de refuser, en vue des circonstances actuelles.

— Merci Monsieur, mais je ne souhaite pas subir un traitement différent de mes camarades.

Au contraire, réfléchir à mes dissertations me permet de distraire mon esprit...

— Je comprends. Dans ce cas, vous êtes libres de regagner vos salles respectives. En vous dépêchant, les épreuves ne seront pas encore entamées.

Dans la pièce qui nous était assignée, les professeurs avaient disposé les tables et les chaises de sorte à ce que chacun ait son propre espace pour parer toute tentative de triche.

— L'examen commence, nous informa Madame Arundel une fois tout le monde installé.

Ainsi, la professeure de Talix nous surveillait durant le sujet sur l'Histoire d'Atalia. Si mon intuition s'avérait exacte,

Monsieur Cinderstar s'occuperait de maintenir une atmosphère propice à l'examen cette après-midi. Je retournai le premier parchemin et répondis aux questions sans plus attendre.

Au bout de trois heures, Madame Arundel nous demanda de poser nos plumes et de ne plus toucher à rien. Elle tendit les mains vers nous, comme si elle désirait embrasser l'assemblée. Chaque parchemin vola afin de venir se ranger sur son prédécesseur. Tous étaient bientôt tous réunis en un paquet ordonné. L'incompréhension laissa rapidement place à l'ébahissement lorsque je compris que je venais d'assister à ma première démonstration du Don rouge.

— Toi aussi, tu es en mesure d'accomplir ce genre de tours ? demandai-je à Gabriel, une fois sortie de la salle.

— J'ai beaucoup de mal avec le rangement des objets, mais plus ou moins, oui. Disons que les copies seraient arrivées dans mes mains dans un désordre complet, les unes à l'endroit et les autres à l'envers, me répondit Gabriel avec une moue ennuyée.

J'éclatai de rire. Sélénée vola à la rescousse de Gabriel :

— De toute manière, on ne maîtrise nos Dons qu'après des années d'entraînement. Madame Arundel étant plus âgée que toi, elle a pu pratiquer durant des années avant ta naissance.

— J'imagine, acquiesçai-je, prenant mon air le plus sérieux en me mordant la joue pour me retenir de pouffer.

— Le talent inné joue aussi pour beaucoup, s'esclaffa Lyn avec moins de retenue que moi.

— Et je crois savoir que tu n'en es pas forcément doté pour ce Don, Gabriel, poursuivit Kallyk, se marrant à son tour.

— C'est vrai que tu n'as pas été gâté à ce niveau-là, enchaîna Hayden, portant un coup final à mon souhait de ne pas rire.

— Vous êtes jaloux de moi, rien de plus ! répliqua le concerné, vexé.

— Évidemment, dit Tay en réprimant de justesse un sourire.

— Personne ne me soutient donc, dans ce groupe d'« amis » ?

Son air faussement offensé m'obligea à me tenir les côtes, jamais je n'avais vu Gabriel se départir de son calme et de sa bonne humeur.

— Non, résumai-je. Pardon, si, comment puis-je *oser* ? Sélénée est de ton côté.

— Vous devriez prendre exemple sur elle, rétorqua-t-il, croisant les bras et affichant un air buté.

Nos rires décuplèrent et Sélénée nous rejoignit. Même Gabriel finit par se détendre.

— Je maintiens que je me débrouille à merveille avec mon Don, *moi*.

Je me tournai vers lui, en attente d'une explication. Les autres, excepté Sélénée, se tortillèrent, mal à l'aise.

— Je sais contrôler mon Don, répliqua Hayden en serrant les dents.

— Ton armoire ne s'est pas retrouvée en flammes par sa seule volonté, rigola Gabriel.

— Tu as incendié ton placard ? l'interrogeai-je, abasourdie.

— J'avais neuf ans, mon Don venait de se déclencher et je n'avais pas encore appris à en maîtriser les bases, se justifia Hayden.

J'opinai du chef mais Gabriel insista :

— Tu l'as tout de même réduite en miettes.

Même en ne les connaissant que depuis peu, mon instinct me soufflait d'intervenir avant que le vent n'emporte les braises de cette discussion sur de la paille sèche et ne carbonise la bonne humeur du groupe. Une réflexion similaire dut traverser l'esprit de Tay puisqu'il me devança :

— Calmez-vous, tous les deux, vous n'allez pas vous disputer pour si peu !

Je claquai des doigts devant le visage des deux garçons pour qu'ils sortent de leur transe hargneuse et reprennent leurs esprits. Gabriel cligna frénétiquement des yeux, surpris.

— Excuse-moi Hayden, c'est de ma faute, je n'aurais jamais dû réagir aussi violemment, ni t'attaquer ainsi, tu n'avais rien demandé.

Après un court silence, Gabriel se mordit la lèvre et reprit :

— J'ai conscience que cela ne constitue pas une excuse, loin de là, mais je suis épuisé à force de réviser. Si l'on combine ceci aux évènements des deux dernières semaines, cela ne fait pas bon ménage et j'ai tendance à être tendu.

Hayden s'excusa à son tour, sans pour autant se départir du voile opaque devant ses yeux. Je ne parvins pas à mettre la main sur ce qui le tourmentait.

La cloche nous indiqua que nous devions retourner dans la salle pour la suite des épreuves. L'hypothèse que j'avais formulée ce matin se confirma lorsque Monsieur Cinderstar nous attendit sur l'estrade.

— Vous pouvez commencer, bon courage, nous annonça-t-il.

Je me rendis alors compte qu'aucun de nous n'avait pris de nouvelles de l'épreuve de la matinée. Je me concentrai en conservant cette pensée pour plus tard, rassemblai mes idées et rédigeai.

***

Enfin, nous pûmes nous extraire de la chaleur insoutenable de la salle. Je suffoquai sous cette fournaise, due à l'intense activité cérébrale des élèves.

— Alors, comment s'est déroulée cette première journée d'examens ? nous questionna Tay, résumant les interrogations qui flottaient dans l'air.

— Honnêtement, je m'attendais à bien pire de la part de Madame Arundel, le sujet était presque facile par rapport à ceux des années passées, répondit Kallyk avec nonchalance.

— Ah, lâchai-je.

— Que se passe-t-il, Camille ? me demanda Gabriel.

— J'ai trouvé cette épreuve super compliquée. Si généralement la difficulté est supérieure à aujourd'hui, je crains les examens de fin d'année…

— C'est normal que tu éprouves cette sensation, Camille. Tu n'as jamais eu à composer à Atalia et tu as dû rattraper en dix semaines ce que nous étudions depuis que nous sommes élèves à Primélia, me rassura Lyn.

— De toute manière, Madame Arundel n'est pas chargée de préparer les véritables sujets de Découverte de Talix, un comité se réunit chaque année pour créer les différents problèmes que nous devrons traiter. Chaque matière dispose d'un comité différent, m'expliqua Sélénée.

Finalement, chacun de nous avait une vision plutôt positive sur les épreuves, moi incluse. J'espérais obtenir au minimum des notes égales à la moyenne. Mes amis se dispersèrent en sortant de Primélia. Seul Gabriel s'arrêta et me demanda :

— Quelqu'un te raccompagne ?

— Oui, ne t'en fais pas, Holly ne devrait pas tarder à arriver.

— J'attends avec toi, dans ce cas.

— Tu n'es pas obligé.

À peine avais-je prononcé cette phrase que je le regrettai. Je détestais devoir formuler à voix haute le contraire de mes pensées par peur de déranger mon interlocuteur.

— Et si j'ai simplement envie de rester avec toi ?

Son sourire creusa ses fossettes et me contamina.

— Eh bien, reste.

— Parfait alors, parce que je n'avais aucune intention de bouger tant que personne ne serait là pour prendre le relai.

J'ouvris la bouche pour répondre, mais la voix de Holly m'appela à ce moment, coupant court à notre discussion. Je me retournai et la vis qui avançait vers nous.

— Bonjour Gabriel ! Je n'ai pas interrompu une conversation trop importante, j'espère ? s'enquit-elle de sa voix chaleureuse.

— Non non, je disais seulement à Camille que je resterai à ses côtés en votre absence, affirma-t-il avec un sourire en coin.

J'ignorai pourquoi ses yeux reflétaient la malice, mais je soupirai, imaginant que son seul souhait était de m'embêter.

— Nous ne te dérangeons pas plus longtemps, merci d'avoir tenu compagnie à Camille, enchaîna ma mère d'accueil avec espièglerie, elle aussi.

Mue par un pressentiment, je tournai les talons avant que l'échange ne prenne un tournant embarrassant et m'exclamai :

— À demain Gabriel !

Nous empruntâmes le chemin habituel et je jetai des coups d'œil discrets aux alentours, vérifiant qu'aucune silhouette sombre ne se profilait dans les coins des ruelles sombres. Holly se tourna vers moi avec l'air de celle qui prépare un mauvais coup :

— Alors comme ça, Gabriel te protège ?

— Dis-moi où tu veux en venir, rigolai-je, pressée de savoir ce qui la rendait si exaltée.

— D'accord, d'accord. C'est ton petit-ami ?

Mon pied heurta un pavé surélevé par rapport à ses congénères et je manquai de m'étaler sur le sol. Je m'attendais à une bêtise de ce type, mais j'étais loin de penser qu'elle le demanderait aussi directement.

— Non ! m'exclamai-je d'un ton trop véhément.

— Mmh... Mais tu l'aimes ?

— Non ! Enfin, juste en tant qu'ami, rien de plus ! Je ne le connais que depuis deux mois et demi !

Aucune insinuation n'était soutenue dans mes propos, mais je compris trop tard que je n'aurais jamais dû prononcer cette dernière phrase ; Holly allait se faire des fausses idées.

— Ah ! Donc tu reconnais que ce n'est que l'affaire de quelques mois avant que tu ne tombes amoureuse de lui et l'embrasses ! s'écria ma mère d'accueil d'un air victorieux.

Je roulai des yeux, ne cherchant même pas à formuler une réponse.

— En tous cas, ne t'interdis jamais de nous en parler, si tu es perdue et que tu veux des conseils, ou juste si tu es en quête d'une oreille attentive. Mais je sais à quel point aborder ce sujet avec des adultes peut être embarrassant, donc nous comprendrons aussi si tu ne le fais pas, reprit Holly d'un ton plus doux.

***

Le lendemain, l'Étude des monnaies et la Découverte de Thollaetera furent à l'honneur. Si j'avais plutôt réussi la seconde matière, l'épreuve de la première avait été catastrophique, je doutais d'obtenir plus de 30 %. Quant à la fin de la semaine, elle s'éclipsa en un rien de temps, d'autant plus que j'étais dispensée d'examens le jeudi et le vendredi puisque je n'avais développé presque aucun de mes Dons. Concernant la Transmission, je n'avais pas pu m'exercer à l'aide des cours de pratique, et par rapport à la partie théorique de l'épreuve des Dons, je n'avais pas encore accumulé suffisamment de connaissances pour être en mesure de répondre aux différentes questions.

— Il faut qu'on parle, lâcha Kallyk le mercredi suivant.

— Nous t'écoutons.

— Je voulais dire à l'abri des oreilles qui traînent.

Gabriel prit les choses en main :

— Êtes-vous disponibles ce week-end ?

Tout le monde hocha la tête en cœur, à l'exception de Kallyk qui fit la moue :

— Je vais faire en sorte, je vous informerai si j'ai un impératif.

— Tu pars quelque part ?

— Non non, mais laissez tomber, ce n'est pas important.

Je n'insistai pas de peur de le froisser, mais remarquai, grâce à ma vision périphérique, que Lyn aussi fronçait les sourcils.

— Partons du principe que la date nous convient à tous, déclara Gabriel. Où organisons-nous cette après-midi ?

— Chez l'un d'entre nous, nous n'encourrons pas le risque de nous montrer dans un endroit public, fit Lyn.

— Je veux bien que vous veniez chez moi, mais vous rendre tous à Caltricia ne vous faciliterait pas la tâche, ajouta Gabriel.

— Ce sera également impossible d'aller chez Kallyk et Hayden, devinai-je.

— Pas pour ces raisons-là en tout cas, ils habitent à Celtida.

— Je croyais que vous étiez amis depuis votre enfance ?

— Oui, mais j'ai étudié à l'école de Celtida, c'était plus simple pour mes parents de m'y amener puisque mon père travaille à la capitale.

Peu soucieuse de ce bavardage, Lyn enchaîna :

— Je ne suis pas sûre que nos parents d'accueil soient ravis de voir débarquer cinq personnes à la maison. C'est similaire pour toi Camille, j'imagine ?

— Je doute que Téoïs et Holly soient contre, mais je me vois mal leur demander alors que je les connais depuis peu. Hayden ?

— Mes parents sont en déplacement pour le travail et refusent catégoriquement toute visite ou invitation durant leur absence, donc c'est impossible pour moi aussi.

— Venez à la maison ! proposa Sélénée. Mes parents seront heureux de vous savoir là, depuis le temps qu'ils veulent accueillir mes amis !

— Donc samedi, chez Sélénée ! résuma Lyn.

**

Je me retournai dans mon lit pour la millième fois, mais les sueurs froides dégoulinaient toujours dans mon dos. Pas moyen de les évacuer, pas moyen de passer à autre chose, pas moyen de dormir. Chaque jour et chaque nuit, mes pensées vagabondes m'empêchaient de trouver la paix. J'imaginais qu'il n'y avait rien de plus normal, après un évènement si traumatisant, mais mon corps criait à l'aide et demandait grâce.

Je refusais systématiquement d'avaler des feuilles de Pluthofinn depuis mon retour. Ce n'était pas la plante qui constituait mon somnifère lorsque j'étais pieds et poings liés sur cette chaise, mais la sensation restait la même : je succombais artificiellement à la léthargie. Je ne pouvais plus supporter cette perte de contrôle sur mon corps. Alors je sombrais, mais pas dans le sommeil. Je sombrais dans cette boucle sans fin des souvenirs qui collaient à ma peau, je sombrais dans une transe muette ou presque, n'ayant plus la force de rien.

Bientôt, il faudrait que je retrouve mon énergie, sous peine de finir plus brisée que l'épave d'un bateau, échoué des siècles auparavant et frappé inlassablement par la marée, les vents, la pluie et les orages.

Mais ne trouvant pas de solution, même éphémère, à ce problème, je me réveillai chaque nuit – lorsque, par miracle, le sommeil m'avait accueillie – et ne parvenais à me rendormir qu'avec les premières lueurs de l'aube.

Chaque bruit suspect, chaque odeur doucereuse, chaque parfum âcre, chaque mur laiteux me rappelait l'horreur que j'avais vécue et provoquait de brusques nausées dans mon estomac vide. Chaque aliment que j'ingérais ressortait de mon ventre. Je voulais manger et je voulais reprendre des forces. Néanmoins, tout effort nécessitait une complexité inatteignable à présent. Aller à Primélia me vidait de mes forces et je luttai pour afficher, malgré tout, un sourire éclatant, agissant comme si rien n'avait bouleversé ma vie du jour au lendemain. Mon apparence et mon attitude joyeuses à tout égard me consumaient à petit feu, dans une lente agonie silencieuse.

Bien sûr, mes amis remarquaient que toute joie passant sur mon visage n'était qu'un leurre, un masque rassurant destiné à tromper mes camarades. Ils faisaient de leur mieux pour m'aider, et chaque jour, ma peine s'allégeait en leur compagnie. Mais dès que je retrouvais les ténèbres de la solitude, ma douleur ressurgissait et détruisait tout filament de bonheur sur son passage. J'en venais à craindre ma chambre, et par-dessus tout, mon lit. Et je détestais ce sentiment.

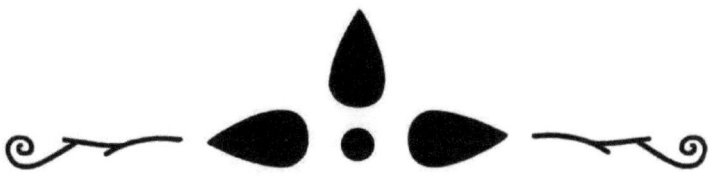

Chapitre 27

Le samedi suivant, comme prévu, Gabriel et Kallyk firent un léger détour par la maison de mes parents d'accueil et nous nous rendîmes chez Sélénée. Notre amie nous présenta sa maison et nous nous assîmes sans tarder dans sa chambre.

— De quoi voulais-tu parler l'autre jour, Kallyk ? engagea Lyn.

— De l'enlèvement de Camille, évidemment. Nous devrions, je pense, la questionner à propos de chacun de ses souvenirs. Le moindre détail peut s'avérer crucial et il faut que nous retrouvions ce groupe, le traquions et l'éliminions une bonne fois pour toutes. Même si Camille a déjà raconté la majorité des évènements à Gabriel, qui s'est empressé de nous les retransmettre, il se peut que, dans la panique – et c'est normal –, elle ait oublié certains éléments qui méritent qu'on les prenne en compte et qui pourrait nous guider sur la piste de ses ravisseurs.

— Es-tu d'accord pour que nous abordions ce thème sensible, Camille ? se préoccupa Sélénée.

— Je ne pourrai éviter le sujet éternellement, autant l'évoquer dès maintenant, soupirai-je.

Peut-être était-ce le premier pas vers la libération de mes démons et mes retrouvailles avec la paix...

— Coupe-nous si, à un moment donné, cela devient trop dur pour toi de parler, affirma Tay avec inquiétude.

Je leur racontai de nouveau mon enlèvement, avec autant de détails que possible, avant qu'ils ne débutent leur interrogatoire.

— Combien étaient-ils lorsque tu as remarqué que l'on te suivait ?

— Au début, une personne, mais rapidement, deux autres m'ont encerclée.

— Tu dis que tous étaient vêtus de noir, c'est cela ?

Je réfléchis un instant, fermant les paupières pour me remémorer la scène avec exactitude.

— Non. Maintenant que tu en parles, je me rappelle du bleu nuit qui couvrait leur tenue.

— Un bleu similaire à celui de nos uniformes ?

— Non, secouai-je la tête. Il s'agissait d'un bleu bien plus sombre que celui de l'uniforme des troisièmes années.

— Présentait-il un dessin ou un logo ?

— Je crois qu'ils portaient un écusson sur la droite de leur poitrine, mais la scène reste floue dans ma tête, je n'ai aucune idée de ce qu'il peut signifier.

— Te rappelles-tu au moins de sa couleur ? insista Lyn, attentive aux moindres détails.

— Le gris anthracite prédominait.

Je réfléchis un instant. Emportée par un élan de souvenirs, je m'exclamai :

— Si vous souhaitez examiner les uniformes, les gardes qui m'ont ramenée au Palais les portaient puisqu'ils les avaient subtilisés ! Ils doivent donc croupir là-bas. Si vous voulez mener une enquête parallèle à celle d'Idris et Neve, demandez-les-leur.

— De toute manière, je ne doute pas que Ses Majestés aient pensé à des questions similaires aux nôtres, ajouta Sélénée.

J'acquiesçai, partageant son avis et redoutant un nouvel interrogatoire d'ici quelques jours.

— Tay, prends un parchemin et une plume, s'il te plaît, nous devons tout noter, chaque renseignement compte, ordonna Lyn.

— Toute information est d'autant plus importante que l'équipe chargée de fouiller le bâtiment où tu étais retenue n'a rien trouvé, pas même le moindre petit morceau de papier, poursuivit Hayden. Tes ravisseurs se sont empressés de quitter les lieux. Et, malheureusement, ils se sont bien débrouillés pour masquer leurs preuves.

— J'espère qu'avec le nombre d'informations que nous aurons collecté, nous aboutirons à du concret, fit Sélénée.

— Nous escomptons tous là-dessus. Quelle odeur avait le linge ?

— Je l'ignore, je n'ai pas eu le temps d'analyser le parfum se mêlant à l'air ambiant, ironisai-je. En revanche, je puis t'assurer que le Guérisseur du Palais m'a administré le même somnifère.

— Parfait. La prochaine fois que tu te rendras au Palais, pourras-tu interroger le Guérisseur à propos de la plante endormante ? Demande-lui s'il s'agissait de valériane, me pria Kallyk.

— J'essaierai d'y penser.

— Excusez-moi, mais il y a une question fondamentale que nous n'avons pas posée, nous interrompit Sélénée. À quoi ressemblaient tes ravisseurs ?

— Ils portaient des cagoules et ont fait en sorte que jamais je ne les regarde de face.

— Je me doute, mais que peux-tu nous dire à propos de leur morphologie ? As-tu aperçu une mèche de cheveux ?

— De mémoire, l'un était baraqué et plutôt grand. Je pense qu'il s'agit de l'homme qui m'a parlé pendant ma séquestration. Dans ce cas, il a les yeux d'un bleu profond. Je me souviens aussi avoir remarqué une mèche brune sur un homme plus petit, et enfin, au vu des formes arrondies des hanches de la dernière, je dirai qu'il s'agissait d'une femme.

— Comment et par où t'ont-ils transportée ? Traîner une adolescente inconsciente sur son dos n'a pas le mérite d'être au comble de la discrétion, au contraire, ça attire les regards.

— C'est une bonne question, à laquelle je ne suis pas habilitée à vous répondre puisqu'ils m'ont appliqué le morceau de tissu aussitôt après m'avoir coincée.

Je frissonnais en comprenant qu'ils m'avaient touchée. Rien que la pensée de leurs mains sur mon corps me répugnait et répandait des vagues nauséeuses en moi.

— Tu t'es donc éveillée quelques heures plus tard, assise sur une chaise et les mains ligotées, enchaîna Lyn, m'obligeant à me concentrer sur l'instant présent. Peux-tu nous décrire ton siège ? Et la corde ?

— Pour la chaise, rien de plus basique : du bois clair, pas d'accoudoir. Quant à la corde, je me suis fait la réflexion que je n'en avais jamais vue de pareil ; d'un noir agressif, elle semblait onduler autour de moi.

— Noire, tu dis ? s'assura Kallyk d'une voix blanche.

— Oui.

Tous échangèrent un regard horrifié, évitant mes iris par la même occasion.

— Que se passe-t-il ?

— Rien du tout, me répondit Gabriel avec précipitation.

Tous s'empressèrent d'acquiescer.

— Vous me prenez pour une fille suffisamment stupide et naïve ? Vous pensez vraiment que je vais lâcher l'affaire ?

— Certainement pas ! Simplement… on ne peut pas te le dire, argumenta Sélénée.

— Pourquoi ? fis-je, hargneuse de savoir qu'ils me cachaient une information capitale et me mentaient par omission.

— Tu n'as pas forcément envie de l'entendre, justifia Tay.

— Vous n'avez pas à décider pour moi de ce que je peux ou veux entendre !

Mon pouls s'emballa et mes poings se crispèrent, ils n'avaient aucun droit de choisir à ma place.

— Nous ne pensons pas être les mieux placés pour t'en parler, ajouta Gabriel.

— Mais nous allons t'expliquer si c'est ce que tu souhaites ! renchérit aussitôt Sélénée. Nous ne voulions pas te blesser, c'est tout.

Inspirant profondément, Hayden débuta :

— Tout a débuté à l'époque où tes parents vivaient toujours à Atalia.

— Nous devions avoir un an et demi, continua Kallyk.

— Nous ne connaissons de cette histoire que les éléments que Ses Majestés ont révélé lorsque vous avez tous les trois disparu. Mais je doute que le roi et la reine nous aient caché des renseignements, ce n'était pas dans leur intérêt de saboter les recherches que le royaume a entrepris pour vous retrouver.

— Je m'adresserai à eux dès ce soir. Pour la valériane aussi, ajoutai-je, jetant un coup d'œil à Kallyk qui hocha la tête. Mais cela ne m'explique pas pourquoi une corde noire constitue un mauvais présage.

— Le jour de votre évaporation, le groupe qui t'a séquestrée a utilisé des cordes noires pour essayer de vous réduire, tes parents et toi, à néant. Leur stratagème n'a pas fonctionné, mais depuis, Ses Majestés nous ont vivement recommandé de prévenir un proche ou une autorité royale en cas de découverte d'une attache de ce style.

L'estomac retourné, j'abaissai un moment mes paupières et acquiesçai. Mes amis en savaient plus que moi sur mon histoire à Atalia, quelle ironie ! Les questions reprirent et Sélénée intervint avec timidité :

— Camille n'a pas forcément envie de passer son samedi après-midi à revivre en boucle chaque seconde de cet évènement traumatisant.

Je lui souris, reconnaissante pour cette interruption bienvenue. Ma boîte crânienne retentissait au moindre bruit et des migraines intenses m'assaillaient chaque fois que j'entreprenais de me remémorer une scène vécue sous l'emprise des somnifères.

— Tu as raison Sélénée, je pense que ce travail d'investigation est suffisant. Tay, tu peux me donner le parchemin ? Que je vérifie que tu as bien tout noté ?

— Bonjour la confiance, rouspéta le concerné. Si ma propre sœur n'a plus foi en moi, où va le monde ?

— Tu sais bien qu'il ne s'agit pas de ça, soupira Lyn, excédée. Je doute simplement que Camille veuille recommencer, donc je préfère m'assurer que tout y est clair et consigné.

— Effectivement, je me passerais avec joie d'un second tour.

— D'accord, d'accord, j'abandonne, conclut Tay, levant les mains en signe de paix.

— Êtes-vous partants pour une aération générale des esprits ? proposa Kay, faussement pompeux. J'ai un besoin urgent de mouvement, je ne sens plus mes jambes.

— J'approuve l'idée ! s'exclama Sélénée. Et je connais un endroit susceptible de vous plaire !

— Tant que nous ne quittons pas l'enceinte de ta propriété, je suis pour également ! s'écria Gabriel.

— Bien sûr, je ne prendrai jamais le risque de vous mettre en danger.

Lyn m'offrit le papier roulé et me demanda de montrer les réponses que Tay avait inscrites à Idris et Neve. Nous suivîmes Sélénée, qui nous mena dans son jardin. Je fus surprise par sa taille. Si on le superposait avec celui de Téoïs et Holly, il en ferait plus de deux fois la surface. Sélénée nous conduit en dessous d'un splendide érable verdoyant, apportant de l'ombre aux diverses fleurs plantées à son pied et près duquel un ruisseau clair et limpide s'écoulait. Lyn et moi nous extasiâmes d'une même voix, sans nous être concertées :

— C'est magnifique, Sélénée !

Éclatant de rire, Lyn déclara :

— Les grands esprits se rencontrent !

— Toi ? Un « grand esprit » ? Laisse-moi rire ! railla Kallyk.

— Ce n'est pas parce que tu es jaloux que tu es obligé de faire le point sur ce que tu ne possèdes pas, répliqua Lyn.

Nos rires se mêlèrent dans une douce harmonie et Kallyk revêtit un air indigné. Ces moments apportaient du baume à mon cœur.

Je compris enfin la définition du mot « amis ». Ce n'était pas seulement des personnes pour qui nous ressentions une affection réciproque, non. C'était eux. Rien de plus, rien de moins. Ils fixaient à eux seuls ce sentiment débordant d'amour intense et repoussaient les limites de ces quelques lettres, bien trop neutres et objectives pour englober un mot tel que l'amitié. Aucun d'entre eux ne se disait proche de moi pour profiter de ma personne et me poignarder par derrière par la suite. Aucun d'entre eux ne me trahirait lâchement. Ils étaient apparus à un moment fondamental, fondateur de ma vie, et ils auront à jamais ma reconnaissance éternelle. Mon instinct me soufflait que notre amitié durerait longtemps après avoir quitté Primélia, jusqu'à la fin de notre vie.

Durant ces moments-là, rien d'autre n'existait. Durant ces moments-là, même la réalité s'écartait de nous. Durant ces moments-là, je me sentais à ma place, aimée.

Kallyk troubla cette quiétude en reprenant la parole pour détourner le sujet :

— J'ai oublié de vous raconter ! Nathan a fait une bêtise hier, Maman et moi étions pliés de rire ! Il préparait un spectacle depuis quelque temps, et nous a annoncé qu'il était enfin prêt à le jouer devant nous. Maman et moi nous sommes installés confortablement, un sourire aux lèvres devant sa fierté enfantine et...

— Ton père n'était pas là ? demanda Lyn.

— Non, il travaillait dans l'est du royaume. Nathan a donc entamé son spectacle en mimant des personnages avec deux chaussettes. Il racontait une histoire avec, puis a enchaîné avec une série de pirouettes. Lorsqu'il s'est arrêté, il nous a salué et nous l'avons applaudi à tout rompre. Il a ensuite exécuté un dernier tour sur lui-même mais n'a pas réussi à se rattraper à l'accoudoir du fauteuil lorsqu'il a vacillé et s'est écroulé sur le parquet. Maman et moi avons éclaté de rire, mais Nathan n'avait pas terminé sa prestation puisqu'il a porté sa main à son estomac, est devenu pâle et a vomi à nos pieds. La situation en elle-même n'était pas drôle, c'est le regard de Nathan qui l'était. Il nous fixait de ses yeux de bébé gizène, essayant de s'excuser auprès de Maman après sa bêtise. J'ai dû tout nettoyer pendant que Maman s'occupait de Nathan, conclut Kallyk dans un froncement de sourcils, renfrogné à ce souvenir.

Cependant, l'amour qu'il ressentait pour son frère dépassait l'entendement, j'en apercevais une infime partie en écoutant cette anecdote. Je compris que Kallyk vouait un attachement tout particulier à son frère et cela m'émut, moi qui n'avais jamais réellement acquis la notion de « frère » et de « sœur ». Je devinai sans peine que Nathan constituait la personne préférée de Kallyk dans ce monde. Je souris, apaisée par cet amour, ce lien indestructible, et écoutai mes amis bavarder joyeusement.

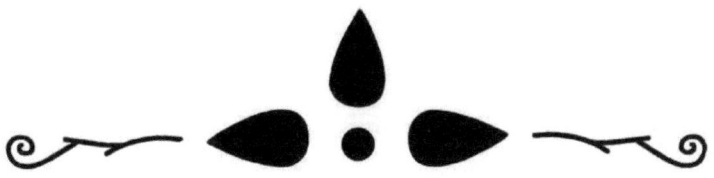

Chapitre 28

— Alors, cette après-midi ? s'enquit Téoïs.

— Je suis contente de l'avoir terminée.

Il fronça les sourcils, circonspect. Je m'expliquai alors :

— Nous avons passé en revue mon enlèvement. C'était compliqué. Leur interrogatoire me poussait dans les retranchements de ma mémoire, mais j'y ai survécu. À ce propos, je pense réaliser une Transmission à Idris et Neve d'ici quelques minutes pour les tenir informés de la situation.

— Ne préfères-tu pas leur parler de vive voix ? Nous pouvons t'amener au Palais demain.

— Vous feriez cela ?

— Évidemment.

— Merci, merci !

J'avais de la chance d'être tombée sur des parents d'accueil formidables. Je sautai dans leurs bras, heureuse à l'idée de passer du temps avec les souverains. Certes, j'avais passé plusieurs jours au Palais, mais Idris et Neve étaient très occupés et je dormais la plupart du temps.

Durant la soirée, nous avions cuisiné puis ri autour de jeux en parchemin renforcé. Bien que les cartes différaient complètement de celles avec lesquelles je jouais avec mes parents, un pincement gagna mon cœur en repensant à nos soirées de début de week-end. Je savais que Maman et Papa souhaiteraient me savoir épanouie et reconstruite sans eux, que je ne reste pas bloquée dans mon chemin vers le bonheur à cause de leur décès, mais je n'avais jamais rien vécu d'aussi compliqué. Mes pensées divaguaient et me menaient toujours à la même conclusion : ils auraient dû vivre à ma place, je ne méritais que le chagrin et chaque sourire représentait un acte de trahison envers eux, disparus.

Je pris congé de mes parents d'accueil et me couchai avant que mon esprit pervers ne plante les racines du doute en moi. Je ne souhaitais pas qu'il hante mes nuits. Mes cauchemars omniprésents à cause de l'enlèvement suffisaient amplement.

Chaque nuit, mon esprit me torturait et me rappelait les sensations épouvantables éprouvées durant ces jours sans fin. Bien sûr, il ne me renvoyait pas les images des scènes ; si je les visualisais, je pourrais glaner des renseignements oubliés, que mon cerveau avait traité comme « négligeables ». Tout serait trop simple. En revanche, mon esprit ne se gênait pas pour me montrer la mort de Papa et Maman, sous tous les points de vue possibles. Sans compter la voix qui intervenait toujours pour me rabaisser.

Heureusement qu'ils étaient présents pour moi. Mes amis. Téoïs et Holly. Idris et Neve. Tous ceux qui me soutenaient et m'aidaient à m'intégrer à Atalia, à me reconstruire dans ce nouveau monde, dont je ne connaissais rien un an auparavant. Mes pensées se dirigèrent naturellement vers mes proches, les laissant panser mes blessures et m'accompagner jusque dans le sommeil. Je ne tardai pas à m'assoupir – un assoupissement malheureusement tumultueux, à l'instar de chaque nuit.

***

Nous attelâmes les chevaux et je m'installai derrière Téoïs, me cramponnant à sa taille. Les sabots résonnèrent sur les pavés de la capitale et je perdis toute notion du temps, me focalisant uniquement sur mes sens. Téoïs demanda aux gardes de nous ouvrir le portail du Palais.

— Vos noms, je vous prie ?

— Téoïs et Holly Saydren, Camille Elakero.

Un des gardes échangea un regard avec ses collègues, opina du chef et déclara :

— Vous pouvez entrer.

Une fois devant la porte principale, d'autres gardes nous firent répéter nos noms et l'un d'eux nous accompagna jusqu'au bureau des souverains. Plus nous nous rapprochions de la pièce, plus Téoïs et Holly se trituraient les mains, mal à l'aise. Je tentai une touche d'humour pour les rassurer et les détendre :

— Ils ne vont pas vous manger, ne vous en faites pas.

Ils esquissèrent un sourire et un maigre sentiment d'accomplissement me gagna.

— Nous le savons, mais nous retrouver en tête à tête avec les dirigeants du royaume reste une source d'angoisse.

Le garde frappa et se mit en retrait, dans l'ombre d'une alcôve. La poignée s'abaissa, m'empêchant de répondre. Le visage de Neve s'éclaira lorsqu'elle croisa mon regard et la jeune reine me serra dans ses bras. Elle prit de mes nouvelles et son air soucieux me rappela Maman, tant par la ressemblance physique des deux sœurs et le pli qui ornait leur front lorsqu'elles s'inquiétaient pour moi, que par leur caractère similaire et le tracas constant de mon bien-être.

— Tu n'es pas venue seule, tout de même ?

— Non, Holly et Té…

Je n'eus pas le loisir de terminer ma phrase, Neve se confondait déjà en excuses de ne pas les avoir remarqués. Idris profita de ce moment pour m'étreindre.

— Que nous vaut cette visite de si bon matin ? s'informa-t-il auprès de moi, toujours aussi souriant et allègre.

— Je pense qu'avoir cette discussion dans votre bureau serait plus convenable, en vue du sujet.

Idris prit aussitôt les devants et nous invita à nous asseoir sur les fauteuils blanc cassé du bureau, faisant aussi office de salon lors de réception d'invités inattendus. Je leur expliquai la discussion que nous avions eue avec mes amis la veille et leur tendis le rapport, consigné dans le rouleau de parchemin.

— Nous prévoyions justement de t'interroger bientôt. Souhaites-tu que nous nous consacrions à la lecture dès à présent ou plus tard ?

— Maintenant de préférence. S'il manque certains renseignements, vous pourrez me questionner. À ce propos, serait-il possible que j'adresse quelques mots au Guérisseur qui a pris soin de moi ?

Idris acquiesça et se leva, avant de se diriger jusqu'à la porte et de souffler une directive à l'un des gardes en faction. Les minutes suivantes furent dédiées à la lecture du questionnaire par ma tante et mon oncle.

— Tu affirmes que la corde était… noire ? me demanda Neve d'une voix éraillée. Elle ne portait pas simplement des marques de frottement et de saleté ?

— Non, seul le noir la composait.

Idris et Neve échangèrent un regard alarmé tandis que mes parents d'accueil déglutirent difficilement.

— Sais-tu pourquoi nous les redoutons tant ?

— Mes amis m'ont expliqué qu'il s'agissait des cordes que Cronen utilisait.

— Ils s'en sont servis le jour où nous fêtions tes cinq ans. Lorsque nous t'avons raconté cet… incident, nous n'avions pas précisé la couleur des cordes car il s'agissait d'un élément peu décisif dans le récit. Nous ne pensions pas non plus que le groupe se manifesterait de nouveau, maintenant que leur cible s'était volatilisée hors de leur portée. Selon toute vraisemblance, nous nous trompions. Notre vision erronée et presque insouciance nous a desservi à bien des égards. Comme je te l'avais expliqué, différentes cordes avaient surgi pour nous attraper. Peut-être penses-tu que c'est un moyen peu pratique. Néanmoins, l'une d'entre elles vous a frôlés, Nuri et toi. Si leur diamètre et leur forme les différenciaient toutes, leur obscurité en constituait le point commun.

Je frissonnai au souvenir de ces cordes lacérant mes poignets, mes chevilles et mon ventre. Je n'osais pas imaginer ce qui serait advenu de moi si elles m'avaient attrapée dans leurs filets, ce jour-là.

— Il est impératif que nous les arrêtions avant qu'ils s'attaquent de nouveau à toi ou commettent des meurtres.

— Il faudrait déjà comprendre pourquoi ils désirent tant ma mort, et souhaitaient celle de Papa et Maman avant moi.

— Il le faudrait, mais nous n'avons pour le moment aucune piste, aucun moyen de le savoir. N'est-ce pas, Vos Majestés ?

Pour la première fois depuis le début de la conversation, Holly avait pris la parole. D'une voix timide et hésitante, certes, mais cet acte avait dû lui demander beaucoup d'efforts.

— Malheureusement non, nous ne possédons aucun élément susceptible de nous avancer, nous ne pouvons qu'émettre des hypothèses.

— Maintenant qu'ils sont revenus à la charge une fois, je crains qu'ils poursuivent jusqu'à atteindre leur objectif ou mourir, fit Téoïs.

— Il est certain qu'ils continueront jusqu'à l'arrestation.

Le garde revint à ce moment en compagnie de Monsieur Lomachade, le Guérisseur. J'en avais oublié sa venue.

— Vous désiriez me voir, Majesté ? s'inquiéta-t-il après une brève révérence pour Idris et Neve.

— Oui. Camille souhaitait vous poser une question.

— Je t'écoute.

— Le somnifère que vous m'avez administré afin de m'examiner, c'était de la valériane ?

— Assurément. Pourquoi cela, si je puis me permettre ?

— J'ai remarqué une similarité entre le parfum de votre somnifère et celui de mes ravisseurs. Un ami a supposé qu'il s'agissait de valériane.

— Donc ils ont eu recours à cette plante pour te piéger, intervint Idris.

— Ce n'est pas très étonnant, c'est le somnifère le plus commode à se procurer : il pousse en permanence sur tous les terrains humides de climat tempéré.

— Merci de votre aide, Monsieur Lomachade, sourit Neve.

— Vous pouvez disposer, le congédia Idris. Vous bénéficierez d'une augmentation pour l'année à venir.

Le Guérisseur balbutia des remerciements et esquissa une dernière courbette maladroite avant de quitter le bureau.

— Nous allons devoir vous laisser, une Transmission d'information pour les patrouilles chargées de capturer Cronen s'avère nécessaire, nous annonça Idris.

— Nous ne vous dérangerons pas plus, merci d'avoir pris le temps de nous recevoir, Vos Majestés.

— Rien de plus naturel.

***

La semaine suivante, nous pûmes enfin nous reposer puisque les professeurs corrigeaient nos copies d'examens blancs, nous octroyant ainsi cinq après-midis libres.

Le lundi matin, les mains moites et la boule au ventre, je rejoignis mes amis devant le portail. J'ignorais tout du degré de réussite de mes examens. Si en sortant des épreuves, je me sentais relativement confiante quant aux résultats, à présent, toute certitude m'avait quittée, me laissant seule avec mes doutes.

Gabriel me détourna de mes pensées moroses en m'expliquant plus en détail le fonctionnement des notes à Atalia : un pourcentage et une mention par matière. Les professeurs effectuaient une moyenne de ces notations et y associaient la mention correspondante. Celles-ci variaient entre « Excellent » et « Juste ». En dessous de 50 %, nous n'étions pas admis. Le principe ressemblait plus ou moins à celui de l'Autre monde.

Je ne me faisais pas d'illusion, je n'espérais pas obtenir la meilleure mention, mais une absence d'admission porterait un sérieux coup à mon moral, déjà miné par les semaines passées. Nous essayâmes de nous frayer un passage parmi les troisièmes années afin d'accéder au parchemin affichant les résultats, mais la foule compacte emplissait chaque parcelle disponible. Heureusement que la répartition des autres promotions les menait dans un autre endroit de l'académie, parce que l'amphithéâtre n'aurait pas supporté un élève de plus.

Lorsqu'enfin nous parvînmes à voir nos noms, plus de la moitié des élèves avaient d'ores et déjà obtenu leurs résultats. Je cherchai mon prénom avec fébrilité. Mon cœur bondit en remarquant que « ADMISE » noircissait ma ligne. J'avais obtenu la mention « Correct » avec 68 %. Seuls deux maigres pour cent manquaient pour conquérir la mention « Bien ». J'éprouvai une pincée de déception quant à mes notes, insatisfaisantes par rapport à ce dont j'avais l'habitude. Néanmoins, je me convainquis que je me trouvais largement au-dessus de 50 %, et que ceci constituait le fait le plus important.

Mon regard défila sur les noms de mes camarades, et je grimaçai en constatant qu'Onyx avait obtenu « Excellent ». Non pas qu'elle ne le méritait pas, mais savoir ma rivale loin devant moi me laissait un arrière-goût amer. Mais comme Gabriel, Tay et Sélénée la dépassaient, je me tus.

— Waouh, 96 % de bonnes réponses, bravo ! félicitai-je Gabriel, tandis que nous rejoignions les autres qui nous attendaient dans le parc.

— Merci ! Toi aussi, tu as des résultats brillants !

Je fis la moue.

— Camille, tu te rends compte qu'en moins de trois mois, tu es parvenue à atteindre un score meilleurs que certains, habitués à ce système et ces matières depuis trois ans ? Sans compter ton changement radical de mode de vie et la souffrance que tu as endurée par cet épisode bouleversant. C'est exceptionnel !

— Présenté ainsi, je dois dire que c'est plutôt convaincant, rigolai-je.

— C'est formidable, oui.

Le regard qu'il me jeta instaura une sensation étrange et inconnue dans mon estomac. Lorsque nous nous assîmes avec nos amis, j'étais toujours perplexe concernant ce qui venait de se dérouler sous mes yeux.

— Alors ? se renseigna Kallyk, me tirant de mes pensées. Je n'ai aucun doute sur ta mention, Gabriel, mais Camille ?

Gabriel, qui s'apprêtait à répondre, pinça les lèvres et les étira, avant de demander :

— J'imagine que tu as obtenu la mention « Bien », comme à ton habitude, et que les professeurs vont exiger de toi plus d'efforts pour les examens de fin d'année ?

— C'est possible. Et toi, « Excellent » ?

— C'est possible, répondit Gabriel, échangeant un sourire complice avec son meilleur ami.

— Et toi, Camille ?

— Admise avec mention « Correct ».

Mes amis me félicitèrent et je les interrogeai :

— Et vous ?

— Une seconde, je veux essayer de deviner ! s'exclama Gabriel. Hayden et Lyn, « Très bien » et Tay et Sélénée, « Excellent », paria-t-il. Je me trompe ?

— C'est exact, bien joué, s'amusa Lyn.

La cloche nous sortit de notre joie et nous rappela à la réalité. Les professeurs nous rendirent nos copies, indiquant explicitement qu'il nous faudrait revoir nos erreurs afin de ne pas les commettre le jour de l'examen. Ils clarifièrent leurs propos en précisant que ce travail serait à effectuer à la maison, qu'il fallait qu'ils achèvent le programme rapidement afin de nous garantir un temps de révisions. Les élèves vêtirent leur casquette la plus attentive et participèrent activement pour faire avancer le cours.

***

Aujourd'hui, Holly travaillait à la Maison des Soins jusque tard et Téoïs était parti en mission dans le nord-est d'Atalia. Je fis donc le trajet en compagnie de Gabriel. Mon embarras par rapport au regard de tout à l'heure se dissipa et nous discutâmes joyeusement durant tout le chemin de Primélia à ma maison.

— À demain Cam' !

— Cam' ?

Ses joues rosirent et il balbutia :

— Oh, euh... Je... Ce n'est pas ce que je voulais dire, désolé Camille.

— Tu peux m'appeler Cam' si tu le souhaites, souris-je.

— Bon, dans ce cas, à demain Cam', trancha-t-il en se massant la nuque, gêné.

— À demain Gabriel, conclus-je.

Je l'observai tourner au coin de la rue, sur le dos de son cheval, puis fermai la fenêtre. M'avait-il réellement appelée « Cam' » ? Jusqu'ici, personne ne m'avait surnommée ainsi.

Un sourire niais se plaqua sur mon visage, que j'effaçai aussitôt que je pris conscience de mon attitude.

Madame est amoureuse, railla la voix, avec délectation.

Je la contredis du tac au tac, je n'étais pas amoureuse de Gabriel. Entre elle et Holly !

Peut-être que tu n'as pas encore réalisé que tes sentiments pour lui outrepassaient l'amitié, mais ça risque de ne pas tarder, surtout si ton estomac te trahit chaque fois que sa fossette apparaît...

Ce qu'elle pouvait se montrer insolente ! Une fois elle me dépréciait, et la suivante elle essayait de m'insuffler des idées folles. Sa logique m'échappait.

Lorsque mes parents d'accueil rentrèrent, je leur sautai presque dessus, pressée de leur annoncer mes notes et ma mention. Je leur en fis part sans attendre, d'une voix enthousiaste.

— Waouh. C'est un score génial, bravo Camille ! s'exclama Téoïs en souriant.

— Nous sommes plus que fiers de toi, ajouta Holly. Allons cuisiner des crémurolles pour fêter cela !

Leurs paroles me touchèrent, je pris soin de les graver dans mon cœur afin de m'en souvenir à la prochaine meurtrissure.

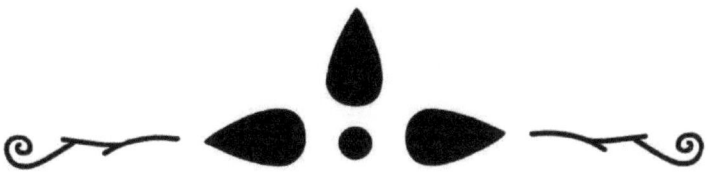

Chapitre 29

Le week-end et le repos qu'il induisait arrivèrent enfin. Téoïs et Holly m'avaient informé qu'ils m'emmèneraient dans un nouvel endroit du royaume. Ils n'avaient rien ajouté, mais j'avais deviné la fin de leur phrase. *Pour te distraire.* Un élan d'amour m'avait envahie à cette attention. Je n'avais plus la force de cacher mon mal-être et je savais qu'il ne ne passait pas inaperçu, mais j'étais loin d'imaginer que le couple essaierait de m'aider à me sentir mieux. Non pas que je doutais de leur gentillesse, simplement je ne pensais pas la mériter.

Je me vêtis légèrement, le soleil chauffait le royaume aujourd'hui. Je rejoignis mes parents d'accueil et nous montâmes Balios et Patchouli. Je m'agrippai à la taille de Holly et promenai mon regard sur la ville. Nous nous dirigions vers le nord-est de la ville. L'astre lumineux nous éblouissait, et mon excitation accrut, je ne connaissais que très peu cette zone d'Atalia. Je me doutais que nous n'allions pas traverser le royaume à cheval, mais notre trajet attisa ma curiosité.

Je souris devant ce constat. Mon trait principal de caractère avait été négligé et jeté aux oubliettes ces derniers temps. J'avais craint qu'il ait disparu pour toujours. Nous longions le Fleuve Scintillant depuis le début de notre périple et celui-ci avait beaucoup rétréci, s'apparentant à présent à un simple ruisseau se faufilant entre les herbes.

Étincelant comme du cristal poli, il projetait des paillettes sur ses rives, rafraîchissant quantité de fleurs et autres plantes intrigantes. Un havre de paix. La prairie vide de présence humaine regorgeait de couleurs éclatantes et la surface lisse du Fleuve Scintillant miroitait le ciel azur. Le fleuve portait parfaitement son nom, ici plus encore que dans l'enceinte de la capitale. Le soleil pouvait sans peine contempler son reflet ; aucun remous n'agitait le ruisseau.

Le plus impressionnant de cette image apaisante restait sans conteste les animaux qui paissaient tranquillement. Des dizaines d'espèces différentes, des centaines d'êtres vivants se nourrissaient avec langueur, ne nous prêtant aucune attention. Certains marchaient à quelques pas de nous, avides de s'hydrater ou de mâchouiller une fleur particulièrement sucrée. L'impression de me trouver dans un rêve me tenaillait. J'absorbais cette vision calme, essayant de retenir chaque nuance infime de ce tableau de mille et une couleurs.

Je sursautai lorsque Patchouli plongea son museau dans ma paume, en quête d'un repas bien mérité. Je rigolai et caressai sa crinière, l'amenant vers le ruisseau où il pourrait se désaltérer.

— Alors, tu aimes ?

Je me tournai vers mon père d'accueil, essayant de déterminer s'il se moquait de moi ou non, mais ne perçus aucune trace humoristique dans sa voix, seulement une attente palpable.

— C'est… Paradisiaque, parvins-je à formuler.

— Époustouflant, pas vrai ?

J'acquiesçai dans un silence presque solennel.

— C'est fou les merveilles que la nature peut créer.

Holly sourit en nous rejoignant :

— Vous n'êtes pas très bavards, tous les deux !

— Le paysage est à couper le souffle, répondis-je en haussant les épaules. Merci de me partager cet endroit.

— Nous savions qu'il te plairait. Reconnais-tu certains animaux ?

Je secouai la tête.

— Là-bas, à l'ombre de l'arbre noué, c'est une femelle vulleam.

Holly m'indiqua du doigt un animal fin et gracieux comme un cerf, le pelage court, d'un rouge bordeaux parsemé de taches blanches. Mes yeux s'écarquillèrent, sa fourrure resplendissait et lui donnait un air royal. Nul doute que si l'animal se pâmait, ses congénères cesseraient leurs actions pour l'admirer.

— À tes pieds court un dumier, me chuchota Téoïs.

Cette fois-ci, l'animal avait la corpulence d'un petit lièvre mais ses oreilles en cercle parfait rompirent ma comparaison. Néanmoins, le dumier en avait l'allure ; sa course dégageait une prestance indéniable.

Mes parents d'accueil m'apprirent ainsi le nom de toutes les espèces qui se prélassaient dans la prairie verdoyante. Nous déjeunâmes et je réussis à prendre véritablement part à la conversation pour la première fois depuis mon retour parmi mes proches. Enfin, je réussis à éprouver du *plaisir* en prenant part à une conversation, sans être assombrie par la pensée de mes ravisseurs, de ce groupe qui voulait faire de moi leur poupée. Ce qui ne constituait pas un mince exploit.

***

Le surlendemain, nous entamâmes une nouvelle semaine à Primélia, nous rapprochant de plus en plus des examens. Seules deux semaines nous en séparaient désormais. Je les appréhendais terriblement et passai mes journées et soirées à réviser en vue d'obtenir de bien meilleures notes qu'aux examens blancs. Néanmoins, j'avais pris beaucoup de retard à cause de la semaine où Cronen avait décidé de chambouler ma vie. Ils m'avaient enlevée au moment où je commençais enfin à rattraper les connaissances de mes camarades, entraînant un nouveau retard.

Perdue dans mes pensées, je trébuchais sur une racine de la cour de l'Académie et me retrouvai nez à nez avec la dernière personne avec qui j'avais envie de parler : Onyx.

Elle ricana devant mes mouvements maladroits pour me maintenir debout et je levai les yeux au ciel, maudissant mes joues qui devenaient rouge écarlate. Ses deux amies l'accompagnèrent dans son rire mesquin et je voulus déguerpir au plus vite. Malheureusement, Onyx ne me laissa pas en paix.

— Tu rougis ? C'est mignon !

— Laisse-moi tranquille, Onyx ! répliquai-je les dents serrées, repoussant son bras qui me bloquait.

— Pourquoi le ferais-je ?

— Tu n'as donc rien de mieux à faire de ta vie que de m'empêcher de passer ?

— Ça m'amuse de te mettre en rogne. Et pour le moment, les cours n'ont pas débuté, donc non, je n'ai rien de mieux à faire.

Sa première phrase me heurta de plein fouet, dans l'autre monde, mes camarades utilisaient la même, réduisant ma douleur à un simple jeu. De peur de fondre en larmes, ou m'énerver, j'attrapai son poignet et l'écartai de mon passage, avant de fuir, le pas lourd.

Lorsque je rejoignis mes amis, ceux-ci s'inquiétèrent devant ma mine déconfite et renfermée, mais je balayai leur souci d'un geste de la main, leur signifiant que je n'avais pas envie d'en parler. La sonnerie retentit et je fermai les yeux, m'accordant un instant pour reprendre ma respiration. Heureusement que la journée commençait par Ressources sur la vie et développement personnel…

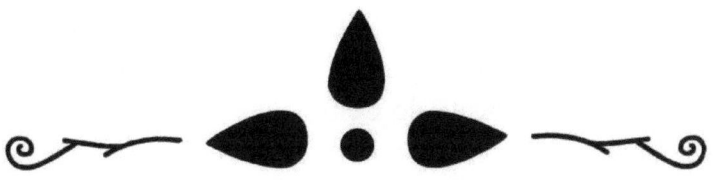

Chapitre 30

Pour cet avant-dernier week-end avant les examens, nous avions prévu une sortie détente tous les sept, au bord du Lac Amotulys. Nous avions pris l'habitude de nous y rendre après Primélia. Je galopai donc avec Balios jusqu'à notre lieu de rendez-vous.

Comme je n'avais plus le moindre désir de me retrouver seule dans un lieu public, je devais toujours me déplacer à cheval ou en compagnie d'un de mes proches. Ma liberté de me mouvoir selon mes souhaits avait réduit, mais je m'en contentais, je ne voulais surtout pas me retrouver dans une situation identique à celle du mois dernier. D'autant plus que je me rapprochais de jour en jour de Patchouli et Balios et notre complicité me faisait chaud au cœur. Je n'avais jamais été particulièrement passionnée par les chevaux, mais à présent que je les confrontais quotidiennement, mon affection pour eux croissait.

Dans mes pensées, je faillis rater le sentier qui menait au lac. Peu d'Ataliens s'y rendaient, pour notre plus grande joie. Je tirai sur les rênes de Balios de façon à lui indiquer notre direction. Mes épaules s'affaissèrent de soulagement lorsque je vis mes amis qui me faisaient signe au loin. Malgré moi, je restais tendue et sur mes gardes durant chacun de mes trajets. Peu importait la densité de Celtidiens présents dans les rues de la capitale. Je descendis de Balios et embrassai mes amis, tous présents, excepté Kallyk, qui avait la fâcheuse manie de toujours arriver en retard. Après quelques minutes supplémentaires, le concerné daigna nous faire part de sa présence.

— Il n'y a pas un jour où tu arrives à l'heure, ce n'est pas possible ! s'exclama Lyn, prétendument agacée.

Toutefois, son sourire la trahissait.

— Excusez-moi, madame Embersky, mon père a oublié de me réveiller, alors que je lui avais expressément demandé, rétorqua-t-il, à la fois sarcastique et essoufflé d'avoir couru.

Lyn leva les yeux au ciel et le silence résonna. Gabriel se leva avec malice et proposa à Sélénée :

— Viens, on va leur fournir une prestation digne des meilleurs !

Mes sourcils se froncèrent en guise d'incompréhension, mais Sé comprit puisqu'elle bondit sur ses pieds, un sourire aux lèvres, miroitant celui de Gabriel. Je regardais mes amis ; Kallyk semblait se questionner, Lyn s'assit en tailleur, posa ses coudes sur ses genoux et son menton sur ses mains, Tay les fixait avec une curiosité grandissante, et Hayden ne bronchait pas.

— Êtes-vous prêts pour cette grandiose représentation ? fanfaronna Gabriel.

Ce fut à mon tour de hausser les sourcils ; d'habitude, Kallyk se chargeait du côté faux-narcissique, mais Gabriel n'y avait jamais recours. Mon ami tendit ses mains à Sélénée, qui les referma sur les siennes avec légèreté. D'un accord silencieux, leurs paupières s'abaissèrent et un jet rectiligne jaillit du lac derrière nous, retombant en milliers de gouttelettes coruscantes. Leurs Dons combinés créaient un spectacle fantastique et un « oh » d'admiration m'échappa. Les gouttes nous apparaissaient de différentes couleurs en fonction de leur localisation et de la manière dont le soleil les perçait.

Si seulement nous apprenions à embellir la nature de la sorte ! Je n'avais rien à dire de mes cours d'Herborisation, mais si, en duos, nous aidions parfois les plantes à sortir de la terre où elles étouffaient, je doutais pouvoir un jour créer une féerie si époustouflante ! Quant à la Pyrokinésie, certains feux produisaient une si forte impression sur moi que je ne pouvais les quitter des yeux, mais rien à voir avec la douceur maniée par Sé et Gabriel pour que l'eau du lac se plie à leurs désirs. Je ne sentais pas leur aura comme avec le feu ou les plantes, mais leur expression sereine suffisait à m'apporter toutes les réponses que je recherchais.

Le jet perdit de sa puissance avant de disparaître sous la surface du lac et nos amis rouvrirent les yeux. L'étincelle dans leur regard avait perdu de son éclat à cause de la fatigue, mais leur sourire, lui, pétillait.

— Alors ? demanda Gabriel, avide de nos réponses.

Son regard resta un peu plus longtemps dans le mien, comme s'il attendait ma validation plus que celle des autres.

Ce qui était ridicule, évidemment, il n'avait aucune raison de faire passer mon opinion avant tout autre. Je m'empressai tout de même de les féliciter :

— C'était splendide, bravo à vous deux ! Vous formez un très beau duo !

— Pas mal. Mais je suis sûr que Camille et moi pouvons faire mieux ! répondit Kallyk, espiègle.

Je me tournai brutalement vers lui, un brin d'inquiétude me traversant quant à la manière dont il souhaitait m'utiliser.

— On vous attend au tournant, dans ce cas, rétorqua Gabriel.

Sélénée m'envoya un sourire d'encouragement et je me levai, à défaut de pouvoir me défiler.

Ce fut au tour de Kallyk de me tendre les mains et je fermai les yeux, me laissant guider par l'énergie de mon ami et lui fournissant la mienne par la même occasion. Des fourmillements parcouraient mon corps et un feu d'artifice se déclenchait chaque fois qu'une plante sortait de terre grâce à nous et au Don de Kallyk. Je m'épanouissais au fur et à mesure que la nature envahissait les rives du lac. Des lianes poussaient dans tout mon corps et emplissaient le vide en moi. Je me demandais pourquoi je n'avais pas demandé de l'aide à Kallyk pour avoir recours à ce procédé auparavant.

Je m'épuisais, mais Kallyk voulait aller toujours plus loin, toujours plus haut, alors je résistai pour lui. Je n'avais pas sa dextérité ni son aisance, et encore moins sa puissance. Peut-être qu'à force d'entraînement, je l'égalerais, qui pouvait en juger ? Kallyk finit par exercer une pression sur ma main, et je compris que nous en avions fini, que je pouvais rouvrir mes yeux et contempler notre œuvre. Des dizaines de petites fleurs se dressaient autour de nous, du jaune pastel au rouge écarlate, en passant par le bleu électrique et le violet profond. Nous avions créé une merveille. Enfin, « créer » n'était pas le mot exact, nous avions simplement insufflé de l'énergie dans ces fleurs afin que la lumière du soleil les caresse.

Nos amis nous félicitèrent chaleureusement et Kallyk esquissa un salut, comme s'il quittait la scène pour rejoindre les coulisses.

— Ton esprit compétiteur m'amusera toujours ! rit Hayden.

Nous le joignîmes et Kallyk rétorqua :

— Je suis le meilleur dans tous les domaines, c'est normal que je le prouve.

Lyn et moi soupirâmes de concert devant son absence de modestie. Au moins, Kallyk nous distrayait des examens qui approchaient, nous ne pouvions pas lui reprocher cela.

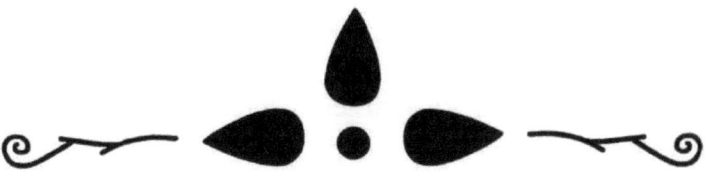

Chapitre 31

Les examens de fin d'année avaient lieu le lundi suivant et l'anxiété me rongeait en ce jeudi nuageux. Le temps avait englouti ce dernier mois de révisions et de sorties avec mes amis.

— Camille, Sélénée t'a posé une question, insista Kallyk, me tirant de mes pensées.

— Pardon Sé, que disais-tu ?

— Je te demandais si tu pensais aux épreuves, répéta-t-elle avec douceur.

— Oui. Je n'ai qu'une hâte : qu'elles soient passées, et que l'on profite enfin de notre été !

Nous avions prévu des dizaines d'activités tous les sept, et les vacances constituaient notre sujet de discussion favori.

— J'espère que le temps restera clément et...

Bousculée par un élève, je ne pus terminer ma phrase. Son épaule heurta mon dos dans un bruit sourd. La terre se rapprocha de moi à grande vitesse tandis que le concerné détalait. J'eus le réflexe de jeter mes mains devant moi pour éviter une collision frontale avec le sol. Heureusement pour ma dignité, les élèves n'empruntaient pas ce couloir contigu au principal. Je me relevai en grimaçant ; mon poignet gauche s'était tordu sous le choc.

— Tu ne t'es pas blessée, Camille ? s'inquiéta Sélénée, tandis que Kallyk courait à l'angle du corridor pour essayer d'attraper le coupable.

— Je crains une entorse, mais j'espère que la douleur va passer.

Kallyk revint les mains vides en rouspétant :

— Désolée Camille, il s'est évaporé ! Je l'ai cherché partout, mais aucune trace de lui, il a dû parvenir à rejoindre la foule d'élèves du troisième étage. Comme s'il ne pouvait pas faire attention et s'excuser !

Je le remerciai et nous poursuivîmes notre discussion, avant qu'Onyx et ses deux compères ne m'accostent et ricanent :

— Tu as les poignets qui gonflent, Camille ? Je croyais que seules ta tête et tes chevilles enflaient, mais je me suis trompée !

Je soupirai et leur tournai le dos. J'ignorais si elle se pensait drôle, mais ses essais d'humour étaient pitoyables, et pas uniquement parce que j'en étais la principale concernée.

***

Le midi, je me rendis à l'infirmerie à cause de mon poignet, devenu violet et boursouflé. Le Guérisseur m'examina et décréta qu'il s'agissait d'une entorse.

— Je vais étaler de la pâte de Floriscus sur votre bras afin qu'il désenfle. Je vous fournirai également de la crème d'Oniquine à appliquer lorsque vous souffrirez. Le suc de cette plante anesthésie la douleur pendant un temps, ajouta-t-il en remarquant mon haussement de sourcils surpris. Installez-vous sur ce lit, je vous prie.

Je m'assis et fronçai les narines lorsque l'odeur du Floriscus infecta la pièce. Tandis que la pâte pénétrait ma peau, le médecin alla soigner un autre élève. Mes jambes fourmillant, je changeai de position et perçus le son étouffé d'un froissement de papier. Je jetai un coup d'œil au Guérisseur, mais il ne disposait que de pots de crème et d'onguents. Avec ma main libre, j'entrepris de fouiller les poches de mon uniforme et en sortis avec stupéfaction un morceau de parchemin roulé. Je faillis le déchirer en l'ouvrant ; un jour, mon empressement me perdra !

Si tu lis ce papier, Camille Elakero, j'en suis ravi. Cela signifie que le garçon à qui j'ai confié la mission de l'insérer dans ta poche a réussi. Rejoins-moi SEULE dans la Grotte de Narboise en sortant de Primélia et je t'expliquerai tout. Tout ce que tu veux savoir.

Membre de Cronen

PS : je serai aussi seul de mon côté, n'ayant pas averti mes compagnons de cette expédition.

Mon corps se mit à trembler, sans que je ne puisse le contrôler. Ils osaient me demander de les rejoindre après toutes les horreurs qu'ils m'avaient fait subir. Leur culot me sidérait.

L'offre n'en restait pas moins alléchante, j'obtenais enfin la possibilité d'avoir réponse à mes nombreuses questions. Après un temps de réflexion et d'assimilation, je décidai d'en informer le groupe et me ruai hors de l'infirmerie dès que je pus.

— Il s'agit à coup sûr d'un piège, pourquoi te feraient-ils une telle proposition en sachant qu'ils n'ont rien à y gagner ? objecta aussitôt Sélénée.

— Et rien n'empêche ton interlocuteur d'avoir menti et de venir accompagné, leur fiabilité est nulle, enchaîna Tay.

— De toute manière, il est hors de question que Camille se rende seule dans la Grotte, l'interrompit Gabriel.

— La dernière fois que Camille s'est confrontée à un membre de Cronen, rien de positif n'est advenu. Elle aurait pu se retrouver aux portes de la mort et nous n'en aurions rien su ! Si les gardes royaux n'étaient pas intervenus, elle aurait dû se joindre à eux par contrainte ou être froidement assassinée ! Nous n'allons pas nous jeter les yeux fermés dans ce piège ! s'emballa Tay, perdant son calme pour la première fois depuis notre rencontre. Ce sont eux qui ont choisi l'heure et le lieu, tous les avantages sont entre leurs mains ! Ils seraient fous de ne pas en user ! Si l'on exécute leurs ordres, on risque de perdre Camille, conclut-il avec fermeté.

Je combattis la boule d'angoisse logée dans mon estomac et montant vers ma gorge. Je devais lutter contre la pression d'une décision impliquant ma vie et celle de mes amis. Je craignais de tout perdre, je craignais de retrouver mon ravisseur. Mais une part de mon esprit ne voulait pas renoncer à cette obtention de réponses si accessible. Pour une fois que l'opportunité se présentait, j'aurais tort de ne pas la saisir.

— J'irai.

Des cris indignés suivirent mon annonce abrupte, mais je ne changeai pas d'avis. Si j'ignorais quel liquide coulait dans mes veines, mais il semblait suffisamment grisé pour écarter ma prudence habituelle d'un seul claquement de doigts.

— Je propose que Camille s'y rende seule en apparence, intervint Hayden après d'interminables minutes de débats. Trois d'entre nous seront prêts à agir en cas de besoin et les trois autres veilleront à ce que personne ne vienne prêter main-forte à l'interlocuteur de Camille.

Le silence imprégna l'atmosphère tandis que nous méditions tous sa proposition. Chacun réfléchit aux failles et aux avantages que ce plan comprenait.

— C'est une alternative correcte, fis-je, résumant l'avis de tous. Nous devons simplement déterminer le poste de chacun.

— Je reste dans le passage ! s'écrièrent Lyn, Gabriel et Kallyk d'une même voix.

Hayden fit la moue.

— Hayden devrait choisir en premier, c'est son idée, objectai-je.

— S'ils préfèrent le conduit, je me posterai à l'entrée de la grotte, ne t'en fais pas Camille.

Son visage se ferma néanmoins, comme pour contredire ses paroles. Je m'apprêtai à relancer le sujet, mais l'intéressé enchaîna :

— Tay ? Sé ? Ça vous convient ?

— Je maintiens que Camille court un grave danger en se rendant dans la Grotte de Narboise, mais je vous accompagnerai, répondit Tay.

— J'espère de tout cœur que rien n'ira de travers… ajouta Sélénée.

***

Lorsque nos pas nous rapprochèrent de la Grotte, il fut décidé que j'effectuerais une Transmission lorsque mes yeux se seraient habitués à la sombre lueur de la cavité. Ainsi, Lyn, Kallyk et Gabriel se posteraient dans le conduit, prêts à agir au moindre faux mouvement.

Un crochet me tiraille le ventre et mon estomac se liquéfia, tant d'effroi que de culpabilité. Je venais d'informer Téoïs et Holly que je rentrerais plus tard ce soir en raison d'une virée imprévue chez Sélénée. Mon mensonge envoyait déjà des nausées à la dérive dans mon corps et cette sensation de mal-être ne se volatilisa pas lorsque la Grotte de Narboise apparut dans le lointain. Mes amis m'expliquèrent le chemin à prendre et je leur promis de rester sur mes gardes.

Mon pouls accéléra à mesure que la distance entre mon ravisseur et moi diminuait. Maintenant que mes amis ne se tenaient plus à mes côtés, je n'en menais pas large et en venais même à regretter ma décision de foncer tête baissée.

Être courageuse entourée recelait d'une grande simplicité. Mais être courageuse seule requérait une force mentale largement supérieure.

Je pénétrai dans le conduit et me courbai afin de ne pas heurter une pierre. Je veillai à rester silencieuse, désirant observer mon environnement avant de me montrer. Une lumière diffuse m'indiqua mon arrivée imminente. J'assurai à mes amis, par le biais d'une Transmission, que je me portais à merveille. Ce n'était qu'un demi-mensonge : physiquement, mon corps ne gardait aucune séquelle des derniers évènements. J'inspirai profondément pour me donner de la hardiesse, cachai mes mains tremblantes derrière mon dos et fis un pas dans la grotte.

— Camille Elakero, engagea un homme masqué, détachant chacun de ses mots.

Les intonations de sa voix me heurtèrent et rappelèrent des souvenirs enfouis, que je voulais oublier ; la voix de mon geôlier décomptant le nombre de jours qu'il me restait pour choisir une mort lente et sulfureuse ou rapide et indolore. Sa présence au centre de la grotte se superposait aux scènes d'une partie de ma vie que je travaillais à effacer, où la chaise me maintenait prisonnière au sein d'un antre composé d'un blanc âpre. Un vestige du parfum écœurant de valériane contamina mes poumons et me donna le tournis. Je me retins à grand-peine d'esquisser un pas de retrait et restai à l'entrée de la grotte.

— Alors, Camille. Que désires-tu savoir ?

— Êtes-vous seul ? m'enquis-je avant toute chose.

— Bien sûr, affirma-t-il. Es-tu seule ?

— Bien sûr, mentis-je. Combien de membres votre groupe compte-t-il ?

Trois adultes masqués sortirent de l'ombre, comme pour me répondre. Je réagis au quart de tour et plongeai dans l'Extension spirituelle, bénissant les cours de Transmission qui m'avaient habituée à me montrer rapide.

— *Maintenant, Gabriel !*

Je quittai cette dimension immatérielle sans plus attendre, j'ignorai à quel point ils pouvaient me blesser. Mes forces s'amenuisaient, je n'avais pas encore l'habitude d'effectuer deux Transmissions dans un laps de temps aussi rétréci. Des taches de couleur se formaient devant mes yeux et je battis frénétiquement des cils afin de les chasser. Gabriel, Kallyk et Lyn se postèrent à leur tour à mes côtés.

— Je vois que tu n'as pas suivi mes instructions.

— Je vois que vous n'avez pas non plus tenu votre promesse.

— Certes. Je le reconnais.

— Pourquoi vouliez-vous la mort de mes parents ? interrogeai-je, cherchant désespérément à gagner du temps afin qu'une solution miracle se présente à moi.

— Je ne suis pas autorisé à te répondre sur ce point.

— Vous n'êtes donc pas le chef, c'est intéressant à savoir.

— Effectivement.

Craignant qu'ils nous attaquent, je lâchai la première question qui traversa mon esprit :

— Pourquoi avoir donné un tel nom de groupe ?

— Il s'agit d'un anagramme. Un morceau de sa définition te renseignera sur la raison de ce choix.

Même pour une question aussi futile, l'homme masqué entretenait son mystère. J'imprégnai ses paroles dans mon esprit afin de m'en souvenir pour plus tard.

— Qu'attendez-vous de moi ?

— Que tu nous rejoignes.

— Donnez-moi une raison valable de le faire.

— Tu seras du bon côté lorsque nous aurons renversé le royaume.

— Ma définition de « bon côté » s'oppose à la vôtre.

— Le côté puissant, si tu préfères le nommer ainsi. Alors ?

— Plutôt mourir, rétorquai-je.

Des rondins de bois et des cailloux surgirent, mandatés par nos adversaires, et s'apprêtaient à nous ensevelir lorsque Hayden, Tay et Sélénée nous rejoignirent. Leur entrée parut distraire Cronen pendant une fraction de seconde, que Lyn mit à profit pour façonner une bulle de dorée autour de nous sept.

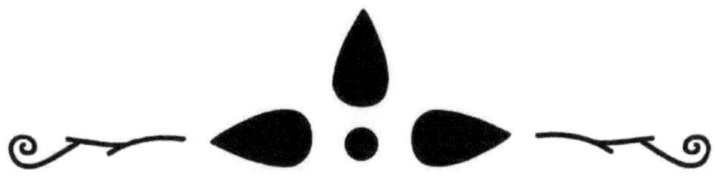

Chapitre 32

Nos adversaires poursuivaient leurs attaques sans relâche dans l'espoir que Lyn faiblisse et que sa protection ne se fissure. Notre amie grimaçait, elle n'avait ni pour habitude un maintien si long de sa concentration, ni l'inclusion de sept personnes dans son bouclier doré. Elle n'avait pas non plus appris à résister à une telle pression.

Gabriel et Sélénée formaient une unité parfaite et de puissants jets d'eau atteignaient tour à tour les membres de Cronen. Kallyk communiquait avec les rares plantes de la grotte afin de persuader les plus mortelles d'agresser nos ennemis. Je désirais lui apporter mon aide, mais il m'avait assuré que si l'opération ne nécessitait pas une grande énergie, la vitesse était un facteur primordial. De fait, je ne possédais pas encore les capacités pour ne pas le retarder.

Quant à Hayden, il contrait Cronen avec des rondins enflammés, propulsés par les flots fébriles de l'air circulant dans la grotte. Il avait repris l'idée de nos agresseurs, lors de la fête organisée pour mes cinq ans. Tay encourageait sa sœur, à défaut de pouvoir tous nous transporter ailleurs. S'il entraînait deux personnes avec lui, les autres risqueraient de ne plus réussir à suivre la cadence, et il était de toute manière hors de question d'abandonner, même temporairement, certains d'entre nous.

Moi, je ne servais à rien à l'instant présent et mon désemparement me rongeait, j'ignorais comment aider mes amis. Je n'avais déclenché aucun Don, excepté la Transmission, et... Mais oui ! Il fallait que je prévienne mes parents d'accueil et Idris et Neve ! Je pensai à Holly et les secondes, durant lesquelles le néant sonore m'assourdit, heurtèrent le fond du sablier temporel, accompagnées par une mélodie obsédante et anxiogène. Le rythme de mon cœur accéléra en sentant que les ripostes de Cronen atteignaient une intensité méconnue. Je redoutai la fêlure de la bulle de Lyn.

— *Je suis désolée Camille, je ne peux pas te ramener maintenant à la maison, je dois m'occuper d'un dernier patient. Personne ne...*

— *Holly, écoute-moi. Je ne suis pas chez Sélénée, nous sommes dans la Grotte de Narboise, en train de combattre les quatre membres de Cronen qui cherchent à nous tuer. Je n'ai pas le temps de t'expliquer, mais préviens Téoïs et rejoignez-nous dès que possible, je t'en prie ! Une aide imminente est nécessaire si nous voulons survivre ! Nous ne sommes pas de taille à les contrer indéfiniment, sans compter que la protection apportée par le Don de Lyn craquera bientôt !*

— *Je... D'accord, nous arrivons !*

— *Merci Holly. Je me charge de prévenir Idris et Neve.*

Je coupai la discussion avec un brin de soulagement ; je lui étais reconnaissante de ne pas avoir posé de questions compliquées. Mes paupières se décollèrent et les étoiles devant mes yeux finirent par s'estomper. J'enchaînai avec la seconde Transmission, à destination des souverains.

— *Neve ?*

— *Tout va bien, Camille ?*

— *Non, pas du tout. Nous avons besoin de votre aide ! Nous affrontons en ce moment même les quatre partisans de Cronen dans la Grotte de Narboise. Nous ripostons, mais nous serons mis en échec si personne ne vient nous rejoindre dans les minutes qui suivent ! Tay ne peut nous téléporter tous les sept, nous sommes trop nombreux et il risquerait de s'évanouir.*

— *Comment… ? Non, je t'interrogerai plus tard sur les circonstances d'un tel danger. Je préviens Idris et nous vous rejoignons avec des renforts d'ici peu !*

Je percevais l'inquiétude maîtrisée à travers sa voix. Même si sa formation de reine l'avait forcée à rester neutre à toute épreuve, j'admirais son sang-froid, elle m'impressionnait.

— *Merci Neve*, conclus-je, mettant fin à la discussion.

Cette fois-ci, l'abandon de mes dernières forces m'obligea à m'asseoir à même la terre. La sensation que chaque rocher tanguait ne me quittait pas, malgré mon repos. Je retins un haut-le-cœur puissant afin de ne pas déverser mon déjeuner sur mes amis, les déconcentrer et leur faire perdre de précieuses secondes.

— Tu es plus pâle que l'aube Camille, tu es certaine que ça va ? se préoccupa Tay.

Je ne dénombrais plus les occasions où l'on s'assurait de mon état depuis mon arrivée dans le royaume. Il fallait croire que je détenais un certain talent pour attirer les pires dangers.

— Je vois flou et je ne me sens pas très bien, mais ça va passer, ne t'en fais pas, continue d'encourager Lyn.

Mon ami me jeta un dernier coup d'œil soucieux avant de se pencher vers sa sœur pour la soutenir. Je trouvai enfin la force de me relever et observai les dégâts commis de chaque côté. La sueur perlait sur les tempes de mes amis et leurs mains tremblaient, mais aucune blessure n'affectait leurs mouvements. Un de nos adversaires se tenait la côte, à genoux, le souffle coupé. Ses compagnons continuaient de se battre avec une hargne qui m'effraya.

— Tay, Camille, je vais lâcher… souffla Lyn avec difficulté.

— Tiens bon Lyn, j'ai prévenu Idris et Neve, je suis sûre qu'ils ne tarderont plus !

— Tu es formidable, courage, invoque toute ta force et ta détermination !

La proposition d'une Transmission de la part d'Idris se présenta dans l'Extension spirituelle et je fermai les yeux, l'acceptant.

— *Nous sommes dans le conduit, préparez-vous et demande à ton amie de lâcher dès que nous entrerons. Nous les prendrons par surprise et pourrons les attaquer.*

— *Je préviens mes amis et je te recontacte dans quelques secondes.*

— *Nous attendons ton signal.*

Je prévins Tay, qui s'occupa d'informer le reste de la bande de notre plan. Du coin de l'œil, je vis Lyn les yeux clos, le front plissé et le corps tremblant, cherchant des vestiges de force dans son corps afin de lutter contre la charge sur ses épaules. Je lui expliquai sans attendre l'idée d'Idris et la soutins de mon mieux.

— Lorsque j'ouvrirai les yeux et m'écrierai « Maintenant ! », Lyn brisera sa bulle et vous attaquerez tous en même temps, d'accord ? Redoublez d'intensité si vous vous en sentez capable, mais conservez des forces !

Ils hochèrent la tête et je pénétrai aussitôt dans l'Extension spirituelle, effectuant ma Transmission avec plus de rapidité que jamais.

— *Nous sommes prêts !*

— *Parfait, nous sommes aux aguets.*

Comme si sa voix était étouffée par de l'eau, Lyn me supplia de me dépêcher. J'ouvris brutalement les yeux et décomptai :

— Trois, deux, un, MAINTENANT !

Lyn abattit le bouclier et les dernières volutes d'énergie s'échappèrent de sa poitrine. Des gardes pénétrèrent dans la Grotte, suivis par le roi et la reine. La surprise se peignit sur le visage de nos ennemis, mais ne dura pas. Ils reprirent leurs esprits en un rien de temps et ripostèrent avec une force décuplée. L'homme précédemment à terre se releva et, à l'aide de son Don, poussa de grosses pierres dans notre direction. Ne pouvant pas blesser nos adversaires, je tenais compagnie à Tay et soutenais Lyn, à l'abri derrière un pan rocheux.

Téoïs et Holly choisirent ce moment pour se joindre au combat. Leurs joues rouges et cheveux en bataille témoignaient de la course que je leur avais infligée. L'observation de la scène dura une milliseconde et ils réagirent au quart de tour, intervenant selon leurs Dons.

Téoïs fortifia les courants menés par Kallyk et deux gardes, afin de préciser la trajectoire des rondins et des pierres lancés, tandis que Holly volait à travers les blessés, soignant au mieux les entailles bénignes et plus profondes. Son Don agissait comme un remède miracle ; les peaux se recousaient sans aucune cicatrice. Ma mère d'accueil faisait forte impression, particulièrement sur moi, qui n'avais jamais vu de Guérisseuse à l'œuvre.

Malgré notre supériorité numérique, notre groupe faiblissait. Mes amis n'avaient jamais eu à lutter si longtemps, et les gardes, bien que formés pour de telles occasions, ne possédaient pas l'idéologie qui habitait l'âme de nos ennemis et n'avaient pas la vocation d'arracher des vies.

Aucun de nous n'était épargné et force était de constater que les blessures prenaient une tournure plus sérieuse à chaque seconde qui passait. Holly ne parvenait plus à suivre le rythme et se contentait de guérir les pires blessures, celles qui risquaient de s'infecter et coulaient abondamment.

Il sembla qu'une de nos adversaires s'ennuyait et ne trouvait pas cette bataille suffisamment violente, puisqu'elle se mit à envoyer des pics métalliques par rafales. Les éviter regorgeait de complexité et chacun se concentra sur sa tâche. En poursuivant mes esquives, mes vêtements adhérèrent à ma peau à cause de la transpiration. Je n'entendis pas tout de suite les cris d'épouvante suivis de mon nom.

— Camille ! s'exclama Kallyk. Sélénée !

La distance qui me séparait de mon ami ne m'empêchait pas d'être saisie par son regard sombre. Mes yeux se dirigèrent d'instinct vers la personne qu'il contemplait avec horreur. Un pic métallique avait traversé l'estomac de Sélénée et ressortait cramoisi dans son dos. Le trou dans son abdomen rendait ses yeux vitreux et sa peau noire devenait livide à mesure que les secondes défilaient. Le sang tachait ses vêtements et elle défaillit de douleur. Un garde la rattrapa avant qu'elle ne heurte le sol. Dans un dernier effort, Lyn appela son Don et reconstruisit la bulle autour de nous tous. Par chance, un garde courut lui prendre la main et insuffla de son énergie en elle, mélangeant leur force pour obtenir une protection efficace.

— Nous devons nous téléporter au Palais !

Deux soldats royaux encadrèrent Sélénée et disparurent. Chaque Atalien Noir attrapa la main de deux Ataliens ne pouvant fuir par leur Don. Tay entrelaça ses doigts avec les miens et ceux de sa jumelle et je tournai, tournai, tournai, abandonnant nos adversaires dans cette grotte de malheur.

L'atterrissage douloureux eut le mérite de me propulser en avant et me forcer à me relever, sans quoi les pavés de la rue m'auraient convenue pour m'écrouler.

Je courus au Palais, suivant les gardes qui se précipitaient dans une seule direction. Sélénée gisait sur un lit, un trou béant au milieu du thorax, comme si on lui avait arraché les entrailles. Les yeux fermés et le visage crispé par la douleur, elle respirait par à-coups. Je me figeai devant la scène, aucun de mes muscles ne répondait à mon appel suppliant. Un silence cotonneux m'enserra et mes larmes séchèrent avant d'éclore.

Tout est de ta faute Camille, tu as choisi de te rendre à la Grotte malgré ses objections. Tu as insisté, si elle meurt, tu en demeureras l'unique coupable, susurra la voix dans un coin de mon esprit.

Une statue n'aurait pas été plus immobile que moi à cet instant. Elle avait raison. C'était ça, le pire. Toute responsabilité me revenait. Aucun fragment de celle-ci n'appartenait à Cronen, et encore moins à Sélénée. Si je n'avais pas exposé ce papier à mes amis, si je ne m'étais pas montrée aussi obstinée, rien ne serait advenu et nous serions tous en sécurité chez nous.

Le souffle coupé, je me débattis avec mes démons pour recueillir une bouffée d'air. Je me sentis tourner de l'œil et ne fis pas un geste pour empêcher mon effondrement. Des bras puissants me soulevèrent, mais je ne pus comprendre la situation, toute force avait fui mon corps.

***

— Appliquez un linge humide sur son front, il faut qu'elle se réveille.

La fraîcheur d'un tissu apaisa ma peau brûlante. Mes paupières, elles, ne purent se décoller. Lorsque je parvins enfin à ouvrir les yeux, le Guérisseur m'ayant examinée après mon enlèvement se dressa devant moi.

— Tu t'es évanouie, m'expliqua-t-il. Sans doute à cause du choc et d'un surplus d'émotions.

Ses mots rappelèrent à mon cerveau la raison pour laquelle mon corps m'avait lâchée. Je me relevai brutalement. Bien mal m'en prit. Le tournis qui s'empara de moi me le confirma. La bouche pâteuse, je demandai :

— Sélénée va bien ? Vous l'avez sauvée ?

— Moi qui espérais bénéficier d'un temps de repos avant de t'en parler... Tu dois reprendre des forces, Camille.

Sa tentative de changement de sujet ne passa pas inaperçue et ne réussit qu'à m'inquiéter davantage.

— Comment va Sélénée ? insistai-je. Mal, c'est cela ?

— Je n'ai pas de réponse pour le moment, personne n'est autorisé à pénétrer dans la pièce afin de ne pas déranger les Guérisseurs spécialisés à l'œuvre.

Je percevais néanmoins un non-dit dans sa réponse.

— Mais… ?

— Le fait que nous n'ayons pas de nouvelles indique que la situation est critique, soupira finalement Monsieur Lomachade.

Je déglutis, implorant Hélios, Aristeia, n'importe qui, de laisser la vie sauve à Sélénée ; cette perle trop pure pour le sort funeste qui l'attendait.

— Viens avec moi, nous allons rejoindre le roi et la reine, tes amis et tes parents d'accueil. Ils se rongent les sangs.

À contrecœur, je me levai, je ne souhaitais pas affronter les visages déçus de mes proches.

— De toute manière, pour connaître l'avancée de l'état de ton amie, tu dois te rendre dans le Petit Salon, les Guérisseurs apporteront tout renseignement là-bas.

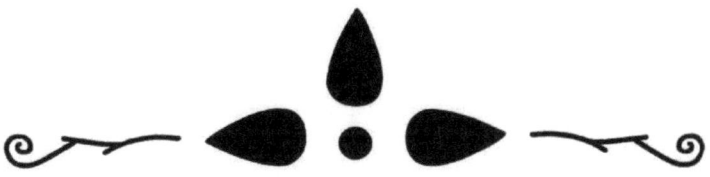

Chapitre 33

Monsieur Lomachade me tint la porte et je m'affaissai dans un fauteuil entre Gabriel et Lyn, baissant les yeux vers le sol afin de ne croiser aucun regard désappointé. Les adultes discutaient, mais mon entrée provoqua le silence. Le poids des coups d'œil convergeant vers moi assaillit mes maigres épaules.

— Tu vas mieux ? se préoccupa Gabriel à voix basse, ne souhaitant pas rompre le mutisme accablant de la salle.

Je haussai les épaules, non, rien n'allait. Sélénée était aux portes de la mort.

— Ce n'est pas pour moi qu'il faut se soucier, répondis-je avec amertume.

Je frottai mes sourcils, signe de mon angoisse, tandis qu'un nœud comprimait mon estomac et me rendait nerveuse. Jamais je n'avais accueilli tant d'anxiété au sein de mon corps, bien que les occasions n'aient pas manqué. Par ma faute, Sélénée pesait sur la balance de la Vie et de la Mort, et j'ignorais tout du côté où elle basculerait.

— Notre responsabilité à tous est engagée, et non uniquement la tienne, fit Gabriel, lisant les émotions qui se profilaient sur mon visage. Tu n'as pas à culpabiliser de désirer des réponses, Cronen t'a maintenue loin de ta terre d'origine pendant des années et a menacé la vie de tes parents. Sans eux, tu n'aurais jamais été forcée à un exil non consenti.

Je détournai la tête en sentant les larmes pointer, pudique. Jusqu'ici, seul le vide répondait présent lorsque mes pensées s'orientaient vers Sélénée, mais les paroles de Gabriel entraînaient le bousculement de sentiments profondément enfouis. Je pris une grande goulée d'air et me calmai, restant à fleur de peau.

— Pourquoi êtes-vous allés à leur rencontre, alors que vous saviez qu'il s'agissait d'une terrible idée ?

La voix de Téoïs tremblait et il tentait vainement de contrôler sa colère ; il ne voulait pas s'énerver devant le roi et la reine. Ses paroles éveillèrent en moi une culpabilité tenace qui se mêla au lourd fardeau que je portais déjà. Les joues rouges et les yeux brillants, je me chargeai de conter l'histoire en détails, depuis la bousculade de l'élève ce matin à leur arrivée dans la Grotte de Narboise.

— C'était irresponsable de te jeter à cœur perdu dans leurs bras ouverts ! Ne fais-tu pas preuve de bon sens ?

La déception dans sa voix m'atteignit de plein fouet et mon cœur se fendit sur toute sa longueur. Je préférais qu'il me crie dessus, qu'il évacue son irritation en se défoulant sur moi plutôt que se contenir en partie et me jeter ces phrases acides. Le besoin de me plier en deux sous cette douleur mentale me tiraillait de toutes parts, je me sentais comme écartelée. Holly me parla de sa voix douce et maternelle après avoir fusillé son époux du regard :

— Ce que Téoïs essaie *très maladroitement* de t'expliquer, c'est que notre inquiétude à ton égard a transcendé toute limite imaginable. Notre amour pour toi croît chaque jour et nous craignons pour ta vie.

À l'entente de son nom, les prunelles de Téoïs perdirent de leur éclat blessant et retrouvèrent leur teinte châtain habituelle.

— Excuse-moi Camille, je n'aurais jamais dû me montrer si abrupt dans mes propos. Holly a raison, nous nous sommes préoccupés et je ne me le pardonnerai jamais s'il t'arrivait quoi que ce soit.

Tes paroles ont eu le temps de s'enraciner dans l'esprit de Camille, tes regrets sont trop tardifs, ricana la voix. Pour une fois, je dus reconnaître qu'elle avait raison. Mon père d'accueil n'avait pas souhaité planter ses griffes cinglantes en moi, mais mon cœur sanglant témoignait des paroles glaciales qu'il avait prononcées.

Neve détourna la conversation, ce qui me dispensa de chercher une réponse adéquate. Elle m'interrogea à propos du morceau de papier que j'avais reçu. Je fouillai ma poche sous les regards scrupuleux des adultes et dépliai le parchemin froissé en le tendant à la reine. Cette dernière l'examina, mais ne remarqua aucun indice nous permettant de suivre la trace de Cronen ou de découvrir leur identité. Elle le donna à Idris, qui l'analysa avec précaution. Il capitula et me lança un regard inquisiteur par dessus ses lunettes couleur ébène :

— La prochaine fois, parle-nous-en avant de prendre part à une expédition si périlleuse, d'accord ?

J'acquiesçai et le temps s'arrêta, miroitant cet accord silencieux conclu entre Idris et moi.

— Nous avons choisi d'accompagner Camille en toute connaissance de cause, nous sommes aussi responsables qu'elle, annonça Gabriel. Nous aurions dû nous raisonner, réfléchir davantage et réfréner notre curiosité.

— Gabriel a raison, nous sommes tous en tort, ajouta Kallyk, s'excusant à son tour.

Tay, Lyn et Hayden se joignirent à eux et la solidarité de mes amis me réchauffa.

— Nous nous doutons que Camille ne vous a pas entraîné de force dans cette affaire, sourit Idris.

Un Guérisseur passa le pas de la porte et l'absence soudaine de bruit alourdit l'atmosphère. Mon cœur rata un battement, attendant avec anxiété l'annonce de l'état de Sélénée. Comme il s'obstinait à rester silencieux, je le questionnai d'une voix étranglée :

— Comment va-t-elle ? Mieux ?

— Soyez franche, compléta Tay en remarquant son hésitation.

— Eh bien... Non, pas vraiment. Nous l'avons endormie afin de taire ses souffrances. Elle devrait survivre, mais rien n'est moins sûr, son état peut s'aggraver comme s'améliorer, je suis désolé…

Ces mots firent voler en éclats toute retenue et un ouragan se déclencha au sein même de mon corps. Les tremblements brisaient tout sur leur passage, engendrant des sentiments plus destructeurs les uns que les autres. Choc, panique, chagrin et culpabilité se relayaient pour souffler sur la flamme d'espoir qui vacillait en moi.

Quoi qu'en disent mes amis, tout était de ma faute, et la mort de Sélénée le serait également. Mon accablement outrepassa mes dernières forces, revivre un décès me réduirait en poussière. D'une oreille distraite, je parvins à entendre les paroles du Guérisseur, annonçant que Sélénée resterait au Palais trois semaines après la stabilisation de son état. Si elle survivait.

Cette discussion close, nous réalisâmes que nous ne pourrions pas rendre visite à Sélénée aujourd'hui. Neve me promit qu'elle me préviendrait dès que possible et nous partîmes. Sans savoir pourquoi, la proximité des examens sauta à mes yeux. Les épreuves me paraissaient si lointaines et ridicules, à présent que nous avions frôlé la mort. La pensée qu'en début de journée, elles constituaient la principale source de mon anxiété était risible et saugrenue.

Téoïs et Holly passèrent leur bras autour de mes épaules afin de me signifier qu'ils m'accompagneraient durant cette passe compliquée. Je ruminai mes pensées, espérant que cette phase ne durerait pas.

Chapitre 34

Ces trois derniers jours avaient été emplis de pensées et cauchemars paniqués à propos de la vie de Sélénée. Neve m'avait transmis qu'il était encore trop tôt pour aller la voir et lui parler, que les Guérisseurs mettaient toute leur énergie dans son rétablissement, mais que les phases de bien-être et de douleur se succédaient, empêchant les médecins de déterminer si notre amie survivrait ou non. Son besoin de soins supplémentaires me préoccupait et mon impuissance me rongeait.

Comme chaque fois depuis jeudi, je révisai mes cours afin d'éviter de laisser mes pensées me submerger. Si habituellement je m'organisais avec facilité, ces mois à Atalia n'avaient pas été de tout repos et le travail était passé au second plan pour la première fois depuis des années.

Ce matin, l'angoisse des examens s'ajouta à celle des blessures de Sélénée. Marchant jusqu'à la salle d'épreuves, je plongeai ma main dans ma poche et serrai mes pièces de deux euros et cinquante centimes, seuls vestiges physiques de ma vie dans l'autre monde. Je savais qu'elles me porteraient chance, qu'elles amèneraient le souvenir de mes parents, afin qu'ils soient près de moi durant ces tests. Ces deux pièces gravées me rappelaient que toutes ces années ne constituaient pas une invention de mon esprit. Elles jouaient un rôle mémoriel, s'assurant que je n'oublie jamais les sacrifices de mes parents pour le bien-être de leurs proches, moi tout particulièrement.

Presque sans m'en apercevoir, mes pensées se détachaient de la conversation que tenaient mes amis et se détournaient vers ce soir fatidique. Je me frottai les sourcils sans pouvoir me réfréner. La voix de Gabriel me tira vers la réalité et me rassura, même s'il se méprenait sur la raison actuelle de mon anxiété :

— Tout va bien se passer Camille, tu as exploité tes capacités de travail au maximum et tu réussiras ces examens. Et je suis certain que nous pourrons parler à Sé d'ici la fin de la semaine.

Je lui adressai un sourire faible et il enveloppa mes mains dans les siennes. Mon cœur tressauta dans ma poitrine à ce toucher, surpris. La chaleur de ses paumes dégageaient une sérénité aussi efficace que n'importe quelle tisane. J'en oubliai presque les épreuves qui nous attendaient.

— Sélénée va survivre, sa force est inégalable.

— Mais si sa blessure s'avérait mortelle et qu'elle…

— Chut, ne prononce pas ces mots, m'interrompit-il en passant son pouce sur le dos de ma main. Tu te fais du mal à imaginer des scénarios si pessimistes.

— Je n'arrive pas à m'empêcher d'y penser…

— Je le sais Cam', je le sais. Moi non plus, je n'arrête pas de réfléchir à ce sujet. Mais essaie de visualiser un paysage apaisant et d'inhaler lentement chaque fois que tu penses à Sélénée.

Il passa sa main dans sa chevelure noire et capitula :

— Je n'aime pas te savoir si mal. Il y a peu, tu rayonnais, mais l'étincelle de joie qui t'habitait semble éteinte depuis quelques jours. J'ignore comment agir pour que tu redeviennes cette adolescente souriante...

— Votre présence m'aide au-delà de l'imaginable. Si tu ne m'avais pas trouvée ce soir-là et accueillie si chaleureusement, j'ignore où je serais à l'heure actuelle.

— Tu es très importante pour nous tous, Camille.

Les coins de ma bouche s'incurvèrent à leur tour devant ces paroles empreintes de gentillesse. Un professeur inconnu nous fit pénétrer dans la salle à ce moment, et je lançai des encouragements à mes amis, lâchant par la même occasion les mains de Gabriel. Je m'installai à ma place, le silence emplit la pièce et seuls les grattements des plumes sur les parchemins brisèrent la calme atmosphère.

***

Dix jours après l'ultime épreuve, un courrier consignant résultats, mentions et attributions fut glissé sous le pas de la porte d'entrée. L'enchaînement des examens m'avait engloutie dans un état second, centrant mes pensées sur les épreuves.

Nous n'avions pas obtenu l'autorisation de rendre visite à notre amie, mais Neve m'avait informé de l'éventualité d'une conversation à sens unique dans les jours à venir. La probabilité que Sélénée dorme surpassait encore celle qu'elle soit lucide.

Je décachetai l'enveloppe au rythme des battements effrénés de mon cœur. Sur la feuille était inscrit en lettres majuscules : « ADMISE – MENTION TRÈS BIEN (86 %) ». Je sautai de joie et étreignis mes parents d'accueil, j'avais réussi à obtenir un pourcentage plus qu'acceptable. En quatre mois, j'avais rattrapé ce que mes camarades étudiaient depuis trois ans.

— Nous sommes on ne peut plus fiers de toi, Camille, murmurèrent-ils de concert.

J'effectuai ensuite une Transmission à destination d'Idris et Neve afin de leur annoncer mon succès.

— *J'imagine que tu viens de recevoir tes notes ?* m'interrogea Idris lorsque la communication s'installa.

— *Je viens d'ouvrir l'enveloppe. Tiens la main de Neve, que je vous en fasse part.*

J'avais appris, lors de mes cours de Transmission, que je pouvais m'adresser à plusieurs interlocuteurs à la fois, à condition que ceux-ci tiennent la main du principal auditeur. Grâce à ce stratagème, différents Ataliens participaient à des conversations mentales que je pensais auparavant réservées à deux personnes.

— *Je l'appelle*, m'annonça Idris.

Il se tut le temps de rejoindre Neve, qui reprit la parole :

— *Camille, tu vas bien ?*

— *Ni mieux ni moins bien que d'habitude*, haussai-je les épaules, bien qu'ils ne puissent pas s'en apercevoir. *J'ai retiré la charge des examens.*

— *À ce propos, dis-nous tout ! Quelle mention as-tu obtenue ?*

Je m'apprêtai à répondre, mais soulevai une interrogation :

— *Comment peux-tu être certaine de mon admission en quatrième année ?*

— *Les examens blancs exigent un savoir plus pointilleux que les épreuves de fin d'année. De fait, puisque tu as acquis la mention « Correct » aux précédents tests, nous sommes optimistes sur tes résultats finaux.*

Idris s'impatienta et son sourire me parvint à travers sa voix :

— *As-tu fini de nous faire patienter ou tiens-tu à nous annoncer ta mention la semaine prochaine ?*

— *Je m'y apprêtais, tu m'as interrompue !* répliquai-je d'un ton faussement indigné. *J'ai obtenu...*

Sachant qu'ils me hâteraient dans les secondes à venir, j'étirai le temps et fis durer le suspense avec malice.

Lorsqu'ils me pressèrent enfin, je consentis à leur révéler mes résultats :

— J'ai été admise avec mention « Très bien » !

Les souverains me félicitèrent chaudement et regrettèrent de ne pas pouvoir m'embrasser.

***

L'après-midi, je rejoignis Gabriel, Kallyk, Hayden, Lyn et Tay chez les jumeaux afin de fêter notre entrée officielle en vacances, bien que l'absence de Sélénée nous pèse. Tous avaient obtenu une mention identique à celle des examens blancs, excepté Kallyk qui avait décroché la mention « Très bien », certainement grâce à l'Herborisation, où il avait emporté le maximum de points.

— J'ai hâte que Sé soit rétablie ! s'exclama Lyn.

Si elle survit... crut bon d'ajouter la voix. Comment ne pas imaginer des scénarios atroces lorsque mon esprit me rappelait sans cesse qu'elle mourrait peut-être ?

— Je n'attends que ça, deux mois et demi pour nous amuser avant de retrouver la routine ennuyeuse de Primélia ! renchérit Kallyk.

— Pensez-vous que Sélénée sortira bientôt du Palais ? s'inquiéta Tay.

— Théoriquement, j'irai la voir après-demain, je demanderai aux Guérisseurs à ce moment-là !

Mes amis me firent promettre de tout leur raconter en détail. J'espérais qu'elle serait éveillée, que je puisse lui parler et m'excuser.

— Camille ?

— Oui ?

— Pourras-tu faire en sorte que le lit de Sélénée se situe sous une fenêtre ? me demanda Tay. Comme ça, si jamais nous ne sommes pas présents au moment où elle ouvrira les yeux, elle pourra trouver refuge dans le ciel. Tu sais combien elle aime les étoiles...

La rougeur soudaine de ses joues, combinée à cette attention si délicate, me fit fondre d'amour et j'acquiesçai avec gravité.

***

Le surlendemain, à l'aube, j'obtins l'autorisation de venir au Palais. Je m'habillai en quatrième vitesse et Téoïs m'amena au château royal, où il devait se rendre car une réunion avec l'Assemblée d'Atalia nécessitait sa présence.

Un garde me guida jusqu'à la pièce occupée par Sélénée et mon père d'accueil me spécifia qu'il viendrait me chercher en fin de journée. Une Guérisseuse me pria de me montrer silencieuse ; Sélénée dormait. La lumière tamisée, filtrée par les rideaux, éclairait sa peau sombre.

Je pris place sur le fauteuil près de son lit et demandai à la Guérisseuse, dans un murmure, si elle pouvait me laisser seule avec mon amie. Elle hésita un instant mais accéda à ma requête devant mon air suppliant. Je lui promis d'appliquer des compresses fraîches sur le front de Sélénée toutes les dix minutes et de l'appeler si mon amie délirait à cause de la fièvre ou prononçait des mots incompréhensibles dans son sommeil.

J'entrelaçai mes doigts avec ceux de Sélénée et restai immobile un long moment, luttant contre la boule bloquée dans ma gorge. Ma langue se délia finalement et je me répandis en excuses, bien qu'aucun signe ne m'indiquait qu'elle m'entendait. Je déversai ce qui me pesait sur le cœur et ma culpabilité s'allégea.

En fin de journée, la Guérisseuse me fit sortir le temps de vérifier son état. Je quittai la pièce à regret et patientai. Elle revint, avec un masque soucieux qu'elle ne portait pas quelques minutes auparavant.

Lorsque je la questionnai à ce propos, elle m'apprit que Sélénée rechutait, ajoutant que la responsabilité ne me revenait pas. Je hochai la tête, plus par automatisme que réel entendement. Ma bouche s'assécha. Après de longues négociations auprès de la Guérisseuse et de Téoïs, je parvins à les convaincre de me laisser veiller sur Sélénée jusqu'à l'aube, assurant que je ne gênerais pas les médecins.

Je m'installai de nouveau dans le siège. Je ne pus m'empêcher d'établir un parallèle avec la scène qu'Idris m'avait racontée, imaginant Hannah dans ce lit, Aster à ma place et Idris, Neve, Maman et Papa autour d'elle, prenant soin de leur amie.

Assise à son chevet, j'observai ma meilleure amie. La sœur que la vie avait oublié de me donner. Elle survivra, il ne pouvait en résulter autrement. Sé ne pouvait pas les laisser vaincre.

Ils avaient déclenché la guerre, mais nous la remporterons.

À suivre...

Remerciements

Waouh. Je n'arrive pas à y croire. Après 3 ans, 5 mois et 18 jours, j'ai officiellement terminé ce premier tome. Mon premier vrai roman. Malgré les difficultés, les périodes de doute et de remise en question de cette histoire, je suis fière de dire que je n'ai pas abandonné. Me dire que ce livre est entre vos mains me paraît irréel.

Donc merci à vous, lecteurs et lectrices qui avez lu ce livre, j'espère que vous avez passé un bon moment à Atalia, avec Camille & Cie.

J'en profite pour vous rappeler que vous êtes capables d'accomplir des projets formidables dont vous n'avez peut-être pas idée, alors n'hésitez pas un seul instant et faites ce qui vous rend heureux !

Merci à Charlotte, la première à avoir su que j'écrivais un livre. Merci d'avoir cru en ce roman, merci pour ton soutien constant. Et merci pour « Téoïs », qui ne se serait certainement pas appelé comme ça si j'avais bien orthographié le mot « trois » dans ce message, et si tu ne m'avais pas dit que la consonance irait bien avec *Le Royaume d'Atalia* !

Merci également à Zoé, qui m'a toujours poussée vers le haut, encouragée, félicitée à chaque étape, même les moins importantes, et écoutée parler de mon roman pendant des heures, je t'en suis reconnaissante – et désolée. Je t'aime.

De même, merci à Marina, merci d'avoir supporté chaque avancée de ma réécriture et fait preuve d'une patience et d'une joie sans faille, tu es toujours là pour me remonter le moral.

Solène, je te remercie pour tes post-it et tes commentaires adorables, merci d'avoir pris le temps de lire mon livre, merci pour toutes tes réactions face à ta lecture (continue).

Mes prochains mots s'adressent à la Team Génies Tulipes, mes formidables bêtas lectrices et surtout amies. Je souhaite premièrement remercier Emma, sans qui je n'aurais peut-être pas repris l'écriture de mon livre, qui a su me motiver et me faire sortir de ma panne d'écriture. Quant aux filles, je vous en suis tout autant reconnaissante, tant pour votre motivation que votre enthousiasme. À Coline, Eléa, Romane, Théodorine, Loïs et Rose-Lin, pour tout ce que vous avez fait pour moi, au niveau des corrections et conseils, mais aussi pour notre belle amitié.

À Léanne, tu m'as fait beaucoup rire avec tous tes commentaires sur Kallyk, tu es et resteras sa fangirl numéro 1 !

Merci à Manon, Lila, Emma, Emma, Zélie et Lina qui ont aussi corrigé ce livre et m'ont apporté un soutien sans faille ! Au groupe Emma & Co en général ; merci de votre enthousiasme toujours présent lorsque je vous parle de mes livres !

Je remercie également mes ami.e.s, qui, s'ils n'ont pas apporté d'aide directe à l'écriture de ce livre, m'ont toujours soutenue et encouragée. Camille, Alcandre, Marion, Margaux, Léa, Pacôm, Isaline, ce livre est pour vous.

Manon S. : je serai toujours honorée que tu aies choisi mon livre pour créer tout un univers musical autour, tu as réalisé un de mes rêves. Merci du fond du cœur, de ma part, mais aussi de celle de Camille & Cie !

Un IMMENSE merci à ma cousine, qui a sublimé ce livre. Merci, merci, merci Auriane pour cette couverture, elle est exceptionnelle, et personne ne l'aurait mieux réalisée que toi ! *Le Royaume d'Atalia* ne serait rien sans toi.

Merci à mes grands-parents, qui ont déjà lu Le Royaume d'Atalia et m'ont donné des pistes d'amélioration.

À ma famille en général, vous avez patienté longtemps avant d'avoir enfin mon livre entre vos mains, mais ça y est ! Merci de m'avoir attendue – j'espère que cette lecture en valait le coup !

Pour finir, je remercie mes parents, Agathe et Arthur pour tout, pour m'avoir donné des conseils pour améliorer mon livre, pour avoir tant de fois accepté mon « isolement » et surtout, pour avoir mis la table à ma place lorsque j'étais en pleine session d'écriture !